# OGGETTI SMARRITI

UN MISTERO PER JANIE JUKE

*Di: Isabella Muir*
*Traduzione: Anna M.M.*

Pubblicato in Gran Bretagne
Da Outset Publishing Ltd

Prima edizione in italiano pubblicata Gennaio 2019
Seconda edizione in inglese pubblicata Giugno 2018
Prima edizione in inglese pubblicata Dicembre 2017



ISBN:1-872889-22-0

ISBN:978-1-872889-22-1

**www.isabellamuir.com**

Foto in copertina di: Wheres Lugo su Unsplash
Disegni in copertina di : Christoffer Petersen
Mappa di Tamarisk Bay di: Richard Whincop

# Elogio per i misteri di Janie Juke

'Fu una grande trovata. Una bibliotecaria che si trasforma in investigatrice nell'Inghilterra del 1960. Janie Juke, un'appassionata di Agatha Christie, è un'amabile protagonista. Un vero svoltar pagina. Ho comprato il prossimo libro della serie.... Sperando che ce ne saranno molti altri in arrivo.'

'Sono entrato direttamente nella storia... mi piace molto il modo in cui l'autore ha dipinto gli anni 60'... mi sentivo come se fossi lì.'

'Intrigante storia poliziesca con ambientazioni incantevoli e personaggi interessanti. Non vedo l'ora di vedere cosa risolverà la prossima volta Janie Juke.'

'Ho amato ogni pagina e non riuscivo ad interrompermi. Non riesco ad aspettare sino al prossimo della serie.'

'Libro completamente piacevole. Mi ha tenuta interessata sino alla fine. Attendo con ansia il prossimo.'

'Gli scorci sulla Seconda guerra mondiale sono particolarmente buoni. La scrittura solida, grande storia, e Janie come personaggio sta crescendo dentro di me. Spero ce ne saranno altri in questa serie.'

# Riguardo l'autore

Isabella ha riscoperto l'amore per la scrittura durante due anni felici trascorsi lavorando e completando il suo Master in Scrittura Professionale.

L'ambientazione per la serie dei misteri di *Janie Juke* è quella dell'area dove Isabella è nata e ha vissuto gran parte della sua vita. Quando descrive Tamarisk Bay descrive la sua città natale St Leonards-on-Sea, nell'East Sussex ed i suoi dintorni.

A parte il suo amore per la scrittura, Isabel ha una vera passione per tutti i tipi di caravan. Ha trascorso diversi anni viaggiando nel Regno Unito e all'estero e negli ultimi tempi sta gestendo un piccolo campeggio nel West Sussex, insieme al marito.

Il suo fedele compagno, Hamish, un terrier scozzese, è sempre accanto a lei.

Scopri di più su Isabella, i suoi libri pubblicati, così come i prossimi titoli su: **www.isabellamuir.com** e segui Isabella su Twitter: **@SussexMysteries**

### Dello stesso autore

**LA BORSA RICAMATA**
**IL CASO INVISIBILE**

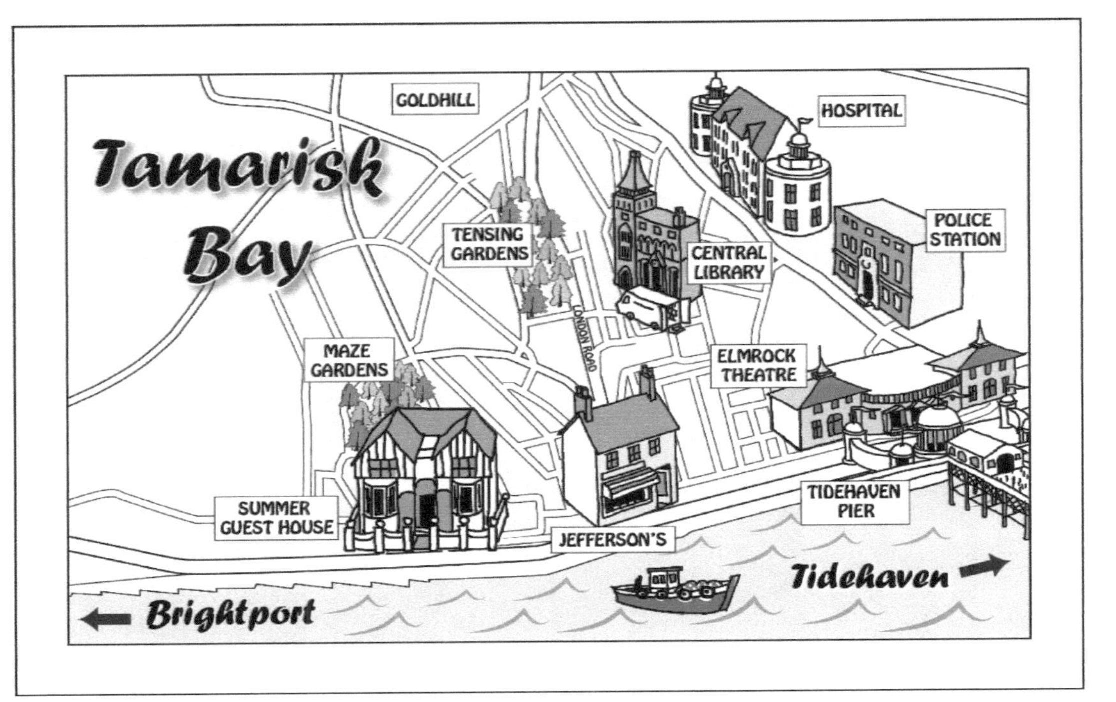
Tamarish Bay
GOLDHILL
HOSPITAL
POLICE STATION
TENSING GARDENS
CENTRAL LIBRARY
LONDON ROAD
ELMROCK THEATRE
MAZE GARDENS
SUMMER GUEST HOUSE
JEFFERSON'S
TIDEHAVEN PIER
Brightport
Tidehaven

Siamo nell'autunno 1969, in una tranquilla cittadina marittima nel Sussex. Janie Juke ha svelato il mistero de *La Borsa ricamata* ed ora ha dei segreti per la testa...

# CAPITOLO 1

«Quale è la tua definizione di segreto?» Sono seduta nella cucina di mio padre, davanti al tavolo ricoperto di formica, che è stato il posto delle nostre chiacchierate importanti nel corso degli anni.

«Fammi pensare» dice. «Bene, suppongo che siano informazioni che non devono essere condivise?»

«Ed una bugia?»

«In sostanza, è la stessa cosa. Una bugia potrebbero essere le parole che vengono pronunciate in base al segreto, o le parole che non sono pronunciate. Una bugia può essere il silenzio.»

Un mese fa, ho portato a termine la ricerca della mia amica. Una settimana fa, mi è stato chiesto di fare un'altra ricerca. Ma questa volta è per un estraneo.

«Cosa è questa storia di segreti e bugie? C'è qualcosa che non vuoi raccontare a Greg?» Mio padre non può vedermi in viso, ma è sempre bravissimo a leggere nella mia mente.

«Sì, ho fatto una specie di promessa.»

«Quando lo hai sposato?» mio padre ha sorriso.

La mia esitazione nel rispondere non è passata inosservata.

«Scusami, non volevo stuzzicarti» lui ha continuato. «Tu vuoi dire alcune settimane fa, quando hai accettato di tranquillizzarti e pianificare l'arrivo del tuo bambino. Cosa è successo per farti cambiare idea?»

«Sono stata contattata da una persona che vuole rintracciare una donna.»

<<E ti stai chiedendo se dirlo a Greg?>>

<<Sì, lui si preoccupa così tanto. Lo so che è solo perché è premuroso, ma tuttavia...>>

<<Ah>> dice papà sorridendo, non avevo mai notato prima delle piccole rughe intorno agli occhi di mio padre.

<<Tuo marito è sempre contento del suo nuovo lavoro?>>

<<Sì gli piace molto. Lui sta diventando esperto nell'edilizia ed io sto imparando i termini tecnici. Ora posso dirti il minimo indispensabile sull'importanza delle cavità senza interruzioni, e sono in grado di individuare le efflorescenze a colpo d'occhio. È affascinante. Il signor Mowbray ha detto a Greg che lui sarà in grado di costruire un muro prima di Natale. Conoscendo il mio uomo l'apprendistato sarà ancora più veloce.>>

<<Ed il tuo apprendistato?>>

<<Esattamente. Ho una vaga sensazione che sarò brava in questa nuova investigazione.>>

Alcuni potrebbero dire che investigare è uno strano passatempo per una bibliotecaria e forse passatempo è una parola sbagliata. La verità è, che sembro bravissima nel ficcare il naso negli affari altrui. Gran parte della colpa può essere addossata ad Agatha Christie. Sin dalla tenera età i suoi libri hanno riempito i miei scaffali in casa, ed ora ho un accesso ancora più facilitato lavorando nella biblioteca. Io ho imparato tantissimo da Poirot.

<<Questa non deve essere una competizione, principessa. Entrambi state avendo la possibilità di imparare un nuovo mestiere. Anche se essere una

bibliotecaria competente è importante per te stessa.>>

<<Lo so, hai ragione.>>

<<Forse a Greg serve più tempo per abituarsi all'idea?>>

<<Non ho molto tempo. Fagiolino arriverà in pochi mesi. Questo caso deve essere risolto prima di allora e bene. Se deve essere risolto.>>

Nei primi due mesi di gravidanza ho scoperto che il mio piccolo embrione somiglia ad un fagiolino. L'ho detto a Greg ed abbiamo stabilito insieme il nome. Povero bambino se quando nascerà, ci saremo dimenticati che questo nome è temporaneo, e non avremo deciso un nuovo nome.

<<Mi puoi dire qualcosa riguardo questo nuovo caso?>> chiede mio padre.

<<Uno dei miei clienti della biblioteca mi ha chiesto di aiutarlo.>>

Nei giorni in cui non aiuto mio padre, lavoro nella locale biblioteca mobile. Ho un contratto regolare, e molti clienti abituali. Il signor Furness era un nuovo cliente della biblioteca, ed alla sua terza visita mentre guardava gli scaffali della saggistica, mi si era avvicinato per chiedermi di fare delle ricerche di tipo diverso.

<<Ha chiesto il tuo aiuto per cercare una donna? É tutto quello che sai? Cosa altro ti ha detto su di lei?>>

<<Molto poco. Sembra che sia un mistero relativo ad un biglietto per un bagaglio a mano.>>

<<Intrigante.>>

<<Mm, può essere.>>

<<Cosa c'entra il biglietto con la donna scomparsa?

Questo uomo ti ha dato il biglietto? Ti ha chiesto di farci qualcosa?>>

<<In un certo senso, sì. Tu sai la scatola degli oggetti smarriti che ho nella biblioteca?>>

Da quando mi occupo del furgone della biblioteca, ho raccolto alcuni oggetto smarriti interessanti.

I clienti che arrivano nei giorni di pioggia spesso sono così immersi nelle loro ricerche di storie che se ne vanno con la mente piena di nuovi racconti e le loro mani vuote da ombrelli o bastoni da passeggio. Sarebbe logico pensare che, una volta usciti, con la pioggia che cade, si affrettassero a tornare indietro per salvare la loro protezione invernale. Ma la mia collezione di sei ombrelli e tre bastoni da passeggio dimostrano il contrario. Io conservo gli oggetti più piccoli dei tesori perduti in una scatola di cartone sotto al bancone. La scatola contiene un assortimento di occhiali, guanti e muffole, una sciarpa di seta, una tabacchiera e il mio oggetto preferito, un solo calzino rosa corto di una persona adulta. Di tanto in tanto mi chiedo se la proprietaria un giorno stendendo il bucato si fosse ricordata all'improvviso del giorno in cui era venuta alla biblioteca e si era scordata un calzino. È un pensiero fantasioso, perché è quasi un anno che è nella mia scatola.

Papà aspetta con calma che continui. <<Parlamene se ti va. Ti potrebbe aiutare a chiarire i tuoi pensieri>> mi dice.

<<OK, prima però prendiamoci un'altra bevanda, va bene?>>

Con le bevande preparate e riempito il piatto di stuzzichini, racconto a mio padre quanto ne so del signor Hugh Furness.

La prima volta che venne nella biblioteca pensai che il signor Furness non fosse di Tamarisk Bay, o quanto meno non lo avevo mai visto prima. Quando entrò dalla porta del furgone, si abbassò leggermente, per non prendere con il suo elegante basco che aveva in testa il telaio della porta. Una volta entrato, si rimise dritto, in tutto il suo metro e ottanta e si tolse il cappello. Mi fece pensare ad un attore. Portava il suo completo di gabardine grigio scuro molto avvitato intorno alla sua muscolatura, con la cintura al centro, sembrava un pacco ben confezionato. La cravatta di seta rosso scuro avvolta intorno al collo, rifletteva il colore sul suo mento, dandogli un bagliore rossastro. Forse da giovane poteva essere stato Robert Mitchum, o Gregory Peck.

Era entrato da poco nel furgone, quando il silenzio che vi regnava fu interrotto da un attacco di tosse. Una volta che il signor Furness iniziò a tossire sembrava che non riuscisse più a smettere. Lui era angosciato, io ero angosciata ed il risultato fu che, non appena riuscì a riprendere fiato, si rimise il suo basco sulla testa ed andò via, forze imbarazzato per quello che era successo. Dopo pochi minuti, notai che gli era caduto un biglietto per un bagaglio a mano.

Riunire il biglietto del bagaglio a mano con il legittimo proprietario sembrerebbe essere la cosa più facile al mondo. Tuttavia, quando il signor Furness ritornò alcuni giorni dopo, gli spiegai che avevo trovato il biglietto e glielo volevo restituire, ma lui negò di saperne nulla di quel pezzetto di carta.

Conosciamo tutti il detto ‘*la terza volta sei*

*fortunato'*, anche se la sua origine deve essere ancora provata. Tuttavia, nonostante superstizione, o folclore, fu la terza volta che quel gentiluomo venne che fui in grado di stabilire la connessione tra il biglietto del bagaglio a mano ed il mio enigmatico cliente.

Mio padre mi sta ascoltando attentamente. <<Cosa ti ha detto? Ti ha spiegato perché ti aveva detto che il biglietto non era suo?>>

<<No veramente. Mi ha solo detto, *ho mentito.*>>

<<Per questo prima mi parlavi, di segreti e bugie.>>

<<Esattamente.>>

<<Non mi piace l'idea che il signor Furness abbia iniziato il suo rapporto con te mentendo. Non depone bene.>>

<<Mm, giusto appunto. Bene, gli ho chiesto di ritornare lunedì prossimo. Spero di essere in grado di costringerlo a parlare e scoprire di più.>>

<<Ricordati di leggere tra le righe è lì che troverai gli indizi.>>

<<Ora tu sembri Poirot>> dico a mio padre abbracciandolo.


Il lunedì mattina, mentre parcheggiavo il furgone nel solito posto in Milburn Avenue, c'era il signor Hugh Furness ad aspettarmi.

<<Buon giorno, signora Juke>> mi disse, entrando nel furgone e togliendosi il cappello. I suoi capelli erano di un bianco candido. Non li avevo notati prima, ma ora qualsiasi particolare lo riguardava poteva essere interessante. Lui sarebbe stato il mio primo cliente ufficiale. Lui era abbastanza anziano da

avere forse i capelli grigi, ma bianchi? Feci mente locale di segnarmi questa osservazione sul mio taccuino.

<<Salve, lei è gentile e puntuale>> dissi.

Lui sorrise. Era la prima volta che lo vedevo sorridere e mi sorprese quanto questo cambiasse il suo aspetto.

<<Grazie a lei per aver accettato di aiutarmi. Da dove vogliamo iniziare?>> disse. C'era una vivacità nella sua voce, una urgenza; questo non era un uomo che perdeva tempo.

<<Un passo alla volta, signor Furness. Non ho ancora accettato nulla.>>

Il suo sorriso andò via, lasciando un'espressione quasi di irritazione. Allo stesso modo, sapevo così poco di quest'uomo, i miei tentativi di scoprire come fosse si potevano paragonare ad un eschimese che cerca di capire i segnali di fumo.

<<Ci sono tantissime cose che devo chiederle e molto altro lei dovrebbe condividere con me>> dissi.

Non posso dire se fosse d'accordo, o pensava che avessi già superato una linea immaginaria. <<Organizziamo un incontro, va bene? In un posto tranquillo.>>

Lui alzò un sopracciglio.

<<Lo so, la biblioteca è un posto tranquillo, ma è il mio posto di lavoro. Noi dovremmo interrompere la nostra conversazione ogni volta che entra qualcuno.>>

Proprio al momento giusto, la porta si aprì. La signora Latimer, una delle mie clienti abituali, mi stava riportando un paio di libri. Lei si avvicinò al bancone, inconsapevolmente ci stava interrompendo. Lei voleva parlarmi del figlio, che si stava riprendendo da un brutto raffreddore.

<<Naturalmente, l'asma di Bobby è peggiorata>> disse. <<Sono dovuta andare un'altra volta a riprenderlo a scuola, ho paura che non si riprenderà mai. Ecco perché ho pensato di prendere in prestito un altro paio di libri. Noi facciamo qualche lezione a casa, ma lui è svogliato. Dice che preferisce guardare la televisione. Cosa ne dice lei. Quando ero giovane c'era solo la radio e si accendeva solo per le notizie.>>

Sorrisi ed annuii, cercando di non incoraggiare troppo la sua conversazione. Mentre stavo sentendo le sue chiacchiere, il signor Furness andò allo scaffale dei libri. Un momento dopo, mentre la signora Latimer stava guardando la sezione dei libri per bambini, lui ritornò al bancone.

<<Giusto appunto>> disse.

<<Sì. Troviamo un posto dove incontrarci. Conosce bene la città?>>

<<No veramente.>>

<<Ci sono dei giardini nella zona di Maze Road in città. Le posso mostrare dove sono sulla mappa.>>

Presi la mappa di Tamarisk Bay e la aprii sul bancone.

<<Ecco qui>> indicai il punto <<c'è un piccolo caffè, in verità è un po' più di un capanno. Ma se il tempo fosse brutto ci possiamo sedere all'interno, se non possiamo camminare nel giardino e parlare. Le va bene?>>

Stavo immaginando nella mia mente la conversazione che avrei avuto con Greg. Greg che mi stava fissando con orrore mentre gli dicevo che andavo a gironzolare nei giardini Tensing con un uomo che conoscevo a malapena. Fortunatamente, Greg ora non si sarebbe preoccupato perché glielo avrei detto alla fine non ora.

<<I giardini Tensing vanno bene>> disse il signor Furness, richiamando la mia attenzione sul qui e ora.

<<Domani pomeriggio? Alle quattro?>>

<<Certamente. Grazie mia cara>> mi porse la mano per stringerla. Mi sentii come se stessi prendendo un accordo formale con un uomo di cui non sapevo nulla, per intraprendere un lavoro in cui avevo poca esperienza. Greg mi avrebbe chiamata impetuosa, papà avrebbe usato la parola impulsiva. La mia conclusione è che sono solo un po' pazza.

<<Questa è solo una conversazione preliminare, capisce? Io non so ancora se saprò aiutarla.>>

<<Non ho nulla da perdere>> disse, guardandomi direttamente. La sua voce era ferma e tuttavia c'era una esitazione in lui.

<<A domani allora>> dissi.

Egli annuì prese il suo cappello dall'attaccapanni ed andò via.

L'altra mia unica cliente ritornò al bancone con i suoi libri.

<<Quel signore non ha trovato quello che stava cercando?>> chiese.

<<Non ne sono sicura>> risposi.

# CAPITOLO 2

Nei due giorni a settimana che non vado alla biblioteca mobile do una mano a mio padre. Mio padre è un bravo fisioterapista. Egli è anche cieco. Lui mi dice che perdere un senso accentua gli altri che rimangono. Dopo il suo incidente, i fisioterapisti lo aiutarono così tanto nella sua lotta per raggiungere l'indipendenza che quando fu pronto per intraprendere una nuova strada, la più ovvia fu la fisioterapia. Non c'è dubbio che i suoi pazienti possano confermare che lui abbia fatto la scelta giusta. Lui ha una lunga lista di attesa di clienti, tutti loro sono desiderosi della sua esperienza, che non ha solo a che fare con i loro disturbi fisici. Egli è un buon ascoltatore, non giudica mai e spesso offre parole sagge. Lui manda i pazienti per la loro strada, non solo con una spalla o una schiena migliorate, ma con il cuore più contento.

Il martedì ed il giovedì c'è una documentazione da completare, i lavori di casa per tenerla in ordine, il frigorifero e gli armadietti da controllare. Se non glielo ricordassi, mangiare sano non sarebbe in cima alla lista delle priorità di mio padre. Charlie anche beneficia di tutte queste attenzioni. Charlie è il cane pastore tedesco di mio padre. Dovunque sia mio padre, lì c'è Charlie, che è leale, laborioso ed intelligente. Penso proprio che siano fatti l'uno per l'altro.

<<Va bene se vado via un po' prima oggi?>> dissi. <<Ci sono tanti asciugamani puliti per i tuoi appuntamenti di domani ed ho preparato uno stufato

che ho lasciato nel frigorifero. Tu non puoi vivere di insalata o sandwich, ora è finita l'estate.>>

Non avevamo più parlato del mio possibile nuovo caso e non gli avevo detto il mio piano di incontrarmi con il signor Furness, ma questo non significa che papà non avrebbe avuto i suoi sospetti.

<<Stufato di manzo? Suona bene. Stai attenta, principessa>> disse, presi il cappotto dalla spalliera della sedia di cucina.

<<Sto sempre attenta.>>

<<Tu lo sai cosa voglio dire.>>

<<Te l'ho promesso. Ci vediamo giovedì.>> dissi, dandogli un bacio sulla guancia. <<Ciao Charlie, stai attento al mio vecchio padre.>>

<<Non così tanto vecchio.>>

<<Tu sarai nonno a breve, è meglio che inizi a farci l'abitudine.>>

Prima dell'incidente mio padre era un detective e, a detta di tutti, uno piuttosto in gamba. Così, con l'aiuto di Poirot ed i consigli di papà, avevo più di un vantaggio.

L'autunno è arrivato nei giardini di Tensing. Le tenui tonalità di ambra, rosso e oro vengono riflesse dal sole pomeridiano. I sentieri sono ricoperti di ghiande e ricci di castagne selvatiche. Davanti a me uno scoiattolo grigio, con la sua coda cespugliosa mi ricorda il collo di pelliccia di uno dei cappotti di mamma. Scuoto via il pensiero, mentre osservo lo scoiattolo correre su uno degli alberi, con la bocca piena di ghiande come un tesoro.

Mentre mi avvicino al traballante capanno, scorgo

il signor Furness. Lui cammina su e giù. Ancora una volta arrivato puntuale. Ho rallentato la mia andatura così da avere alcuni momenti per studiarlo. I suoi passi sono tutti uguali, quasi una marcia e quando raggiunge la fine del piccolo sentiero di fronte al caffè, si gira sui talloni. Non c'è nulla di casuale nei suoi movimenti. Sono abbastanza vicino per vedere la sua fronte aggrottata, che immediatamente si rilassa quando mi vede avvicinare.

<<Buon pomeriggio, signora Juke>> dice.

<<Janie.>>

<<Ah, sì, sono Hugh. Hai ragione, se dovremmo lavorare insieme non c'è bisogno delle formalità.>>

<<Un passo alla volta, Hugh.>>

<<Sì, sì.>>

<<Prendiamo un posto a sedere all'interno, va bene? Almeno sino a che non ci sono altri clienti.>>

<<Posso prenderti una tazza di tè?>>

<<Er, no, caffè, grazie.>>

Non posso più sopportare il tè. Anche l'odore mi dà la nausea. Nelle ultime settimane non sopporto più neanche i cibi piccanti ed i cetrioli. Avevo sempre pensato che l'arrivo di un bambino avrebbe fatto cambiare abitudini, ma non avevo previsto un cambiamento di dieta alimentare. Tutto questo e Fagiolino non è ancora nato.

Entriamo nel capanno e mi viene in mente il cottage dei taglialegna in una delle mie fiabe preferite. Hugh va al lungo tavolo di legno che funge da bancone ed ordina le nostre bevande. Tutto ciò che riguarda la donna che è dietro al bancone è rotondo. Lei ha una faccia da luna piena ed un giro vita abbondantemente largo. Anche se i suoi capelli sono avvolti strettamente intorno e fissati nella parte posteriore della testa in un piccolo chignon che mi ricorda una ciambella. Lei appoggia un braccio su un bastone da passeggio, che sembra essere lì più per abitudine che per necessità, perché quando ci porta i nostri drink cammina con passo spedito. Rifletto che non tutto è come sembra dall'inizio.

<<Cosa vuoi sapere?>> Hugh prende le nostre bevande dal vassoio e attentamente misura due cucchiaini di zucchero nella sua tazza. Mentre mescola lo zucchero, il tavolo vacilla, versando qualche goccia dei nostri drink nei piattini. O le gambe del tavolo sono irregolari, o il pavimento sotto di noi è sgangherato come il capanno stesso.

<<Mi dispiace, non ho pensato...prenderò dei tovaglioli di carta>> disse.

<<Non è stata colpa tua, è stato il tavolo.>>

Forse lui non è abituato a incontri clandestini con giovani donne, o forse c'è un'altra ragione per il suo nervosismo. Ha messo il tovagliolo nel piattino per asciugare il liquido e quindi ha iniziato a tossire. L'avevo già sentito tossire in quel modo. La prima volta che era venuto in biblioteca aveva avuto un attacco di tosse che si era concluso con raucedine e ansimare. Ora sembra che sta soffrendo di nuovo. Sembra che non riesca a riprendere fiato e la donna anziana che ci ha servito ha portato un bicchiere di acqua.

<<Sta bene, mio caro?>> gli chiede.

Lui non risponde mentre cerca di calmare il suo respiro, ma dopo pochi minuti l'episodio passa e tutto ridiventa normale.

<<Sembra un brutto attacco>> dico <<ti ha dato qualche medicina il dottore?>>

Lui scuote la testa. <<Mi dispiace, ricominciamo di nuovo. Ti sono grato che mi hai concesso di incontrarti.>>

<<Tu hai detto che posso aiutarti, ma ho bisogno di sapere un po' di antefatti. Così, se non ti dispiace, ho preparato alcune domande.>> Ho tirato fuori il taccuino e la penna dal mio borsone.

Se fossi stata un folletto o una scout, forse avrei imparato il motto, *sii preparata*. Invece Poirot mi ha insegnato il suo approccio metodico alla rivelazione che è diventato mio. Ho integrato il mio kit sin dalla ricerca di Zara. La base è il mio taccuino, ma ora sono orgogliosa di avere anche una macchinetta fotografica istantanea. Ci sono state diverse occasioni negli ultimi mesi nei quali una istantanea sarebbe stata provvidenziale, una cosa visibile a supporto del mio prendere appunti.

Con il mio kit da detective al completo, sono pronta ad affrontare una nuova sfida. Nuovo incarico, nuovo taccuino, nuovo obiettivo. Le mie domande sono elencate sotto cinque separate intestazioni - *Chi? Cosa?, Perché?, Dove?, Quando?* - una pagina per ognuna. Ogni possibile dettaglio sulla persona che sto cercando è fondamentale, ma devo anche saperne di più sul signor Furness e *il 'perché?'* della mia investigazione. Quale è lo scopo della ricerca? Cosa ci fa il signor Furness in Tamarisk Bay?

Troppe domande da affrontare in una sola seduta, ma infine oggi posso iniziare. Ho aperto il mio taccuino e sfoglio le varie sezioni. Ho deciso di iniziare da *Chi?*

<<Avresti bisogno di aiuto per rintracciare un'amica?>> Sono pronta per prendere appunti.

<<Sì.>>

<<Come si chiama la tua amica?>>

<<Dorothy Elm. Almeno questo era il suo nome quanto l'ho conosciuta, potrebbe essersi sposata da allora.>>

<<Quale è la tua parentela con Dorothy?>>

<<Nessuna. Non adesso, almeno.>>

<<Era una tua amica?>>

<<Sì.>>

Ho scritto alcune note nella pagina di *Chi?* mentre lui mi osserva.

<<Quanto tempo è che non la vedi? Quando eravate amici?>>

<<Durante la guerra.>>

<<Non l'hai più vista da allora?>>

<<No.>>

<<Stiamo parlando di venti anni fa?>>

<<Venticinque in realtà. L'ho vista l'ultima volta nel 1944.>>

<<Perdonami, signor Furness, Hugh. Ma perché ora?>>

Lui guarda la sua tazza ed il piattino, ed il tè non bevuto che sta diventando freddo.

<<Mia moglie è morta. L'altro anno.>>

<<Mi dispiace. Questo è molto triste. Penso che ti manca molto.>>

È emersa una punta di indignazione. Sono pronta a fare a Greg una domanda ingiusta. *'Così, se io muoio, quanto tempo ci metti prima di metterti a rintracciare un vecchio tesoro?'* Sono così concentrata immaginando la risposta di Greg che non ho sentito l'altra cosa che mi ha detto Hugh.

<<Scusa?>> gli chiedo.

<<Lei è stata male per tanto tempo.>>

<<Deve essere stato un periodo difficile per entrambi.>>

Non sono sicura di voler continuare questa conversazione. Mi sono già infastidita con il signor Hugh Furness, e non sono arrivata neanche a *Quando?, Dove?,* o significativamente la sezione del mio taccuino *Cosa?.* Cosa pensa che io posso fare che lui non può? Se tu vuoi rintracciare una vecchia amica, perché mai vorresti cercare l'aiuto di una libraria ventiquattrenne? Inoltre, in stato interessante.

<<Ci vogliamo fermare per ora, Hugh? Io devo tornare per preparare la cena a mio marito.>>

Lui è rimasto senza parole, il suo volto immobile. Mi chiedo se mi abbia ascoltato. Mi sono alzata per fargli arrivare il messaggio che la nostra conversazione è terminata, almeno per ora.

<<Amavo molto mia moglie>> ha detto.

<<Sono contenta di sentirlo.>>

Mi sono seduta di nuovo, preparandomi a dargli il beneficio del dubbio.

<<Tu hai già controllato in posti ovvi?>>

Lui mi guarda con sguardo interrogativo, ma non dice nulla.

<<L'elenco telefonico?>>

<<Sì, naturalmente. Nell'elenco telefonico locale ci

16

sono tre Elms, ma nessuno inizia con D. Inoltre, dubito che Dorothy abbia un telefono, e come ti ho spiegato, potrebbe essersi sposata. Devi capire che non mi sarei rivolto a te se era facile come cercare in un libro.>> Le mascelle serrate e la frustrazione nella sua voce. <<Ho davvero bisogno di trovarla.>>

<<Perché Hugh?>>

<<Penso che lei sia in pericolo. Questo è il punto, vedi. Ho paura che se non la trovo e non l'avverto, le può accadere qualcosa di veramente brutto.>>

<<Non puoi coinvolgere la polizia?>>

<<Loro non sono molto di aiuto? Penso che sai cosa voglio dire.>>

Lui si riferisce alle mie ricerche su Zara.

<<OK>> ho detto <<riportami nel 1944.>>

Lui chiude gli occhi e si ferma. Dopo pochi momenti inizia a parlare.

# CAPITOLO 3

## 1944

Lei vide prima il cane. Camminava a grandi passi, come il suo padrone. Almeno, cercava, ma non ci riusciva del tutto, perché aveva le gambe così corte. Corte ma volonterose. L'uomo si voltava in continuazione, forse per controllare che il cane fosse sempre lì, forse per persuaderlo che non era una causa senza speranza.

L'uomo rallentò il passo, ed il cane lo raggiunse. Lei sarebbe stata lì a guardarli per ore, ma doveva lavarsi e tornare alla fattoria per il tè.

Al pensiero del tè, si ricordò di quanto fosse affamata. Era abituata al lavoro fisico ora, ma era ancora sorpresa dall'appetito che provocava. Loro erano stati più fortunati di altri. C'era sempre una grande quantità da mangiare, le verdure raccolte in giornata cotte in pentoloni. Il pane veniva sfornato ogni giorno e lei amava il burro prodotto dalla mandria. Lei si ricorda bene le restrizioni del razionamento. Prima di iniziare a lavorare come contadina lei spesso passava le mattinate a fare la fila per il necessario, e tornava a casa con appena il sufficiente per preparare un pasto. Ma qui nella fattoria non c'era bisogno dell'uovo in polvere, le galline razzolavano libere, producendo più di quello che servisse per tutti i lavoratori.

Il giorno dopo, quasi alla stessa ora, lo vide di nuovo. C'era un tale senso di abbandono nella sua camminata, con il cagnolino che trotterellava dietro di lui. Ogni pretesto di libertà in questi giorni doveva essere afferrato, anche se solo per un momento o due.

Per diversi giorni non ci fu più traccia di lui. Si era parlato di missioni di successo in Germania. I siti chiave erano stati abbattuti, ma c'erano anche state vittime da entrambe le parti. Lei pregava che lui non fosse uno di quei piloti che avevano perso la vita.

Lei tuttavia non sapeva il suo nome.

Finalmente venne il giorno in cui lui fu nuovamente lì, con il suo terrier scozzese che gli trotterellava dietro. Lei si sarebbe letteralmente messa a saltare per la contentezza di rivederli entrambi.

Durante i giorni in cui lui non si era visto, lei si attardava il più possibile prima di ritornare alla fattoria per il tè, e si era ripromessa che, la prossima volta che lo avesse rivisto gli avrebbe parlato. Ora era arrivato quel momento.

<<Posso accarezzare il suo cane?>> disse. La sua voce lo aveva spaventato, non si era accorto del suo avvicinarsi. Lui si fermò e il suo cane continuò per un poco, annusando le foglie.

<<Come si chiama?>>

<<Scottie>> disse. <<Originale, eh?>> Quando sorrise, il suo viso si illuminò. I suoi occhi erano scuri, del colore dei mirtilli, i suoi capelli erano castani ed ondulati. Lei immaginava la madre che districava i nodi dai suoi riccioli d'infanzia.

<<Vuole passeggiare un po' con noi?>> lui disse. Lui notò la sua esitazione, anche se fu momentanea. <<Non stiamo andando lontano.>>

Lei non voleva ammettere di conoscere il suo giro fin troppo bene. Li aveva visti aggirarsi intorno al bordo del campo, nella prima parte del bosco ed emergere di nuovo dall'altra parte, forse dieci minuti dopo.

Lei era consapevole dei suoi capelli disordinati, ciuffi che scappavano via dalla treccia che le avvolgeva la testa. Le sue mani erano sporche di fango delle piantagioni ed era certa di puzzare di sudore. Lei metteva tutta la sua energia nei lavori della fattoria, con orgoglio, sapendo che stava aiutando a nutrire una nazione. Una nazione in guerra.

Tutte le settimane, da quando era arrivata aveva scritto al fratello, rassicurandolo che aveva fatto bene a trasferirsi. La sua casa era a poco più di cinquanta chilometri, troppo distante per lui per farle visita e a lei mancava.

<<Scottie inseguirà una palla?>> lei chiese.

<<In realtà non corre, lui è più di un poltrone.>>

<<Mi piacerebbe unirmi a voi per una passeggiata, ma devo tornare per le 5, per la cena. Guai terribili se non torno.>>

<<È un peccato>> disse, si affievolì la speranza nella sua espressione.

<<Forse domani? Se lei è qui di nuovo? Un po' prima in caso, così c'è tempo per una passeggiata?>>

<<Se posso, è difficile pianificare un giorno per l'altro. Sono sicuro che lei capisca?>>

Lei gli lanciò una occhiata sbirciandolo. Ora che era così vicina a lui poteva vedere tutti i dettagli della sua uniforme, senza sembrare che lo stesse guardando troppo direttamente. La luce metteva in risalto la lucentezza dei bottoni sui suoi stivali.

<<Lei sta lavorando qui nella fattoria?>> lui chiese.

Lei annuì, <<Sì, sono entrata nell'esercito terrestre femminile, sono una contadina.>>

<<Buon per lei, penso che stia facendo un lavoro vitale ed anche molto duro. Aveva mai lavorato in una fattoria prima?>>

<<No, però adoro questo lavoro. Non avevo realizzato quanta soddisfazione potesse dare. Piantare dei piccoli semi e vederli crescere. Raccolta di prodotti che compaiono dal nulla. Solo con il sole, la pioggia e la bontà del suolo. L'importanza sta tutta nella preparazione, lo sa.>>

<<Come per ogni cosa?>> disse, piccole rughe di risata appaiono intorno ai suoi occhi.

Il giorno dopo mantenne la sua parola ed arrivò un po' prima, con Scottie che arrancava dietro di lui.

<<Ha una simpatia per lei>> disse, mentre lei si chinava per accarezzare il terrier. <<Appena gli ho detto dove stavamo andando, gli è scattata una molla nel suo passo.>>

Loro passeggiarono parlando della fattoria e dei cani, stando attenti a non parlare dei recenti bombardamenti che avevano terrificato tutti nella penisola.

<<Chi si prende cura di Scottie quando lei va in missione?>> lei chiese.

<<Noi ci aiutiamo uno con l'altro. Molti di noi hanno i cani, una camminata veloce aiuta a far passare il tempo mentre chiacchieri. Anche se ammetto che

Scottie e veloce non sono due parole che potrei usare spesso insieme parlando di lui.>>

La conversazione era semplice e leggera. Lei gli raccontò cosa aveva imparato sulle stagioni ed il tempo, e quanto fosse contenta di fare parte del team. <<Il tempismo è fondamentale, sia che tu stia piantando o raccogliendo, un forte acquazzone può distruggere mesi di lavoro. Guardi queste mani>> lei disse, tenendole aperte davanti a sé. <<Non posso passare per una signora con queste, eh?>> Loro risero entrambi. Quando raggiunsero la fine del sentiero della fattoria lei desiderò di poter rifare tutto da capo.

<<Domani sera c'è un ballo. Nella sala del villaggio. Ci va lei?>> chiese.

Lei sentì salirle il rossore sulle guance, sperando che lui non lo notasse.

<<Sì, molte di noi ragazze contadine ci andrà.>>

<<Anche noi stiamo andando, almeno qualcuno dello squadrone. Così, forse ci incontreremo?>>

Lei sorrise mentre lui le tendeva la mano.

Lei scelse lo stesso vestito che aveva indossato l'ultima volta che era andata al ballo del villaggio, ma questo non aveva importanza perché lui l'altra volta non c'era. Lei lo avrebbe notato se ci fosse stato.

Il tessuto a righe bianche e rosse era elegante, non appariscente. Era tagliato in vita accentuando il suo vitino. Indossava un cardigan blu scuro sulle spalle ed era contenta che il suo unico paio di scarpe eleganti fossero anch'esse blu scuro.

Lui l'aveva sempre vista con i capelli tirati su, intrecciati ed arrotolati intorno alla sua testa. Era più pratico averli tolti di mezzo mentre lavorava nei campi. Ma per il ballo li portava lunghi e sciolti, tenuti in ordine da una sciarpa bianca legata come una fascia che impediva alla sua frangetta di caderle sugli occhi. Una delle ragazze aveva insegnato alle altre come usare la barbabietola rossa per far diventare rosse le labbra. C'erano poche o nessuna possibilità di poter mettere le mani su un rossetto, o tantomeno sul mascara. Nessuna speranza neanche per le calze. Alcune delle ragazze coloravano le loro gambe con il tè freddo, o la salsa per il sugo, ma tutto ciò di cui si preoccupavano era una linea disegnata dietro alla gamba in modo che assomigliasse ad una cucitura di una calza.

La notte del ballo c'era freddo nell'aria, quindi non c'era bisogno di pizzicare le guance per fargli venire il colore. Mentre camminava nel villaggio, si sentiva tranquilla, forse era il calore generato dalla folla di ragazzi e ragazze che stavano già facendo un giro sulla pista da ballo, o forse il pensiero di fare un giro da sola con lui.

Lui si avvicinò a lei non appena la vide arrivare. Prendendole la mano, la condusse al centro della folla danzante, spingendosi oltre le altre coppie, creandosi uno spazio per loro due. Egli aveva un gran ritmo ed era leggero nei suoi passi. Tutto intorno i muri della sala qualcuno aveva appeso delle bandierine dai colori vivaci, che svolazzavano mentre i ballerini si muovevano, agitando l'aria con i loro passi vivaci. Loro provavano il Jitterbug ed il Lindy Hop.

Le sedie ed i tavoli erano stati spinti vicino alle pareti, in modo da lasciare libero il centro della stanza. Una piattaforma rialzata aveva creato il palco per la banda. Due uomini in divisa dell'aereonautica erano addetti alla musica, uno suonava il piano, l'altro il trombone. Accanto a loro c'era una ragazza con una voce sicura, forte e chiara.

Tutti insieme canticchiavano. <<Conosci le parole?>> le chiese. Lei scosse la testa e rise. Alla fine della serata era pronta a crollare.

<<Non è più difficile dell'aratura, sicuramente?>> lui disse, versando a entrambi un bicchiere di limonata.

<<Più veloce però, sicuramente>> lei disse.

Durante la serata nessuno dei due aveva parlato molto con gli altri ragazzi e le ragazze del loro gruppo. Fu solo quando Maud si avvicinò per dirle che era ora di andarsene che si ricordò che erano lì.

<<Devo andare ora>> lei disse <<avremo dei problemi se torniamo dopo le 10.>>

<<Coprifuoco?>> lui disse. <<Spero che tu non pensi che corra troppo, ma il mio amico ha una barca. È una piccola barca da pesca, ormeggiata nel porto. Potremmo incontrarci lì, domani se ti fa piacere. Sei libera domani?>>

<<Noi abbiamo tutte le domeniche libere, prima si va in chiesa, ma dopo...>>

Lui portò una mano sul suo viso e le sfiorò i capelli sciolti sulla guancia.

<<Dopo la chiesa, allora>> lui disse.


Lei andò in bicicletta sino al porto domandandosi come avrebbe riconosciuto la barca. Ce ne erano diverse legate lungo la banchina. Ma lui era lì prima di lei, aspettando sulla spiaggia, con Scottie seduto accanto a lui. Entrambi stavano guardando verso il mare. I gabbiani volavano intorno, gracchiando rumorosamente.

<<Stanno aspettando che gli pescate un pesce?>> disse. Scottie abbaiò e corse da lei. Lei lo prese in braccio e lo abbracciò. Appena lei lo rimise giù lui iniziò a correre in circolo, agitando la coda vigorosamente.

<<Lo vedi, ti ama>> lui disse.

Lei non poteva smettere di arrossire e sperava che lui non lo notasse, o sperava che pensasse che era colpa del vento, che faceva arrossire le sue guance.

<<Cosa prenderai?>> lei gli chiese.

<<Saremo fortunati se prendiamo qualcosa, non sono molto bravo. E tu?>>

<<Non ho mai pescato prima in vita mia.>>

<<Poveri gabbiani.>>

Lui l'aiutò a salire sulla barca, quindi fece salire Scottie. Usando i remi di legno, spinse via la barca dalla banchina, dopo aver sciolto la corda che la teneva in posizione. La marea era alta, ed il vento creava le onde. La barca ballava e lei rideva ogni volta che un'onda si schiantava contro il lato della barca schizzandoli entrambi. Quando furono abbastanza lontani, preparò la canna e la lenza, aggiunse l'esca all'amo e lo gettò in acqua.

<<Ora cosa succede?>> lei disse.

<<Aspettiamo.>>

<<Per quanto tempo?>>

<<Fino a che non prendiamo qualcosa, o finché non ci saremo annoiati.>>

<<O prima che ci sia il coprifuoco>> lei disse ridendo.

<<Il mio amico dice che ci sono le spigole, se siamo fortunati.>>

Lui lanciò la lenza ancora ed ancora, ma non furono fortunati con il pesce quel giorno.

<<La prossima domenica?>> lui chiese, non appena arrivarono al porto e lei scese dalla barca. <<Sempre che io non sia in missione, naturalmente.>>

Al momento di lasciarsi lui le diede un bacio sulla guancia. Le sue labbra erano calde contro il suo viso gelido.

<<Mi piacerebbe>> lei disse.

Durante tutta la primavera si incontrarono molte volte alla piccola barca da pesca. Per passare il tempo, mentre aspettavano che i pesci abboccassero, lei gli leggeva le poesie. Alcuni giorni, quando il vento era forte, lei doveva alzare la voce per farsi sentire sopra al rumore dell'acqua che sbatteva sulla barca e schizzava. All'inizio aveva selezionato dei pezzi da Emily Dickinson e Keats. Dopo, quando entrarono più in confidenza, lei lesse le sue poesie. Lei aveva avuto sempre a che fare con le parole sin da quando era bambina. Mettendo una matita su un foglio di carta poteva creare un mondo immaginario, con effetti diversi. Le sue poesie suonavano con il moto ondoso del mare.

Lui cercava di capire i diversi aspetti di questa donna, che nelle loro passeggiate esprimeva divertimento e frivolezza. Poi, quando loro erano nella piccola barca, ascoltava la sua voce dolce recitare strofe e rime, chiudeva gli occhi e percepiva completamente un'altra persona.

Loro avevano parlato brevemente del loro passato, le vite che avevano lasciato per unirsi alla lotta per la libertà. Entrambi avevano perso amici cari sotto le bombe. Lei viveva nella paura di ricevere un giorno la notizia che la casa dove era nata era stata distrutta, e suo fratello era morto sotto il crollo. Ma per fortuna, finora, quelle notizie non erano ancora arrivate.

Il più delle volte lui era sin troppo allegro, faceva battute, come per scacciare le brutture. Lei poteva dire tutti i giorni nei quali lui era volato in dure missioni. Tutte le storie erano difficili, ma quando alcuni tornavano ed altri no, quelle erano le peggiori.

Le poesie li tranquillizzavano, dandogli il tempo di pensare all'amore. Una piccola parola che nessuno dei due voleva usare, non ancora. Entrambi sapevano che la guerra poteva non consentire a questo amore di espandersi e crescere. Ogni giorno doveva essere vissuto come se fosse l'ultimo.

# CAPITOLO 4

Hugh smette di parlare e fa un lungo respiro. Il locale dove ci troviamo sembra più freddo di prima. Hugh ha parlato come se raccontasse un romanzo, ma c'è qualcosa della sua storia che mi fa venire i brividi. Sono stata silenziosa durante tutta la storia, focalizzando i dettagli, assicurandomi di assorbire ogni sfumatura. Aspetto, non sono certa se lui voglia continuare o no. Guarda in basso verso la sua bevanda non finita. Quindi lui scuote la testa, come se stesse pensando e rispondendo ad un commento interno. Finalmente, lui mi guarda.

<<Deve essere difficile per te, rivivere quei tempi?>> dico. <<Sembra che la tua relazione con Dorothy era veramente speciale.>>

Lui annuisce.

<<E la tua base RAF era...?>>

<<Longmere, cinquanta miglia a ovest di qui, lungo la costa.>>

Lui esita. Prima era pieno di entusiasmo, mentre descriveva il suo incontro con Dorothy, i loro momenti del ballo e le loro scappatelle per la pesca, ma ora sembrava che avesse esaurito tutti i ricordi felici e ciò che rimaneva era un pozzo oscuro in cui si vuole evitare di risalire. Poi, all'improvviso si alza in piedi. <<Possiamo fermarci per ora? Devi tornare a casa. Ho già preso abbastanza del tuo tempo>> lui dice.

<<Lo so che sei stanco, ma ci sono ancora tante cose che ho bisogno di sapere prima che possa proseguire con il tuo caso. Possiamo stabilire un altro

incontro?>>

<<Passerò in biblioteca.>>

Prima che io possa rispondere, lui indossa il suo basco, e mi porge la mano per stringergliela. Ho appena avuto il tempo di mettere il mio taccuino e la matita nel mio borsone, quando ho sentito la porta del capanno chiudersi. Hugh è sparito.

Tutte le sere parcheggiavo il furgone della biblioteca nel parcheggio della biblioteca centrale. Nelle mattine che avevo il turno in biblioteca, camminavo per quindici minuti circa da casa ed andavo nell'ufficio dello staff per prendere le chiavi del furgone. Occasionalmente, quando poltrivo di più nel caldo letto, uscivo di casa in ritardo e prendevo l'autobus. Se era in orario, mi faceva risparmiare circa cinque minuti. Credo che quando Fagiolino inizierà ad ostacolare i miei movimenti nei prossimi mesi invernali, l'opzione dell'autobus sarà, il più delle volte, quella vincente.

Quando quel venerdì mattina arrivo per prendere il furgone, Hugh mi sta aspettando nel parcheggio. Questa volta indossa una giacca sportiva blu scuro e pantaloni grigio scuro e come si volta per salutarmi noto la stessa cravatta rossa messa dentro al colletto aperto della camicia.

<<Ci possiamo incontrare di nuovo? Nei giardini Tensing?>> dice. <<Oggi mi andrebbe bene, hai un intervallo a pranzo?>> il suo tono è gentile, ma ufficiale.

<<Di solito faccio uno spuntino alla mia scrivania, ossia al bancone. La prossima volta che sono libera è

martedì.>>

<<Il tempo è essenziale. Ogni giorno che passa, la situazione diventa più critica. Capisci la necessità dell'urgenza?>>

Lui è di fronte a me, dritto in piedi su tutte e due le gambe rigide, non appoggiato più su un piede che su un altro, come fa tanta gente. Mi chiedo se questo sia dovuto al suo addestramento militare.

Mi viene in mente che Greg mi ha parlato di un incontro di freccette. Lui non mi vuole mai lì, anche se mi chiama di tanto in tanto. <<Potrei farcela stasera, se tu sei libero?>> faccio una pausa, cercando di pensare ad un luogo di incontro meno solitario dei giardini in una sera d'autunno, ma un posto dove potremo parlare indisturbati. <<Cosa ne dici del caffè sul molo? Chiude alle otto, ma prima dovrebbe essere abbastanza tranquillo, molte persone saranno in casa per la cena.>>

Lui annuisce e prende un taccuino dal taschino della giacca, insieme ad una penna stilografica. <<Caffè sul molo, alle 19>> ripete scrivendo.

Il venerdì è sempre un giorno pieno di lavoro, con le persone che vogliono scegliere le cose da leggere nel weekend. Date le previsioni del tempo per questo particolare weekend di ottobre, il flusso delle persone mi porta a credere che tutti stiano pianificando un paio di giorni tranquilli rannicchiati di fronte al fuoco.

Dopo aver portato indietro il furgone al parcheggio della biblioteca centrale, sono andata a casa e mi sono cambiata. Ho avuto solo il tempo di prendere un toast alla piastra, prima di scendere verso il lungomare. Con il vento che soffia, anche lungo le strade secondarie, mi avvolgo in così tanti strati che il pancione crescente è appena visibile.

Il lungomare va da ovest a est, iniziando da Tamarisk Bay e finisce a Tidehaven Old Town, il molo è situato circa a metà strada della passeggiata. Purtroppo, non c'è rimasto nulla del secondo molo, di cui parlavano spesso mio padre e zia Jessica. Entrambi avevano passato delle estati felici sotto i portici della sua struttura vittoriana che era palesemente visto come un capolavoro di design e costruzione, prima che fosse gravemente danneggiato da forti esplosioni durante la Seconda guerra mondiale. Poi, dopo alcuni mesi, era stato totalmente distrutto da un grande incendio. Ma alla fine ora abbiamo Tidehaven sul molo, con la sua sala da ballo e il caffè.

Il caffè è a forma circolare, con larghe finestre tutte intorno che sfruttano al massimo la veduta sul mare. In questa posizione risalta come ha sostenuto per decenni il peso del tempo, con le conseguenze visibili sulle finestre incorniciate di metallo. Non ci sono angoli nascosti, quindi quando sono arrivata ho individuato subito Hugh seduto ad un tavolo vicino a una finestra, nel lato est del caffè. Questa sera tira un forte vento di nord-est, e per una ragazza che è freddolosa anche in agosto, suppongo che la sua scelta del posto causerà qualche problema.

<<Salve>> dico, mentre mi guardo intorno per una posizione preferibile. <<Ti dispiace se ci spostiamo? Ci sono spifferi ovunque, ma forse da questa

parte?>>Indico un tavolo vicino ad una finestra che sembra ben chiusa con nastro adesivo. Mi annoto mentalmente di ricordare a Greg di non comprare le strisce più economiche quando inizierà a fare le nostre finestre di casa.

Nell'ora successiva Hugh mi racconta di più di Dorothy ed io prendo nota. Lo interrompo, ad un certo punto, chiedendogli di essere più chiaro. I dettagli sono vitali.

<<Dorothy è cresciuta in Tamarisk Bay>> mi spiega <<alla fine era qui che viveva prima della guerra. Lei era nata nell'East Anglia, ma poi la famiglia si trasferì al sud per motivi di salute. Lei aveva un fratello, di pochi anni più piccolo di lei. Spesso parlava di lui con affetto; il suo nome mi ricordo era Kenneth. Penso che si sentisse in colpa per averlo lasciato quando si unì all'esercito di terra, ma in tempo di guerra tutti abbiamo dovuto prendere delle decisioni difficili.>>

<<E tu pensi che lei potrebbe essere ritornata qui, nella sua città natale?>>

<<Immagino di sì.>>

<<Ma non siete rimasti in contatto?>>

<<La guerra ha distrutto le vite, ha diviso famiglie. Tu sei giovane, è difficile per te poterlo capire.>>

Mentre ascolto Hugh, avverto un lato oscuro nel racconto della sua storia. È come se stessi guardando attraverso acque fangose, con una serie di verità inespresse che rallentano i miei progressi.

Lui guarda il suo orologio. <<Sono quasi le 20, fra poco dovranno chiudere.>>

Il cameriere viene al nostro tavolo e porta via le tazze, che sono ancora piene a metà. Pulisce altri due tavoli e quindi viene fuori con una scopa ed inizia a mettere le sedie sui tavoli prima di spazzare.

‹‹Penso che voglia dire che ce ne dobbiamo andare›› dico. ‹‹Solo un'altra domanda. Cosa ti fa pensare che Dorothy sia in pericolo? E una foto, hai una sua foto?››

‹‹Queste sono due cose›› lui dice.

Io sorrido. Lui mette la mano in tasca alla sua giacca sportiva e prende una piccola foto in bianco e nero. La donna nella foto ha circa la mia età, o forse un anno o due di meno. I suoi capelli sono intrecciati ed avvolti intorno alla sua testa. Indossa pantaloni di velluto a coste e un grosso maglione, con una sciarpa intorno al collo.

‹‹Naturalmente, così era venticinque anni fa. E la risposta alla tua seconda domanda, bene, ti spiegherò di più se decidi di prendere il caso.››

‹‹Hugh, controllerò tutto ciò che mi hai detto, me ne farò un'idea. Non so se ti potrò aiutare, ad essere onesta con te. Se posso farlo, lo farò. Dove ti posso trovare, se e quando avrò qualche informazione?››

Lui mi scrive il suo indirizzo su un pezzetto di carta preso dal suo taccuino.

‹‹Io sono in un alloggio temporaneo, per il momento. La signora Summer è la padrona di casa. Lei prenderà il messaggio se io non sono in casa quando chiami.››

‹‹Non si chiederà chi sono?››

‹‹Puoi dire che sei mia nipote, se vuoi, se ti facilita la cosa. Signora Juke, c'è un'altra cosa. Noi non abbiamo parlato di compenso.››

Alzo un sopracciglio. In nessuna fase della nostra

conversazione avevo pensato che le mie capacità investigative avessero qualche valore finanziario. Ma ora basta pensare a questo, non ha senso. Lui mi sta assumendo per fare un lavoro. Non ho idea di quanto potrebbe essere la tariffa. Abbastanza da comprare una carrozzina a cinque stelle per Fagiolino, piuttosto che una scadente d'occasione? Abbastanza da sorprendere Greg con un nuovo set di freccette, o il biglietto per una stagione per il club di calcio del Brighton? Forse abbastanza per restituire a mio padre il prestito che ci ha dato per la macchina?

«Ci saranno anche le spese vive, il costo degli autobus, le tariffe dei taxi» dice Hugh.

«Sì, naturalmente. Posso elaborare alcuni conti e ci risentiamo?»

Lui annuisce, ci alziamo e ci stringiamo la mano.

«Cosa succede se non riesci a trovarla?» dico.

«Pagherò comunque, per il tuo tempo. Ma io ho fiducia in te. Sono certo che non mi deluderai.»

Abbiamo lasciato il caffè insieme ed abbiamo camminato sul lungomare. Un poliziotto in divisa cammina su e giù vicino all'ingresso del molo. Non è raro vedere un poliziotto al suo lavoro, ma una volta che mi incammino verso casa, noto che il poliziotto si gira per seguire Hugh. Mi trattengo da prendere la prossima strada a destra, che mi porterà a casa. Invece rallento il passo e cammino per un po' dietro al poliziotto. Naturalmente, è possibile che la strada del poliziotto coincida con quella di Hugh e che ogni mistero è interamente nella mia immaginazione. È stata una settimana strana, pensandoci, è stato un anno strano ed in questo momento ho la sensazione che sarà molto più strano prima che questo finisca.

Provando a cercare le scuse per giustificarmi se rincaserò più tardi del previsto, mi rendo conto che Hugh si è fermato accanto a una pensilina sul lungomare. Anche il poliziotto sembra esitare e poi si gira e inizia a camminare verso di me. Mentre mi si avvicina, dico <<Buona sera. Mi può dire l'ora?>> Niente originale, e reso ancora più ovvio quando infilo le mani nelle mie tasche in modo che non veda il mio orologio da polso.

<<Sono da poco passate le 20, signorina>> risponde prima di camminare oltre.

Greg tornò a casa felice, dopo aver giocato una delle sue più belle partite da quando si era unito al gruppo delle freccette.

<<Sono felice di averti persuaso a unirti a loro, dopotutto?>> dissi, mentre riassettavamo dopo la cena.

<<Una delle tue migliori idee>> disse circondando la mia vita con le sue braccia. <<Fagiolino, tuo padre non è solo bello nell'aspetto, ma anche di talento.>>

<< E modesto?>>

<<Naturalmente. Ed ora, moglie, ho intenzione di andare a stendermi sul divano, e ripetere quei colpi brillanti nella mia mente. Ti ho detto che ho preso un barilotto? Il mio primo barilotto?>>

<<Er, sì, diverse volte, penso. Vai a dirlo ai quattro venti. Io verrò in tempo per vedere *Z Cars* e a quel punto ti sposterò per farmi spazio, quindi goditi il divano finché dura.>>

L'ho sentito accendere la televisione ed ho colto

l'opportunità per rileggere gli appunti che avevo preso prima. Sono sempre stata affascinata dall'idea delle ragazze contadine. Donne che spesso non conoscono nulla dei campi, che finiscono per essere esperte nella semina e nella aratura. Il cameratismo deve essere stato meraviglioso, anche se è stata la brutalità della guerra a renderlo necessario. Una buona cosa nata da una cattiva.

Mio padre ha combattuto in guerra, ma per breve tempo. Aveva appena diciannove anni quando fu arruolato, e un anno dopo la guerra finì. Lui non ha mai parlato di quei tempi. Non so quanto abbia rischiato di morire, uccidere o guardare i suoi amici uccisi.

Nella mia prossima visita, sollevo l'argomento, ma sono incerta se riceverò una risposta. C'è un flusso costante di pazienti, e come l'ultimo va via, è il momento per papà di rilassarsi mentre metto sul fuoco il bollitore. Da quando Fagiolino mi sta impedendo di bere il tè, io ho scoperto che l'acqua calda con il limone è una alternativa perfetta. Il bollitore è pronto e papà e Charlie vengono dalla stanza della terapia.

Papà prende il suo solito posto al tavolo di cucina, con la schiena rivolta alla porta e Charlie si mette ai suoi piedi. Io mi siedo di fronte a lui, nel mio solito posto, vicino il forno. Non si tratta di abitudine o routine. Ogni cosa sul piano di lavoro ha il suo posto speciale. Il barattolo del tè è sempre a sinistra del barattolo dello zucchero, il barilotto dei biscotti sta sul ripiano inferiore della credenza più vicino al lavandino. Nel salotto la costante posizione dei mobili risulta dalle piccole rientranze sul tappeto. Ogni cosa nella casa fa parte di una tabella di marcia per papà, per assicurarsi che non perda mai la sua strada.

«Giornata piena, vero?» dico, mentre sorseggiamo le nostre bevande.

«Una buona, penso. Molto soddisfacente. La signora Barnard non ha bisogno di un altro appuntamento e il signor Haywood mi ha detto che sta trovando meno faticoso fare le scale ora che il suo ginocchio si è sistemato.»

«Una meraviglia, questo è quello che sei.»

«Bene, grazie, principessa. Anche se potresti essere un po' di parte.»

«Ti sei mai chiesto come sarebbe stata la tua vita se fossi ancora nelle forze di polizia? Se tu non avessi avuto l'incidente?»

«È così com'è e per me va bene. Inoltre, sto vivendo tramite te il lavoro dell'investigatore.»

«Ah, sì, bene.»

«Hai assunto il nuovo caso? Il tizio della biblioteca?»

«Non posso prendermi troppo tempo, non credi?»

L'intuizione di mio padre era quella che aveva fatto di lui un brillante detective. Spero di averne ereditata un po'.

«Prima che tu dica qualcosa su Fagiolino, o su Greg per questo problema, non ti preoccupare» dico. «Non ho intenzione di correre in tutti i posti. Se accetto l'incarico, e non gli ho ancora dato una risposta definitiva, ho intenzione di prendere un aiuto.>>

<<Del personale?>> lui dice, sorridendo.

<<Poirot usa il suo compagno Hastings per andare in cerca di indizi. È sorprendente quanto si può scoprire solo parlando con le persone. Infatti, pensavo che avrei iniziato con te.>>

<<Non mi starai chiedendo di violare la riservatezza di un paziente, vero?>>

<<Niente di questo. Ma quello che vorrei chiederti potrebbe farti sentire a disagio.>>

Sembra pensieroso e mi chiedo quali possibilità stiano girando nella sua mente.

<<Mi puoi raccontare di quando eri sotto le armi, qualcosa riguardo la guerra?>>

<<Oh, non avevo visto che stava arrivando.>>

<<Nessun gioco di parole?>> Mio padre ed io non sfuggiamo dalla realtà della sua cecità, ma questo non ci impedisce di ridere di tanto in tanto. <<Sul serio, però, puoi darmi un'idea di come stavano le cose? Io posso immaginarne parecchie, ma voglio scartare le ipotesi e concentrarmi sui fatti.>>

<<Sono impressionato, hai ascoltato il mio consiglio, dopotutto.>>

<<Naturalmente.>>

<<Era un periodo di contraddizioni>> fa una pausa, come se stesse cercando di mescolare i suoi ricordi in una parvenza di ordine. <<Molti momenti terribili, intervallati da quelli luminosi. Mi feci nuovi amici e ne persi altri. C'è stato uno spostamento di priorità, improvvisamente tutte le cose che pensavamo fossero importanti prima della guerra, diventarono insignificanti.>>

<<Un po' come quando hai perso la vista?>>

<<Per certi aspetti, sì. Il nostro obiettivo era restare in vita e tenere le persone intorno a noi al sicuro da eventuali danni.>>

<<Sapevi di chi ti potevi fidare?>>

<<Domanda interessante. Principalmente, sì. Noi imparammo subito l'importanza di rispettare, e quanto era importante eseguire gli ordini. Quando il tuo ufficiale comandante diceva di fare qualcosa, non potevi permetterti di mettere in discussione le sue ragioni, dovevi agire.>>

<<Ma se lui stava sbagliando? Ci devono essere stati errori di giudizio?>>

<<Sì, sono sicuro che ci fossero. Ma io sono stato fortunato, il mio plotone era responsabile per il movimento merci.>>

<< Tu non hai dovuto combattere?>>

<<Tutti i giorni era un combattimento. Assicurandoci che i nostri convogli raggiungessero la loro destinazione senza incidenti. Un giorno vidi il camion davanti al mio andare in frantumi. Non rimase nulla del camion, delle merci, o dei soldati.>>

<<Devi essere stato terrorizzato. Tu eri così giovane. Cinque anni più giovane di come sono io ora. Non avevi voglia di scappare?>>

<<Questo è quello che intendevo quando ho parlato delle contraddizioni. C'era un gran senso di solidarietà. Tu sapevi che le tue azioni non erano di aiuto solo ai tuoi compagni di battaglia, ma per tutte le persone che erano a casa, nell'intera nazione. Scappare via significava abbandonare tutti.>>

<<Pensi che ti abbia cambiato? Le cose terribili che

hai visto, vivere con la paura tutti i giorni.»

«Ciò che non ti uccide ti rende più forte. Questo è quello che si dice, non è così?»

«Grazie papà.»

«Per cosa?»

«Per avermi spiegato, per avermi parlato di questo. Lo apprezzo perché penso sia difficile, suscitare ricordi che dovresti dimenticare.»

«Ti aiuterà questo per la nuova investigazione?»

«Sì, penso di sì. »

«Me ne parlerai?»

«Sì, ma non ancora. Ho bisogno di chiarire prima nella mia mente. Come ti ho detto, mi è stato chiesto di rintracciare una donna, ma non sono ancora sicura del perché.»

«Perché questa persona è scomparsa?»

«No, intendevo dire, perché io?»

«Bene, forse quello che hai fatto per Zara ti ha creato una reputazione?»

«Potrei prenderla in due modi» dico, sorridendo. «Comunque, è ora per me di tornare a casa e preparare la cena.»

«Non lasciare che questa ricerca si metta tra di voi. Tu e Greg. Il tuo bambino e tuo marito devono essere le tue priorità.»

«Siamo d'accordo, papà, ho in mano la situazione.»

La verità è che non è vero.

# CAPITOLO 5

Loro ancora non sanno di esserlo, ma Phyllis e Libby Frobisher sono entrambe coinvolte nella squadra per la risoluzione dei misteri di Janie Juke.

Phyllis era la mia insegnante di inglese alla scuola di grammatica e sarebbe meglio descriverla come la nonna che avrei sempre voluto avere, ma non ho mai avuto. La villetta di Phyllis rispecchia completamente il suo carattere; pulita, decorata con cura e non appariscente. La villetta *Lavanda* è situata al centro di Tidehaven Old Town. Per raggiungere la villetta devi farti strada in un vicolo, che è troppo stretto perché possa passarci una macchina. Come risultato, ho la sensazione di ritornare ai tempi dei Tudor quando la villetta fu costruita e quando il sistema più usato come mezzo di trasporto era un carro con il cavallo o un buon vecchio, *pony in gamba*.

In linea con il suo nome, su entrambi i lati della porta d'ingresso ci sono due grandi vasi di pietra, con piantata la lavanda inglese. Siamo in ritardo nella stagione ora, ma anche se autunno, quando i gambi dei fiori sono spazzolati dal vento, emanano un dolce profumo.

Spingo il cancello di legno per aprirlo, passando sul sentiero vedo una palla di lanugine di zenzero, nascosta in parte da un cespuglio di ortensia che si trova sotto la vetrata. Per un momento è come se fosse parte del cespuglio stesso, i fiori pesanti si tingono di bronzo con l'autunno. Ma poi la coda appare e come un lampo il gatto attraversa il sentiero e scompare nella siepe.

<<È un nuovo membro della famiglia?>> dico, mentre appare Phyllis. L'ultima volta che Phyllis era stata in biblioteca, le avevo detto che sarei passata, così non sono sorpresa che lei abbia aperto la porta prima che io potessi usare il caratteristico batacchio in ottone.

<<No, lei è della vicina, ma sembra che preferisca il mio latte. Non avrei dovuto iniziare suppongo, ma era una fredda mattina quando si sedette sulla mia soglia sembrava così abbandonata. Da allora, lei fa un disastro se non trova il piattino e non è ben riempito.>>

<<Tu sei troppo buona.>>

<<Sì, probabilmente lo sono. Andiamo entra, il bollitore è su ed io ho fatto le frittelle. Vanno bene per Fagiolino le frittelle?>>

<<Le frittelle sono perfette. Posso dare un'occhiata rapida al tuo giardino di dietro? Non l'ho più visto da quando hai messo il nuovo patio.>>

<<Fai tranquillamente>> lei dice, mentre mi apre la porta del retro. <<Io non posso uscire fuori, sono in pantofole, ma vai e fai un giro. Se tu vai in fondo al giardino e ti volti, otterrai la vista migliore.>>

<<È perfetto>> dico ritornando dopo pochi minuti. <<Mi fa pensare al nostro prato che in confronto sembra un rattoppo. Mi aiuterai con le tue idee per farlo crescere? Greg ed io siamo senza speranza, noi conosciamo appena la differenza tra fiore e erba. Sarebbe bello per Fagiolino avere un vero e proprio giardino per correrci, invece del puntino che è al momento.>>

<<Se vuoi solo idee, non c'è problema. Non posso

prometterti di poter scavare molto. C'è stato un tempo in cui avrei potuto fare la maggior parte delle cose, ma ora il meglio che posso fare è supervisionare. Andiamo nel salotto, lì è più accogliente. Così mi potrai dire la vera ragione per la quale sei venuta qui.>>

Phyllis è insuperabile. Lei è intuitiva come mio padre e mi conosce quasi altrettanto bene. Il pretesto della mia visita era di chiedere la sua opinione sull'ultimo di Agatha Christie, ma non mi aspettavo che credesse in quella scusa piuttosto debole. Il furgone della biblioteca era il posto dove parlavamo dei libri.

<<Come sta Greg?>> lei dice.

Io sorrido.

<<Lui lo sa che ti stai imbarcando in un altro caso?>>

Phyllis potrebbe essere la mia fedele sostenitrice in molti aspetti della mia vita, ma lei mi aveva disapprovato per essermi tanto coinvolta nella ricerca di Zara. È improbabile che sia ancora più incoraggiante questa volta, in particolare quando l'arrivo di Fagiolino si sta avvicinando sempre di più.

<<Io ho un piano>> dico.

<<Ah.>>

<<Ho intenzione di prendere un aiuto. Infatti, è per questo che sono qui.>>

Lei si alza in piedi e va alla finestra dalla quale si vede un grande faggio, che prende tutto un angolo del giardino di dietro. Le sue foglie hanno assunto un profondo color caramello ed un vento forte soffia attraverso i rami, facendoli abbassare ed oscillare.

<<Come stai con i singhiozzi?>> lei dice.

<<La tua lavanda è molto rilassante, forse ne dovrei prendere una manciata nella mia borsa, così da poterla usare quando mi serve.>>

A parte le difficoltà con il tè e vari cibi, ho sviluppato una propensione al singhiozzo nel bel mezzo di una discussione, o al punto di scoprire un indizio vitale, e non aiuta proprio. Ho messo le mie mani sul pancione e l'ho accarezzato un paio di volte. Non voglio che Fagiolino non si senta amato.

Sono sprofondata in una poltrona consumata, che è abbastanza vicina all'allegro fuoco di carbone da farmi sentire il crepitio e lo scoppiettare delle fiamme mentre guizzano. Phyllis sistema il vassoio con le nostre bevande e le frittelle su di un tavolo basso tra di noi.

<<Perché pensi che io ti possa aiutare?>> lei dice.

<<Sono le informazioni che sto cercando al momento. Quanto ti ricordi bene i tuoi allievi?>>

<<Tutti loro? Stiamo parlando di quaranta anni.>>

<< Lo so. Ti sto chiedendo molto, ma se ti dico tutto quello che so su una famiglia in particolare, allora forse...?>>

<<Spara.>>

<<Un fratello ed una sorella. Il nome della ragazza è Dorothy ed il nome del fratello Kenneth. Lui era un po' più piccolo di lei ed il padre stava molto male con l'asma e le bronchiti. La famiglia si era trasferita qui perché il dottore gli aveva detto che gli sarebbe stato utile per i bronchi l'aria di mare e tutto il resto.>>

<<Ci sono parecchie famiglie che corrispondono a questa descrizione>> lei dice. << Ad un certo punto ce ne fu un'inflazione. Loro vollero tutti andare via dalle

città industriali, lo smog era terribile. Presumo che tu stia parlando del tempo della guerra?»

«No, questo è successo prima della guerra. Dorothy aveva vent'anni durante la guerra, noi stiamo parlando di alcuni anni prima. Penso che la famiglia fosse originaria dell'East Anglia, forse di Peterborough.»

«Il cognome?»

«Elm.»

Lei sembra pensierosa e si versa un'altra tazza di tè. «Vuoi ancora qualcosa da bere? Ho lasciato il bollitore sul fuoco e sono piena di limoni.»

«No grazie, sto bene così. Non mi aspetto che tu abbia una risposta immediata. Pensaci, forse qualcosa ti torna alla mente, qualche memoria, un flashback.»

«Non puoi dirmi altro? Qualcosa della madre?»

«Non ne sono sicura. Posso provare a scoprire. Ti sarebbe di aiuto?»

«Forse.»

Lei mette le tazze vuote e la zuccheriera nel vassoio e aggiunge un po' di carbone al fuoco. Sulla mensola del caminetto c'è una delicata collezione di ditali di porcellana cinese, mi chiedo quanto tempo le occorra quando deve spolverarli tutti.

«Non ti devi preoccupare per Greg e me» le dico. «Noi stiamo bene.»

«Sicura?»

«Certamente. Stiamo proprio cercando la nostra strada, imparando ancora l'uno dall'altro.»

«Non bloccarlo. Tu avrai bisogno di lui quando arriverà Fagiolino.»

Sull'autobus al ritorno da casa di Phyllis ripenso al suo consiglio, quello che ha detto e quello che ha sottinteso. Greg ed io abbiamo raggiunto uno stadio nella nostra relazione in cui siamo tutti e due alla ricerca di un posto, come i cavalli al cancello di partenza. Nei due anni che siamo stati sposati è come se il terreno sotto di noi si modificasse costantemente. Forse è così che è la vita matrimoniale. Non ho niente per confrontarla.

Mia madre se ne andò subito dopo l'incidente di mio padre, quando divenne chiaro che si sarebbe appoggiato a lei in più cose. A parte il suo indirizzo postale da qualche parte a nord, conosco poco della vita che ha scelto. I miei suoceri, Nell e Jimmy Juke, sembrano avere una relazione tradizionale, nel senso che lei si lamenta molto, ma lui ascolta raramente. Loro vanno d'accordo insieme, ma sembra che ci sia poca gioia. Forse la gioia e la passione vanno via in una relazione dopo che sei stato insieme così a lungo come loro, o forse non c'era anche all'inizio.

Nell e Jimmy si erano conosciuti e sposati subito dopo la guerra, come mia madre e mio padre. La vita e le abitudini sono cambiate. Gli anni della guerra hanno dimostrato che le donne potevano avere molto di più, essere molto di più. Ora ci stiamo avvicinando alla fine di un decennio che ci ha portato diverse libertà. Per la prima volta dalla guerra, i giovani non devono unirsi in matrimonio (mi devo ricordare di dire a Greg quanto lui sia fortunato) e le donne sposate possono farsi carico quando si tratta di controllo delle nascite (non mi occorre nessuna raccomandazione su questo fronte).

La ricerca di Dorothy Elm mi intriga. Non solo la sfida di rintracciare una persona scomparsa, se in realtà è scomparsa. Da quello che ho imparato su di lei finora, sembra una delle nuove generazioni di donne, donne che hanno rotto gli schemi, che erano pronte a provare nuove sfide. Forse io e lei abbiamo qualcosa in comune.

Ero rimasta d'accordo con Hugh che gli avrei fatto conoscere la mia decisione riguardo al caso entro il weekend. Ho anche bisogno di calcolare il mio compenso. Non è che posso chiederlo in giro, suppongo che non ci siano molte agenzie private di investigazione in Tamarisk Bay, almeno non che io sappia. Pensandoci bene, il mio pensiero va a Libby Frobisher. Libby, la favorita e unica nipote della signora Phyllis Frobisher, si era trasferita recentemente dalla Cornovaglia ed aveva trovato lavoro come giornalista al *Tidehaven Observer*. Era stato l'articolo di Libby relativo al mio coinvolgimento nella ricerca di Zara che aveva indotto Hugh a bussare alla mia porta, in senso figurato.

Usare lo stipendio di Libby come parametro per la mia tariffa sembra appropriato, dopotutto, stiamo entrambe indagando, in un modo o nell'altro. È un po' sfacciato chiedere esplicitamente a Libby, ma ho sfogliato le pagine dei posti di lavoro vacanti nel *Tidehaven Observer*, e ho anche controllato una copia di *Brighton Argus*, e non ne ho tratto nulla, quindi sembra che possa essere la mia unica opzione.

Ci siamo messe d'accordo per incontrarci nel mio caffè preferito alla fine della London Road. *Jefferson* è un incrocio tra un caffè ed un club. Richie, il proprietario, ama la musica quanto ama fare i caffè, probabilmente anche di più.

<<Hai uno scoop per me?>> Libby chiede, mentre ci sistemiamo in un angolo del caffè, lontano dal jukebox. La musica è fantastica, ma alcune volte rende difficile la conversazione.

<<No>> esito nel proseguire.

Pensa all'effervescenza che aleggia su un bicchiere di limonata nel momento in cui la versi dalla bottiglia e quella è Libby. Forse le sto facendo un'ingiustizia. L'effervescenza può essere divertente ma inefficace. Libby è solitamente la prima, ma mai la seconda. È diventata un'amica, ma è Libby la giornalista che è in servizio oggi, pronta per quel frammento di notizie che porterà a un articolo in prima pagina e un'altra pacca sulla spalla dal suo editore.

<<Ho bisogno di informazioni da te questa volta>> dico, mescolando lo zucchero nel mio caffè. Fagiolino mi ha fatto diventare golosa, almeno questa è la scusa.

<<Informazioni su cosa? Tu puoi sentire più pettegolezzi di me in quella tua biblioteca. Perché pensi che tengo alla tua amicizia?>>

Alzo un sopracciglio.

<<Sto scherzando>> lei dice.

<<È un po' personale.>>

<<Stiamo parlando della vita amorosa? Se è così, scordatelo. Non c'è nessuno al presente e nessuno nell'aria, ma vivo nella speranza.>>

«Non amore, lavoro.»

«Che noia.»

«Si tratta di soldi, quindi non completamente noioso. Ti dispiacerebbe dirmi quanto guadagni?»

»Venendo al sodo, perché no? Non dopo il mio lavoro, che ne dici?»

»No, non è niente di questo. È solo che…»

»Ti è stato chiesto di accettare un caso, non è vero? Vai avanti, ti puoi fidare di me.»

Io rido e scuoto la mia testa.

»È un bello scambio. Io ti dico il mio stipendio, e tu mi dici su cosa stai lavorando? Vai, dammi un piccolo spunto, per ravvivare la mia giornata. Tutto quello che ho al momento per le mani di cui mi devo occupare è il raduno generale annuale dell'Istituto femminile. Dovresti avere pietà di una povera reporter.»

Come giovane reporter Libby ha ancora uno stipendio da apprendista. Tuttavia, il pensiero di quei pochi soldi in più è allettante. Ho deciso di chiedere a Hugh una tariffa oraria, basata sulla metà di quella di Libby, perché anche io sto imparando. Il mio prossimo dilemma è come calcolare il numero delle ore che spendo per occuparmi del caso. Posso caricare il tempo che sto prendendo in prestito alla biblioteca per rimuginare sugli indizi? È chiaro che il lavoro da detective privato non è semplice.


Non mi devo preoccupare. Hugh ha chiaramente una somma di denaro superiore e mi offre una somma forfettaria, che supera di gran lunga qualsiasi cosa sperassi di ottenere. Metà ora e metà alla fine della mia ricerca.

>>E se non trovo Dorothy?>> gli chiedo, quando ci incontriamo nei giardini Tensing.

<<Sono fiducioso che tu la troverai, ti pagherò a prescindere, più eventuali spese.>>

<<Quanto tempo ho? Quando ci diamo un termine?>>

Lui guarda in basso il mio pancione e sorride. <<Io penso che tu sarai il giudice di questo, o il tuo bambino.>>

Lui porge la mano. <<Ci scommettiamo?>>

C'è un briciolo di esaltazione mentre ci stringiamo la mano. Mi sto imbarcando in un nuovo lavoro. Sono incappata per caso nella ricerca di Zara, ma questa volta è diverso, e non è solo perché verrò retribuita.

# CAPITOLO 6

Fagiolino sta crescendo, le mie visite regolari alla clinica prenatale mi rassicurano che tutto sta andando bene. Ora i volti di parecchie mamme che frequentano il reparto maternità di Briarsbank mi risultano familiari, ma ci scambiamo solo il saluto e poche parole. Ma la mia amicizia con Nikki Bright è molto più di questo. La maggior parte delle settimane, dopo che siamo state alla clinica prenatale, passeggiamo per un po' e ci ripariamo in un caffè se il tempo è brutto, o ci sediamo nel parco, se c'è il sole.

Oggi è una bellissima giornata di ottobre, sembra estate. Le foglie hanno trasformato gli alberi in caleidoscopi di colore che renderebbero invidioso qualsiasi artista. Ma c'è un debole sole che non riesce a scaldare così ci fermiamo al nostro bar preferito e ordiniamo delle bevande calde.

<<Puoi sentirli entrambi quando ti tirano i calci?>> Le chiedo. <<Cioè voglio dire, si muovono nello stesso momento, o è solo un guazzabuglio di braccia e gambe?>>

Lei sorride e prende la mia mano, la mette delicatamente sul suo pancione. Io sto lottando con tutto quello che un piccolo Fagiolino sta facendo al mio corpo, non ho idea di come lei possa fare con due gemelli.

<<Sono sempre in movimento, se non si muove uno si muove l'altro. Dio sa come sarà una volta che saranno nati. Non avrò un momento per respirare. Come va il tuo Fagiolino? È irrequieto?>>

<<Più che altro dopo che ho mangiato.>>

<<Ed il singhiozzo? Hai ancora quel problema?>>

<<Quando sono in ansia, o sovraeccitata. Avrei dovuto chiederlo all'ostetrica.>>

<<Forse la prossima volta? Ad ogni modo, cambiando discorso>> lei dice, allontanando la sua tazza vuota e appoggiandosi alla spalliera della sedia per rilassarsi. <<Sto pensando di organizzare una cena. È un modo per fare nuove conoscenze. Non mi sono fatta molte amicizie da quando siamo arrivati. Bene, realmente solo te. Frank, naturalmente, ha tutti i suoi colleghi, ma si parla solo di discorsi di polizia.>>

Quando Frank Bright aveva preso il posto come sergente detective alla stazione di polizia di Tidehaven aveva significato sradicare e trasferirsi, lasciando i genitori di Nikki e suoceri al nord, e lei aveva bisogno di una nuova cerchia di persone di supporto.

<<So cosa intendi quando parli di discorsi, sto ascoltando da Greg le complessità dei progetti di costruzione ora e sta iniziando a darmi sui nervi.>>

Prendo un cucchiaino e mescolo il mio caffè, anche se non ho messo lo zucchero.

<<Nikki, posso solo dire, che sono contenta che siamo rimaste amiche dopo tutto quel trambusto con Zara. Ho realizzato che per te deve essere stato difficile trovarti nel mezzo.>>

<<Ammetto che per un po' ho faticato. Frank sarà sempre la mia priorità, ma l'amicizia è pure importante. Così, che ne pensi dell'idea della cena? Mi piacerebbe che veniste anche te e Greg.>>

<<Sembra divertente, ma sarà tanto lavoro per te, non pensi? Sei sicura che non sarà troppo per te?>>

Greg non è entusiasta dell'invito. Gli rinfaccio le occasioni in cui mi sono seduta in disparte mentre lui pianificava una strategia con la squadra di freccette, o descrivendo l'ultima partita di calcio del Brighton a papà, momento per momento.

<<Non gli sembrerà strano, che tu ti presenti a casa sua?>>

<<Lui lo sa che io e Nikki siamo amiche. Almeno sono abbastanza sicura che lo sappia. Se no, avrà una piacevole sorpresa. Loro vivono in Goldhill Estate, in una delle case nuove. Tu puoi considerarla un esempio, per quando costruirai la nostra.>>

Da quando Greg aveva preso il lavoro come apprendista da *Mowbray a F.lli,* lo prendevo in giro dicendogli che un giorno poteva costruire la nostra casa. Potrei essere un po' fuori di testa, ma sono pronta ad aspettare.

Quando arrivò la sera della cena, mi truccai accuratamente ed indossai il mio vestito preferito viola scuro. La linea lunga e snella della moda attuale non è chiaramente per me al momento e dovrà aspettare fino all'arrivo di Fagiolino. Ma posso ancora divertirmi con i miei capelli. Prendo tre sciarpe dal mio armadio, una viola, una bianca e la terza bianca e viola. L'intreccio strettamente tra loro e le avvolgo intorno alla testa, rimboccando le ciocche indisciplinate dietro le orecchie, lasciando la mia frangia libera.

<<Sei un bel bocconcino>> dico a Greg, mentre si controlla i capelli nello specchio del corridoio. <<Buon lavoro averti sposato.>>

<<Idem>> lui dice.

<<Il bocconcino, o il matrimonio?>>

<<Entrambi. A proposito, elegante fascia per capelli. Dobbiamo prendere qualcosa?>>

<<Ho comprato una scatola di cioccolatini al latte. Tutti amano la cioccolata.>>

<<Non hai detto che l'unica cosa che Nikki può sopportare sono le patatine con un sacco di sale e aceto?>>

<<Bene, allora sarai felice, non è vero?>> gli dico picchiandolo sulle costole.

<<Stai attenta, o ti farò il solletico e Fagiolino farà delle capriole. Un bacio per tuo marito prima che andiamo?>>

<<Certamente>> mi avvicino a lui e premo la mia guancia contro la sua.

<<Prendiamo un cane>> lui dice. I miei capelli sono caduti davanti al suo viso, rendendo la sua voce attutita.

<<Ho capito bene cosa hai appena detto? Un cane? Da dove ti è venuta questa idea?>>

<<Sono serio. Io posso portarlo al lavoro con me i giorni che tu sei in biblioteca. Un paio dei ragazzi hanno i cani, lui starebbe in compagnia. Tu potresti portarlo da tuo padre il martedì ed il giovedì e Charlie gli può insegnare le buone maniere. Idea brillante.>>

Ha pianificato tutto.

<<Non pensi che prima dovremmo aspettare l'arrivo di Fagiolino? Così ci abituiamo ad essere un trio prima di aggiungere un cucciolo al mix?>>

<<Non abbiamo bisogno di prendere un cucciolo, noi possiamo prendere un cane più vecchio,

riutilizzarne uno. Pensaci almeno.>>

La casa bifamiliare di Frank e Nikki è moderna ed elegante, con arredamento coordinato. Le tende si abbinano alla carta da parati e ai cuscini del divano. Perfetto per una foto da rivista, ma impersonale. Preferisco ogni giorno la mia piccola casa a schiera.

Loro ci aspettano entrambi sulla porta e li seguiamo lungo il corridoio, che finisce in un soggiorno lungo e stretto, con un salotto a un'estremità e una sala da pranzo all'altra. Nikki deve averci messo ore ad apparecchiare il tavolo, che è pronto per otto persone. Le posate brillano ed i tovaglioli inamidati sono piegati in una forma e infilati in bicchieri di cristallo luccicanti.

Frank prende i nostri cappotti e prepara i drink. È strano vederlo fuori servizio. Mi aspetto quasi che mi prenda da una parte e mi chieda di Zara. Il caso non è ancora arrivato al tribunale e sono consapevole che ad un certo punto lo vedrò in circostanze molto diverse - dentro un'aula di tribunale, per essere precisi.

Ma per ora, lui è tutto sorrisi, come pure Nikki, che ci mostra i nostri posti a tavola. Lei ci incoraggia a servirci da soli per prendere gli accattivanti spiedini di formaggio e cubetti di ananas, infilzati in un pompelmo. Le coppie sono divise, così che tutti siamo seduti vicino ad una nuova conoscenza. Sembra essere totalmente padrona del contesto sociale, come se lo avesse fatto per anni. Così differente dalla timida futura mamma che ho conosciuto pochi mesi prima.

Greg è seduto di fronte a me e capisco alcuni

frammenti della sua conversazione con una vicina di Nikki. La donna, presentataci come Marjorie, è più grande di noi, forse sulla quarantina, con uno sguardo tormentato. Al contrario, suo marito, Patrick, ha un volto aperto ed una voce tonante. La sua risata, che sento spesso durante tutto il pasto, è una risatina dalla gola profonda che è contagiosa. Ogni volta che lo sento non posso fare a meno di sorridere.

I miei vicini di tavola sono Joanne e Howard. Sono entrambi chiacchieroni e mi chiedo se i loro figli adolescenti siano uguali, il che comporta che nella loro casa ci deve essere un pasto rumoroso, o forse i ragazzi non provano neanche a competere con le loro chiacchiere. I nostri argomenti di conversazione vanno dallo sport (principalmente il calcio), il tempo, i piani per la notte di Guy Fawkes, che è a poche settimane di distanza. Come per tutti gli ospiti della cena ben educati, gli argomenti più difficili della religione e della politica vengono accuratamente evitati.

«I figli continuano ad insistere per farci uscire in barca» dice Joanne.

«Voi avete uno yacht?» dico, cercando di non sembrare troppo impressionata.

«Oh no, niente di così carino» dice Howard «solo una piccola barca da pesca. Era di mio padre. Io ci passo tutte le mie vacanze estive in quella barca, o sull'acqua, o sistemandola. Ma i miei due figli sono pronti quando c'è divertimento, ma quando si tratta di qualcosa che richiede un po' di grasso di gomito non si vedono da nessuna parte.»

Tutto questo parlare della barca da pesca mi fa

pensare ad Hugh e Dorothy.

<<Tu sembri pensierosa>> mi dice Joanne, passandomi la salsa. <<Tu lavori alla biblioteca mobile, vero? Non sono stata in biblioteca per anni. L'ultima volta che ci sono stata fu quando i ragazzi erano piccoli. Allora ci lavorava Phyllis Frobisher. Ho sempre pensato che potesse sgridarmi se avessi scelto il libro sbagliato. *'Pensa alla lettura come cibo per la mente'* questa era la sua massima quando io frequentavo la scuola.>>

<<Lei era la tua insegnante d'inglese?>>

<<Sì, deve esserlo stata per la metà degli abitanti di Tamarisk Bay.>>

<<Tu sei cresciuta qui?>>

Joanne annuisce e mi lancia uno sguardo indagatore.

<<Non è che per caso conosci la famiglia Elm? Dorothy e Kenneth - fratello e sorella.>>

<<Il cognome mi sembra familiare, ma non capisco il perché. Sono tuoi amici?>>

<<No, non proprio. È che un amico di un amico sta cercando di tornare in contatto con loro.>>

Lei gira la testa e tocca il braccio di Howard.

<<Howie, conosci un tizio che si chiama Kenneth Elm?>>

<<Intendi il veterinario?>>

<<Oh, ora mi ricordo>> lei dice. <<È stato il signor Elm che ha curato Flash quando ha avuto l'influenza aviaria. Simpatico.>>

Per un momento mi viene voglia di abbracciare Howard in segno di gratitudine per avermi dato il mio primo punto di informazioni. Invece gli sorrido e gli passo il rafano.

La cena è preparata e presentata nel modo più esperto di qualsiasi cena a cui abbia mai partecipato. Mi immagino che Greg nelle settimane a venire si entusiasmi degli Yorkshire. Finito il dessert siamo invitati ad andare alla fine della stanza nel salotto, con l'offerta di caffè e menta.

Durante tutto il pasto Nikki ha fatto avanti e dietro dalla cucina, portando via i piatti sporchi e riportando quelli puliti. Frank è a capotavola, che parla con uno dei vicini. Sento a pezzi la loro conversazione, che sembra essere focalizzata sui problemi della proprietà. Stanno parlando di 'teppisti' e 'vandalismo' sino a che Nikki gli rivolge un'occhiataccia di disapprovazione.

Con tutto il da fare e l'andirivieni, realizzo che Nikki ha appena avuto il tempo di mangiare qualche cosa. Senza l'offerta di aiuto da parte del marito, o di qualsiasi invitato, mi districo da Howard, che mi sta per raccontare di un suo ricordo di falò infantile che si era concluso in un disastro.

<<Lascia che ti aiuti>> le dico e raccolgo alcuni dei piatti.

<<No, resta seduta, io sto bene>> dice Nikki.

Non la prendo in considerazione e proseguo fino in cucina, carica di stoviglie.

<<Organizzo per i tè e caffè, siediti per un po'.>>

<<No, tu sei una invitata.>>

<<E tu aspetti due gemelli. Se non vuoi che ti aiuti, allora chiedilo a Frank.>>

<<A lui non piace far vedere davanti ad altre persone che fa i lavori da donna.>>

<<Spero che tu stia scherzando. Queste idee non si usano più da anni.>>

<<Non sono per le assurdità della rivoluzione sociale. Inoltre, Frank è più vecchio di me, ha avuto esperienze diverse. Lui si ricorda della guerra. Era solo un ragazzo, ma i suoi ricordi sono ancora vividi.>> Sta parlando a bassa voce, un cipiglio appare sul suo viso.

<<Quindi si dovrebbe ricordare che cosa hanno ottenuto le donne allora, sua madre probabilmente ha aiutato nello sforzo bellico, tutte le donne lo hanno fatto.>>

<<Tutto quello che sto dicendo è che sono felice con Frank con lui così com'è. Lui lavora duramente ed è gentile ed amorevole. Non deve essere stato facile per lui lo sai, perdere la sua prima moglie in quel modo.>> La faccia di Nikki è arrossita e il suo labbro inferiore trema mentre continua. <<Tu conosci la storia di Lois?>>

<<Lois?>>

<<La sua prima moglie. Lei è morta molto giovane. Loro sono stati sposati per poco tempo. Lui era messo male quando l'ho incontrato la prima volta.>>

Lei tira fuori un fazzoletto che era nella manica del bolerino e si asciuga gli occhi.

<<Mi dispiace tanto>> le dico. <<Non volevo turbarti.>>

<<Non fare caso a me, questi sono i bambini. Prendono il tuo corpo e ti lasciano un pasticcio emotivo. Sono sicura che andrà meglio una volta che sono nati.>> Lei mi prende per il braccio e mi porta nella sala. <<C'è una foto di lei.>>

La foto in bianco e nero è incorniciata e messa su un piccolo tavolo della sala. Sul tavolo c'è un vaso con garofani freschi.

<<Noi manteniamo la sua memoria viva. Lei è stata una parte della sua vita, così è la cosa giusta da fare. Penso che in fondo è questo che lo ha fatto diventare l'uomo che è.>>

Lois era una bellezza, capelli scuri, figura raffinata e vestita elegantemente. Nella foto sembra avere circa l'età di Nikki eppure c'è più che solo raffinatezza in lei.

<<Come hai conosciuto Frank?>> le dico.

<<Nel supermercato, ci credi o no. Lui sembrava così disperato. Lois era morta da due anni e lui sembrava ancora un'anima persa.>>

<<Bene per te. Sono contenta che tutto vada bene tra di voi.>>

<<Voi due avete intenzione di unirvi a noi presto?>>

La voce dominante di Frank mi fa sussultare. Faccio fatica a pensare a lui come a un'anima persa, che compra singole porzioni, mi viene in mente una massima di mio padre di non fare supposizioni sulla gente.

<<Pensa a ciascun individuo che incontri come un diamante con le tante facce intagliate.>> Questo me lo ha detto mio padre in più di una occasione.

<<E i difetti?>>

<<Sempre.>>

Nikki esce dalla cucina, portando un vassoio di legno con una composizione di biscotti e formaggio. Pensavo che sarebbero stati serviti caffè e menta, ma sembrerebbe che io stia superando me stessa. Frank ed io siamo nel corridoio, di fronte alla foto di Lois.

<<Lei era molto bella>> dico <<non avevo realizzato...>>

Lui guarda la foto, poi toglie un petalo di garofano appassito dal tavolo del corridoio. <<I fiori delicati sono adorabili, prima che muoiano>> lui dice scuotendo la testa come se cercasse di allontanare ricordi dolorosi. <<Come sta, signora Juke?>>

<<Molto bene, grazie. Ma mi chiami Janie, per favore.>>

<<Ti sei ristabilita nella vita matrimoniale? E la biblioteca? Come faranno quando avrai il bambino?>>

<<Troveremo una soluzione. Io non voglio rinunciare al lavoro, mi piace quello che faccio.>>

<<Era una conversazione casuale quella che avevi prima, con Howard e Joanne, o stai seguendo una linea di indagine? C'è qualcosa che mi vorresti dire al riguardo?>>

Ho avuto un breve flashback della sera al caffè del molo e il poliziotto che sembrava avesse più di un interesse passeggero per Hugh. Ho esitato per un momento, ero tentata di chiedere il suo consiglio.

<<Il lavoro e la maternità non vanno d'accordo, non per la mia opinione>> lui dice. <<Ma sono vecchio stile, o almeno così mi dice mia moglie.>>

<<E voi avete due gemelli in arrivo, è eccitante.>>

Lui sorride e annuisce ed andiamo ad unirci agli altri. Per il resto della serata le conversazioni mi sono sfuggite. Tutto ciò a cui pensavo era Hugh. Ora avevo il primo spunto, ora sapevo dove trovare Kenneth Elm. Ma per tutte le mie domande e tutte le sue spiegazioni, c'è ancora una informazione vitale che

Hugh aveva omesso di dirmi. Dorothy era in pericolo ed io dovevo sapere il perché.

# CAPITOLO 7

Io ero stata un paio di volte con papà e Charlie dal veterinario di Crossland, ma ero sempre rimasta fuori e avevo lasciato entrare mio padre. Per questo, non avevo mai parlato con nessun veterinario. Charlie ora deve avere il suo vaccino annuale, e ciò mi offre la perfetta opportunità per raccogliere le informazioni che mi occorrono.

Quando ho telefonato per prendere appuntamento, l'addetto alla reception mi ha informato che l'ha preso con il veterinario di turno. Quando io e Charlie arriviamo alzo gli occhi sui nomi elencati sulla lavagna ed eccolo lì, il fratello di Dorothy, Kenneth Elm. È stato qui da sempre.

<<Chi vedrò?>> chiedo all'addetto alla reception.

<<Il signor Carruthers è quello di turno oggi.>>

<<Grazie. Ed il signor Elm?>>

<<Il signor Elm?>>

<<Sì, er, è di turno oggi?>>

<<Il suo appuntamento è con il veterinario di turno. Charlie è un paziente del signor Elm?>>

È chiaro che i requisiti per un addetto alla reception di un veterinario non sono dissimili da quelli di un medico, cioè la capacità di proteggere i professionisti da perdite di tempo. Dopo poca attesa siamo chiamati da un uomo che potrebbe facilmente fare lavori stagionali come babbo natale. La sua barba è così bianca e vaporosa che ho il desiderio di tirarla per essere sicura che sia vera.

<<Buon giorno, sono il signor Carruthers>> dice, indicandomi di mettere Charlie sul lettino. <<Ah,

penso che dovremo faticare>>dice, guardando il mio pancione.

<<Non sono sicura di riuscire ad alzarlo, ma in questo momento, sicuramente no.>>

<<Non si preoccupi, è Charlie, dico bene?>>

Lo capisco al volo e tengo Charlie mentre gli fa l'iniezione sulla schiena. Charlie si lamenta un pochino, ma dopo un paio di biscotti ogni disagio è un lontano ricordo.

Stiamo andando via quando mi ricordo l'altra ragione per la quale sono qui.

<<Posso chiederle un consiglio?>> dico.

<<Riguarda Charlie?>>

<<No, qualcos'altro. Mio marito vorrebbe che prendessimo un cane.>>

<<Un altro cane?>>

<<No, Charlie, è il cane di mio padre.>>

<<Sì, sì, naturalmente>> dice, trafficando con alcuni pacchetti su una scaffalatura dietro di lui. Mi chiedo che cosa devo fare per avere la sua totale attenzione.

<<Io sto per avere un bambino>> dico, mettendo le mani sul mio pancione. Lo stratagemma ha funzionato perché si è allontanato dallo scaffale che era la sua prima preoccupazione e si è girato a guardarmi.

<<Mio marito vorrebbe che prendessimo un cane>> gli ripeto. <<Ed io volevo sapere se lei ha qualche consiglio?>>

I suoi occhi si stringono, sembra che stia lottando per capirmi. In questa occasione non stiamo parlando chiaramente una lingua comune, anche se entrambi parliamo inglese.

<<Bambino, poi cane, o cane, poi bambino - ha da suggerirci con la sua esperienza in quale ordine?>> dico.

<<Oh, sì ho capito, naturalmente. Mi scusi, signora Juke, ma io non ho nessun consiglio da darle. Ci sono tanti fattori da considerare, per esempio, la vostra routine quotidiana. Cosa farete se avete un bambino che piange e un cucciolo birichino? Poi c'è suo marito a cui badare, i pasti da preparare, i lavori di casa e così via.>>

<<Sì>> dico <<bene, grazie, le ho già fatto perdere troppo tempo. Andiamo, Charlie, dobbiamo tornare a casa alle nostre faccende domestiche.>>

Non mi metto a cercare di spiegare al delizioso signor Carruthers quanto è lontana la mia vita da quella che lui immagina.

Alcuni giorni dopo sono di nuovo con Charlie, ma in tutt'altro posto. Il discorso relativo alla barca da pesca di Howard e Joanne, era venuto subito dopo il racconto dei tempi di guerra di Hugh, e questo mi aveva suggerito di fare una proposta un po' pazza a papà. Il mare era sempre stata la passione di mio padre, e tutto ciò che lo abita o che lo riguarda, ma da quando ha perso la vista, l'andare a pesca non è proprio quello che è nella sua lista di cose da fare. Ma quando Howard e Joanne mi avevano detto che sarebbero stati più che felici di prestarmi la barca per un giorno, mi era sembrata un'occasione troppo buona per non accettarla. Ammetto che questa era una delle mie pazze idee e rimasi sorpresa quando mio padre accettò.

Sono riuscita a fare entrare tutti nella barca senza cadere nell'acqua, che di per sé è un piccolo miracolo. Mentre rilascio la corda e spingo la barca lontano dalla banchina, ammetto di avere un fremito di perplessità.

<<Dunque siamo qui, un uomo cieco, sua figlia in stato interessante e un cane che sembra aver paura dell'acqua>> dice mio padre, mentre si tiene il più forte possibile, mentre il mare si agita intorno a noi. <<Aggiungete a ciò, il fatto che abbiamo scelto di avere questa avventura in inverno.>>

<<No, è ancora autunno, l'inverno non arriva ancora ufficialmente prima del primo di dicembre. Non so perché non ci ho mai pensato prima, anche se sospetto che avere una barca a disposizione era l'ostacolo più grande da superare>> dico fiduciosa.

<<Posso pensare a ostacoli più grandi>> lui dice, sorridendo. <<Il più grande in questo momento è il rumore che sta facendo Charlie. Non l'ho mai sentito gemere in questo modo. Sei sicura che non abbia calpestato una scheggia?>>

<<Lui è solo un fifone, un cane fifone.>>

Papà ha ragione, Il tempo non è l'ideale e ammetto di non aver controllato le previsioni del tempo. Ma ho preparato un thermos di caffè e siamo entrambi ben vestiti.

<<Non stiamo via a lungo e non ci allontaniamo. Ci porteremo a riva, poi lascerò cadere l'ancora e saremo ben protetti in questo piccolo porto. Facciamo solo un assaggio e poi possiamo farlo di nuovo, forse in un giorno più tranquillo.>>

Mi immagino papà e me in relax, mentre la barca

galleggia, con una lenza che si trascina nell'acqua e Charlie disteso ai nostri piedi, ma questa è proprio solo immaginazione. Non mi rendo conto che non so nulla di come si prepara un'esca, o di come si lancia una lenza. Papà mi spiega, ma tutto quello che riesco a fare è ottenere un groviglio della lenza e rovesciare la scatola delle esce sul fondo della barca. Charlie coglie immediatamente l'opportunità di pranzare presto.

<<No, Charlie, è cattivo, lascialo>> gli urlo. Ma ha già fatto un boccone e sembra vagamente compiaciuto di sé stesso. <<Oh, attenzione, si sta rivelando una comica di immense proporzioni. Ora quello che ci manca è se qualcuno di noi cade in acqua ed avremmo concluso la giornata.>>

Mio padre ed io scoppiamo a ridere nello stesso momento e subito mi viene il singhiozzo tra le risate, il che mi fa ridere ancora di più.

<<Basta, non riesco a riprendere fiato>> dico, con le lacrime che scorrono sul mio viso, miste agli spruzzi di acqua salata portati dal vento.

<<Pensavo che ti venisse il singhiozzo quando eri ansiosa.>>

<<Sì, bene...>> Non posso continuare a parlare fino a che il singhiozzo non è andato via completamente. Vado per alzarmi, pensando che quel movimento possa calmare le proteste di Fagiolino. Nello stesso momento che Charlie decide di sentirsi male.

<<Oh no >> dico, questa catastrofe finale conferma che questo sarà un giorno memorabile. Memorabile per tutte le cose sbagliate.

<<Sta bene, Janie?>>

<<Er, bene, si è liberato dell'esca, quindi meglio fuori che dentro. Ma ha un aspetto decisamente malaticcio.>>

Charlie ora si è accovacciato accanto ai piedi di papà, gemendo dolcemente e guardandolo disperato.

<<Non può essere troppo dannoso, o avremmo avvelenato il pesce, piuttosto che prenderlo. Ma penso che un salto dal veterinario quando torniamo a terra sarà meglio>> dice papà.

La mia seconda visita dal veterinario nella stessa settimana è una fortuna, o lo diventerà se il risultato è incontrare l'inafferrabile signor Elm. Ma, come ho scoperto, la vita è tutt'altro che perfetta. Anche, se in alcuni giorni, ci va vicina.

Torno con Charlie agli ambulatori. Non serve l'appuntamento, ma solo molta pazienza. Ci sono due conigli, un gattino e un porcellino d'india di fronte a noi in fila, con un anziano San Bernardo che sta pagando il conto, o meglio lo sta facendo il suo proprietario.

Sulla bacheca sopra la reception ci sono scritti i due veterinari di turno, il signor Carruthers e il signor Elm. Visitano in ordine di arrivo, così tutto quello che posso fare, ancora una volta, è incrociare le mie dita. Il proprietario del gattino che siede accanto a me, mette la gabbietta del gatto sul pavimento accanto a Charlie.

<<Sono impressionato, il suo cane è così bene educato>> lui mi dice.

<<Lui ha i suoi momenti.>>

<<La maggior parte dei cani gli ringhiano a Chintzy, la spaventano a morte.>>

<<Sono sicura che si rassicurerà quando sarà più grande.>>

<<No, lei è così timida. Lei di sera non va da sola nemmeno in giardino. Io devo uscire con lei.>>

<<Cuccioli, eh>> dico, per mancanza di una risposta migliore. <<A Charlie piacciono i gatti, non sono sicura che capisca che non dovrebbe. In effetti, a lui piacciono tutti gli animali. È stato incuriosito dal riccio che abbiamo travato in giardino, finché non si è avvicinato troppo ed ha finito con un male al naso.>>

Lui ride e accarezza Charlie sulla testa, in quel momento Chintzy inizia a miagolare.

<<Gelosa?>> dico.

<<Signor Baker, può portare Chintzy dentro ora per favore.>> Uno dei veterinari è apparso e il gattino ed il suo proprietario lo hanno seguito nell'ambulatorio. Un secondo dopo siamo chiamati io e Charlie da quello che sembra babbo natale.

<<Cosa è successo a Charlie?>> chiede il signor Carruthers.

<<Lo abbiamo portato a pescare e lui non ha capito che le esche erano per i pesci.>>

<<Si è sentito male?>>

<<Un paio di volte.>>

<<Ha mangiato qualcosa dall'ora?>>

<<No, lui ha bevuto tantissima acqua, sembra che abbia una sete incredibile.>>

<<Bene, è una buona cosa. Risciacqua tutto, per così dire.>>

Il veterinario tasta per un po' la pancia di Charlie, quindi gli ascolta il cuore.

<<Niente di preoccupante. Penso si sentirà subito bene. Probabilmente si è liberato di tutto. Nessun danno di fatto, è stato solo un po' pesante per il suo stomaco. Ha fatto bene a pensare di portarlo qui. Lo tenga sott'occhio per le prossime ventiquattro ore e se siete preoccupati riportatelo qui di nuovo.>>

Dopo aver pagato il conto, mi sono fermata ad una pensilina dell'autobus, mi sono seduta ed ho preso il mio taccuino. Quando il signor Elm ha portato la deliziosa Chintzy fino alla sala dei trattamenti, l'ho potuto guardare bene in modo da poterlo riconoscere, quindi scrivo qualche promemoria.

*Capelli neri, corti, sopracciglia folte. Occhiali dalla montatura scura. Viso angoloso con mento sporgente e occhi infossati. Altezza, forse un metro e ottanta, corporatura media, spalle arrotondate. Sulla quarantina?*

Ho riportato Charlie da mio padre e gli ho detto cosa gli ha trovato il veterinario.

<<Non sono sicuro se troverò facile tenerlo sott'occhio>> dice papà sorridendo.

<<Ti farà sapere lui se non si sente bene. Voi due siete così in sintonia. Penso che per un po' di tempo si dovrebbe scordare della pesca.>>

<<Questa è la cosa migliore che hai detto in tutta la giornata.>>

La mattina seguente, quando sono arrivata al parcheggio della biblioteca centrale per prendere il furgone, immaginavo ci fosse Hugh Furness che mi stava aspettando. Invece, c'era Libby che camminava avanti e dietro davanti al furgone, guardando ogni secondo l'orologio.

<<Oh, alla fine sei arrivata>> mi dice.

<<Non mi sembra di essere in ritardo? Cosa è questo panico?>>

<<Niente, è solo che se non corro farò tardi io. Dovevo vederti, per parlarti della mia trovata.>>

<<Quale trovata sarebbe?>>

<<Ho avuto un'idea brillante per come stanare la tua misteriosa signora dal suo nascondiglio.>>

<<Tu hai?>>

<<Potrebbe non stanarla, ma scommetto che otterrai alcuni indizi per portarti più vicino a trovarla. Non ti posso spiegare tutto ora. Ci incontriamo da *Jefferson* a pranzo?>>

<<Io di solito non faccio la pausa pranzo.>>

<<Solo venti minuti, questo è tutto ciò di cui ho bisogno.>>

<<OK, ci vediamo lì. Ora corri, o sarai retrocessa.>>

Il mattino si trascina, nonostante il furgone della biblioteca sia piuttosto pieno di clienti. Mi vengono in mente una varietà di ipotesi su come potrebbe essere il grande piano di Libby. Se la sua trovata coinvolge il *Tidehaven Observer* dobbiamo stare attente. Hugh aveva detto che Dorothy poteva essere in pericolo e l'ultima cosa che voglio rendere la sua posizione pubblica, se questo può provocare che la trovino le persone sbagliate. Il problema è, al momento che non so chi siano le persone sbagliate.

Finalmente è arrivata l'ora del pranzo. Ho incoraggiato l'ultimo cliente ad uscire prima di chiudere e attaccare un biglietto scritto a macchina sulla porta.

*Fuori per pranzo, riapre 1.30*

Ho camminato svelta quanto me lo permetta Fagiolino, prendendo tutte le scorciatoie per arrivare da *Jefferson* e trovare Libby già seduta ad un tavolo vicino alla finestra.

Tamarisk Bay non è né un villaggio né una grande città, ma una via di mezzo. Avendo vissuto qui tutta la mia vita dò tutto per scontato. Ora, ogni volta che percorro una strada familiare mi appassiono ad osservare, mettendomi alla prova. Quando i nuovi residenti fanno un cambiamento all'entrata dei loro giardini, o un furgone delle consegne parcheggia in un posto riservato ai taxi, prendo nota mentalmente. All'incrocio delle strade ci sono sentieri e vicoli, scorciatoie perfette per la gente del posto, lontano dal traffico. Le delicate fronde rosa dei cespugli di tamerici che danno il nome alla città, separano i viali dei giardini privati, fornendo un elemento di privacy. Mentre stiamo andando verso l'autunno, molti cespugli sono stati martellati dal vento che sfreccia attraverso i vicoli. Sarà primavera quando vedremo sbocciare i nuovi germogli freschi e per allora ho intenzione di spingere Fagiolino in molti di questi percorsi, in una nuova carrozzina in ottime condizioni.

<<Andiamo, butta fuori>> dico, mentre abbiamo davanti i nostri caffè.

<<Il tuo nuovo caso si tratta di trovare una donna scomparsa, vero?>>

<<Sì>> dico, sperando che lei rilevi la cautela nella mia voce.

<<E questo tizio Hugh Furness, lui l'ha conosciuta durante la guerra.>>

<<Questo è quello che lui ha detto, sì.>>

<<Bene, stavo pensando che il giornale potrebbe fare una rubrica *momento nostalgico*. Fra qualche settimana c'è la domenica del ricordo. Il mio editore ama l'idea, lui è davvero interessato alla storia locale. Lo annunceremo in anticipo e chiederemo alle persone di scrivere i loro aneddoti sulla vita durante il tempo di guerra, belli e brutti.>>

<<Belli e brutti?>>

<<La vita non era solo brutture e rovine. Nonna dice che la guerra ha riunito le persone, era tutti per uno e uno per tutti.>>

<<La tua prossima mossa sarà cantare una canzone di Vera Lynn.>>

<<Sono geniale o cosa?>>

<<Geniale, sì. Solo un paio di cosucce.>>

<<Non cercare di gettare acqua fredda sull'idea.>>

<<Noi dobbiamo supporre che Dorothy non vuole essere trovata, così perché dovrebbe scrivere? Potremmo finire con una meravigliosa doppia pagina sulla guerra in Tamarisk Bay e non avvicinarci a trovarla.>>

<<Lo so, ci ho pensato a questo. Ma ogni persona che scriverà sarà un nuovo contatto per te. Ci sono

tutte le persone che potrebbero conoscere Dorothy, sarebbero i suoi coetanei. Potresti essere in grado di ottenere qualche piccolo frammento di informazioni. Non è quello che fa Poirot, concentrarsi sui dettagli?>>

<<Ci scommetto che nella tua vita non hai mai letto un racconto di Agatha Christie.>>

<<È una ipotesi giusta. Tuttavia, non abbiamo nulla da perdere. Ma nel frattempo, hai bisogno di puntualizzare con Hugh e scoprire di più su questo apparente pericolo in cui si trova Dorothy. Come fa lui a saperlo? Lui deve essere stato in contatto con lei recentemente, non pensi? Nel qual caso, deve avere qualche mezzo per contattarla. Glielo hai chiesto?>>

<<Lo so, ho pensato la stessa cosa.>>

<<È come se lui ti ha raccontato solo la metà della storia. Devi essere un po' più ferrea con lui, Janie. Posso provarci io, se ti va? Tu sei fortunata, lo sai, avere un giornalista investigativo nella tua squadra.>>

<<Fammi prima fare un tentativo e se non riesco a farlo confidare, ti lascerò provarci, ma ricordati non essere prepotente con quel pover'uomo.>>

<<Sono impaziente>> lei dice e fa l'occhiolino.

# CAPITOLO 8

La volta seguente che incontro Hugh sono pronta ad interrogarlo. Ma prima che possa parlare lui alza la mano come per zittirmi.

<<Sono seguito>> dice, iniziando ad avere un attacco di tosse, i suoi occhi sono offuscati, il suo viso pallido. Aspetto a parlare sino a che non ha smesso di tossire e ha ripreso il respiro.

<<Sei sicuro?>>

<<Sono già diversi giorni. Ogni pomeriggio io vado dal mio alloggio, al lungomare. Mi piace sgranchirmi le gambe dopo cena, prendere l'aria di mare.>>

Io annuisco, aspettando che continui.

<<La prima volta che è successo non ci ho fatto caso. Ho pensato che fosse qualcuno che avesse scelto il mio stesso giro. Ma la seconda sera, quando sono uscito dal mio alloggio, ho notato lo stesso uomo. Lui era dall'altra parte della strada, che guardava verso la pensione. Non appena sono uscito lui si è girato ed ha acceso una sigaretta.>>

Tutto quello che mi ha detto Hugh sino ad ora mi fa pensare che sia un po' paranoico.

<<Ho deciso di modificare il percorso>> lui continua. <<E quando ho potuto mi sono fermato e girato per vedere se fosse ancora dietro di me. Certo, eccolo lì.>>

<<Me lo puoi descrivere? Lui non è un poliziotto, non pensi?>>

<<No, perché dici questo?>>

<<Nessuna ragione. Quindi che aspetto ha?>>

<<È alto circa come me, indossa un impermeabile

scuro, senza cappello.>>

<<Come è il suo viso, lo hai visto in faccia?>>

<<Era piuttosto lontano, così non posso descrivere le sue caratteristiche, ma è ben rasato e porta gli occhiali. Occhiali con montatura scura. Perché mi segue? Che intenzioni avrà?>>

<<Non riesco ad immaginarlo. Sei sicuro che non sia solo una coincidenza? A parecchie persone piace passeggiare nel pomeriggio. Potrebbe non seguirti affatto. È il suo comportamento che ti minaccia in qualche modo?>>

<<Lui lo sa che mi sono accorto di lui. Per un paio di sere non sono uscito, pensavo che si potesse stancare di aspettare e si fosse arreso. Ma poi, la volta dopo che sono uscito, lui era lì.>>

<<Capisco che deve essere sconcertante per te. Non dargli peso. Tu devi andare avanti a fare le stesse cose, non cambiare la tua routine. Io ho un'idea.>>

Se il mio piano riesce, Hugh avrà più di una persona che lo segue.

<<Potrei uscire anch'io stasera>> dico a Greg durante la cena.

<<Vai da tuo padre?>>

<<No, potrei incontrarmi con Libby, quando si libera.>>

<<Non sai quando?>>

>>Lei fa un salto dopo aver visto Phyllis, ma non so a che ora. Potremmo fare un giro. Penso che tu uscirai per andare al pub per il tuo incontro di freccette?>>

<<Va bene, ma se tu prendi la macchina stai attenta a concentrarti nella guida, lo so come siete quando

iniziate a parlare.>>

«Divertiti, Janie» dico, intenzionalmente.

«Sì, divertiti, ma stai attenta.>>

«Tre giorni a settimana guido un furgone di circa 7,5 tonnellate, penso che posso guidare una Morris Minor, non credi?>>

Libby arriva dopo poco tempo che Greg è uscito e appena saliamo in macchina lei afferra il mio braccio. «Notizia eccitante, il mio editore dice, che se mi assumo io il compito di esaminare e scegliere le lettere, possiamo gestire il momento nostalgico. Oh, e lo smistamento deve essere fatto nel mio tempo libero. Penso che lui si aspetti che ci sia un diluvio di lettere.>>

«Questo è perfetto, io ti aiuterò.>>

«Possiamo vedere se c'è qualcosa di rilevante nel caso che potrebbe non essere adatto per gli articoli del giornale, capisci cosa intendo?>>

«Vuoi dire che possiamo arrivare allo scrittore prima di chiunque altro?>>

«Esattamente.>>

È già buio quando partiamo, con il sole che tramonta poco dopo le diciotto. Senza la luce del giorno, la nostra indagine sarà più difficile. Questo vuol dire che non possiamo usare la mia istamatic, poiché il flash attirerebbe l'attenzione sulla nostra presenza.

Abbiamo guidato sino alla fine di First Avenue ed abbiamo parcheggiato in una piazzola di sosta. Dalla nostra posizione nel parcheggio possiamo vedere facilmente il portone dell'alloggio di Hugh, così come chiunque altro bighellonasse sulla strada. A pochi metri dalla piazzola e di fronte alla pensione si trova la pensilina degli autobus. La pensilina è chiusa da entrambe le parti con dei pannelli di legno, così che è impossibile vedere se c'è qualcuno all'interno, a meno che non scendiamo dalla macchina. Tuttavia, posso vedere le gambe di qualcuno allungate verso il marciapiede.

Dopo pochi minuti, la porta della pensione si apre ed esce Hugh. Lui guarda su e giù per la strada, quindi gira a destra ed inizia a camminare lentamente nella direzione del lungomare. Dopo alcuni momenti, la persona che era seduta alla pensilina dell'autobus sia alza ed inizia a seguire Hugh. Ora che è completamente allo scoperto, posso vedere che è alto, leggermente curvo e indossa un trench. Ma da dove siamo parcheggiate è tutto quello che posso vedere.

<<Ora cosa facciamo?>> dice Libby.

<<Aspettiamo un po', poi guideremo piano nella stessa direzione.>>

<<Ma noi non possiamo vedere il suo viso, noi ancora non sappiamo chi sia.>>

Penso di sapere la strada che ha scelto di fare Hugh, giù per la First Avenue, a sinistra per la North Street, arrivando in Washington Road e sul lungomare. Abbiamo aspettato un pochino prima di dirigerci verso First Avenue, dove vediamo lo sconosciuto ancora avanti a noi, adattando la sua andatura a quella di Hugh. Mi fermo sul ciglio della strada e guardo finché non hanno entrambi girato l'angolo di North Street e sono fuori dalla mia vista.

<<Ho avuto un'idea>> dice Libby. <<Perché non

passiamo davanti a loro? In quel modo potremmo vederlo in viso, perché camminerà verso di noi.>>

<<È un rischio, loro potrebbero girare in una strada diversa, e noi li perderemmo.>>

<<Vale il rischio?>>

Annuisco e tiriamo via, sorpassando sia lo sconosciuto che Hugh. Parcheggiamo di fronte ad una piccola fila di negozi.

<<Che ne pensi se io scendo dalla macchina e aspetto in uno di questi portoni e tu aspetti in macchina?>> suggerisco a Libby. <<Così abbiamo due angolature coperte.>>

<<Che pensi della macchina fotografica?>>

<<Non penso che possiamo rischiare. Il flash ci farà scoprire. Usiamo solo i nostri acuti poteri di osservazione >> le dico strizzandole l'occhio.

<<Capisco perché ti piace fare l'investigatore dilettante, è divertente.>>

<<Non è fatto per essere divertente. Noi stiamo facendo un lavoro serio.>>

Appena scesa dalla macchina, il vento mi solleva i capelli e li tira su. Sono grata alla mia fascia per capelli che gli impedisce di andarmi negli occhi. Hugh ha girato l'angolo in Washington Road, ma sono sicura che lui non mi ha visto. Ha la testa bassa, guarda occasionalmente dietro di sé. Mi sistemo bene indietro sulla soglia dell'edicola di *Billy*. Hugh attraversa la strada e passa davanti all'edicola senza guardare nella mia direzione. Quindi, sento i passi dello sconosciuto che si avvicinano. Proprio mentre è alla mia altezza io esco fuori e cammino dritta verso di lui.

<<Oh, sono spiacente, non mi ero accorta...>> dico, fissando il volto di qualcuno che riconosco. Non siamo mai stati presentati, ma so chi è quest'uomo. Lo so perché l'ho visto prima dal veterinario. Il misterioso sconosciuto che segue Hugh è il signor Kenneth Elm.

Quando ritorno in macchina e comunico la scoperta a Libby, c'è delusione sul suo viso. Chiaramente, avrebbe voluto essere l'unica a risolvere il mistero dell'inafferrabile perseguitore di Hugh. Torniamo da *Jefferson* per rimuginare sulle nostre scoperte. Questa sera il caffè è pieno e la musica è forte. È come entrare in un nightclub, ma invece che una pista da ballo ci sono circa una ventina di tavoli, zeppi di gente. Lo è anche perché Richie ha un aiuto nelle notti più affollate, ma il tizio che si avvicina al nostro tavolo è un volto nuovo e posso dire dall' espressione di Libby che ne viene colpita all'istante.

<<Caspita>> lei dice, quando lui si allontana da noi con il nostro ordine. <<Che fico.>>

<<Non male, ma non è il mio tipo.>>

<<Bene, consideralo occupato. Inoltre, come è tuo marito? Glielo hai detto che cosa stai facendo?>>

<<Non ancora, ma lo farò. Sto aspettando il momento giusto.>>

<<Forse, non ce ne sarà uno? Comunque, che cosa è successo con Kenneth, ti ha detto qualcosa?>>

<<No, lui ha solo borbottato delle scuse ed ha continuato a camminare.>>

<<Penserà che sia strano, che te ne vai in giro per le porte dei negozi di sabato sera?>>

<<Potrei avere appena finito le scorte.>>

<<Tu hai una vivida immaginazione. Deve essere perché hai passato tutta la tua vita a leggere tutte quelle storie di crimine. Così, tu lo conosci?>>

<<No, io l'ho visto dal veterinario, quando ci ho portato Charlie, ma non ci ho mai parlato.>>

<<Perché sta seguendo Hugh?>>

<<Lui deve sapere che Hugh sta cercando Dorothy. Può essere per proteggerla, forse lei si sta nascondendo in casa sua?>>

<<Perché non affronta Hugh? È strano, perché dovrebbe continuare a seguirlo notte dopo notte? Deve aver capito che Hugh l'ha visto, non sembra essere stato molto discreto? C'è qualcos'altro Janie.>>

<<Cosa?>>

<<Hugh ti ha detto che Dorothy è in pericolo, e se fosse lui il pericolo?>>

<<Chi, Kenneth?>>

<<No, sciocca, voglio dire, se la vera ragione per cui vuole rintracciarla è perché vuole confrontarsi con lei su qualcosa, non perché è preoccupato per lei. Forse è per questo che lui ha la bocca serrata e forse è per questo che Kenneth lo sta seguendo.>>

<<Io parlerò con Hugh e gli dirò quello che abbiamo scoperto e vedo cosa ha da dire.>>

<<Fammi sapere.>>

<<Non preoccuparti, lo farò.>>


Quando Hugh entra il giorno dopo, nel furgone della biblioteca, sembra fiducioso.

<<Hai scoperto chi mi sta pedinando?>>

<<Mettiti seduto un momento.>> Tiro fuori la sedia libera che tengo dietro il bancone, la apro e gliela offro. Lui scuote la testa.

<<È Kenneth, il fratello di Dorothy>> gli dico, guardandolo in viso per vedere la sua reazione.

Si gira, guardando lungo tutto il furgone, come se stesse cercando di raccogliere i suoi pensieri prima di rispondere. <<Io ho pensato tanto>> dice.

<<Perché ti sta seguendo? Hai qualche idea? Perché non ti parla semplicemente?>>

Lui non risponde, ma la sua espressione mostra il suo sconforto.

<<Hugh, tu hai detto che Dorothy è in pericolo. Certamente suo fratello vuole proteggerla. Ora tu sai chi è e dove trovarlo, perché non vai a parlargli? Digli le tue preoccupazioni e digli di avvertirla di qualunque cosa tu abbia paura? Non ti sembra la via migliore da seguire?>>

<<Tu non capisci, è molto più complicato di questo>> mi dice.

<<Io non ti posso aiutare sino a che tu non sei sincero con me, sino a che non mi racconti la verità. Mi stai dicendo la verità?>>

Lui studia il mio viso, come se stesse cercando di decidere cosa dire dopo.

<<Il *Tidehaven Observer* ha acconsentito a stampare una rubrica di nostalgia, incoraggiando le persone a scrivere le loro esperienze al tempo di guerra. Abbiamo pensato che questo ci aiuterà a far uscire fuori Dorothy, o l'ultima persona che l'abbia conosciuta.>>

<<Abbiamo?>>

<<Ho un'amica che lavora al giornale locale, lei mi sta aiutando. Ma ho bisogno che tu mi dica di più Hugh. Se tu vuoi che io abbia successo mi devi raccontare tutto quello che sai.>>

Ma prima che potesse rispondere, si è aperta la porta del furgone e Ethel Latimer, la madre del bambino asmatico, è ritornata.

<<Bobby non sta bene>> lei mi dice, avvicinandosi al bancone. <<È così dobbiamo stare in piedi tutta la notte con lui.>>Lei sembrava essere ignara che Hugh sia li, con la sua bocca aperta, pronto a dirmi quello che volevo sapere.

<<Mi dispiace di sentirlo>> dico, chiedendomi dove sia Bobby mentre sua madre sta guardando i libri.

<<Io l'ho lasciato con un vicino>> mi dice, leggendo nei miei pensieri. <<Devo sbrigarmi a tornare, anche se è più lontano per me venire qui dopo aver parcheggiato in Milburn Avenue. Non so a cosa stessi pensando l'altro giorno, quando sono venuta l'ultima volta, non ho cambiato il libro di mio marito. Per lui è importante avere un libro da leggere.>>

Una serie di domande mi vengono in mente. Il marito si aspetta che lei scambi il suo libro in biblioteca se ciò significa lasciare il povero Bobby con un vicino? Lei sta parlando, ma mi sono persa cosa abbia detto. Ho bisogno di concentrarmi. Forse Fagiolino influisce sulla mia concentrazione come fa con la mia digestione. Alla signora Latimer piace parlare. Ma le chiacchiere spesso portano a pettegolezzi e pettegolezzi che possono essere pericolosi quando si tratta di pensare in modo obiettivo. La porto allo scaffale carico di libri gialli, sperando di ritornare a parlare con Hugh in pace, ma quando ritorno lui se ne è andato.

# CAPITOLO 9

Ogni paio di mesi c'è un ricambio di libri nella biblioteca mobile. I clienti inseriscono le loro richieste e alcuni testi vengono sostituiti dalla biblioteca centrale, mentre altri sono ordinati come nuovi titoli. Nel giorno in cui questo avviene io vado alla biblioteca centrale all'inizio del mio turno e, con l'aiuto del custode, carico le scatole di nuovi volumi nel furgone. Durante il giorno uso ogni minuto per riordinare gli scaffali, filtrare i libri meno popolari per fare posto a quelli nuovi.

La serie di libri di questo mese contiene un paio di delizie per me, con due nuovi racconti di Agatha Christie, più *'Forza 10 di Navarone'* di Alistair MacLean, che sono certa piacerà a Greg. Sono nel bel mezzo del mio lavoro presso gli scaffali del crimine quando sento una voce amica.

<<Ho qualcosa da mostrarti>> dice Phyllis, poggiando la sua borsa della spesa sul bancone. <<Oh, eccellente, nuovi libri. Niente che possa interessarmi?>>

<<Dai un'occhiata, ma non puoi prendere Agatha, sino a che non l'ho finito io.>>

<<Non mi sognerei di privartene. Immagino che avrai bisogno di ogni grammo di genio di Poirot per aiutarti con il tuo nuovo caso. Presumo che tu abbia deciso di accettarlo, nonostante tutto?>>

<<Tutto, riguarda Greg e Fagiolino?>> lei avrà notato il timbro della mia voce <<Ho visto la più bella carrozzina che c'è.>>

<<Ah, un buon incentivo allora. Vieni a vedere, ho trovato una foto.>> Lei tira fuori un involucro dalla sua borsa e me lo dà. Prendo la foto in bianco e nero e la metto vicino alla lampada del bancone.

<<Kenneth Elm?>>

<<Quando mi hai detto che il padre soffriva di bronchite, mi ha innescato un ricordo. Io ho le foto di parecchi gruppi di classe, ad essere onesta con te, i nomi ed i volti iniziano a confondersi. Non è bello invecchiare, lo sai.>>

<<Sciocchezze, tu sei ancora giovanile.>>

<<Bene, ho recuperato la scatola delle foto dalla soffitta, frugando fra loro ed eccolo lì.>>

<<Ho bisogno di una lente di ingrandimento.>>

<<Lo so che la foto non è il massimo, una delle insegnanti l'ha scattata al Brownie. Era la recita scolastica. Noi incoraggiammo Kenneth a partecipare. Lui era il più sicuro tra i bambini. Ebbe un ruolo minore, ma suo padre mi avvicinò, in seguito, chiedendo se pensavo che avesse delle potenzialità.>>

<<Per essere un attore?>>

<<Ho dovuto deluderlo gentilmente.>>

<<Era uno studente brillante?>>

<<Nella media, da quanto mi ricordo. Ma intelligente e educato.>>

<<Lui ora è un veterinario.>>

<<Pensavo che tu non sapessi niente di lui?>>

<<Sì, bene, non lo sapevo, ma quando ho portato Charlie dal veterinario per papà lì c'era il suo nome, sulla lavagna.>>

<<L'hai incontrato?>>

<<No, questa è la nuova impresa.>> Ora non era il momento di parlare degli inseguimenti segreti notturni.

<<Così, la mia foto non ti è di aiuto allora?>>

<<Certo che lo è. Tutto è di aiuto. Potrebbe darmi uno spunto. Sai cosa dice Poirot *'Attenzione, pericolo per il detective che dice: è piccolo, non ha importanza. In questo modo regna la confusione! Tutto conta'*.

<<Bravo Poirot, Così, un veterinario, bene, ha realizzato più di quanto avrei immaginato.>>

<<Cosa sai della sorella? Non era nella tua scuola? Sì, chiama Dorothy, era di un paio di anni più grande di lui.>>

<<Mi dispiace, non penso. Ora mi sono ricordata di Kenneth, sono sicura che mi ricorderei se avessi conosciuto sua sorella. Deve essere stata alla scuola media moderna. Che cos'è questo?>> mi dice, girandosi a leggere il poster di Libby che ho messo in bacheca accanto al bancone. Phyllis lo legge ad alta voce.

*Tidehaven Observer celebra il passato.*
*Preparati per la domenica del ricordo*
*Condividendo con noi i tuoi aneddoti sulla*
*guerra.*

*Le lettere selezionate saranno pubblicate in*
*una*
*Speciale doppia pagina il 6 di Novembre.*
*Ci piacerebbe sentirti.*

<<È un'idea di Libby>> le dico.

<<Per aiutarti nel caso?>>

<<Er, una specie, sì.>>

<<Mm>> è tutto quello che ha detto e sono rimasta a chiedermi se il suo silenzio voleva dire che disapprovava, o se anche lei era incuriosita come me di saperne di più sulla famiglia Elm.

Nei giorni che vado da mio padre, guardo la sua posta, che di solito è composta da fatture e occasionalmente qualche cartolina di pazienti riconoscenti. Anche se non può vederle, ho creato una specie di montaggio con tutte quelle che ha ricevuto durante gli anni. È una buona pubblicità, gli dico, anche se non ne ha bisogno, la sua lista d'attesa parla da sola.

Ma oggi fra tutta la posta trovata sullo zerbino c'è una bella sorpresa.

<<Ehi, papà, che ne dici di questa? Abbiamo avuto una cartolina da zia Jessica.>>

<< Eccellente. Dove si trova? Cosa dice?>>

La cartolina porta un francobollo italiano e sulla parte anteriore c'è una didascalia, *saluti da Roma*, È divisa in quattro vedute, il Colosseo, la basilica di San Pietro, la fontana di Trevi e la scalinata di piazza di Spagna.

<<Urrà, lei ci verrà a trovare. Senti qui>> gli dico, leggendo ad alta voce:

*'Cari Philip e Janie, è giunto il momento che ci rivediamo e dato che per te non è così facile venire da me, sembra che dovrò sfidare il tuo inverno inglese e tornare a Tamarisk Bay. Pensavo che avremmo potuto*

*passare il Natale insieme, Cosa ne pensi? Scrivimi presso l'ufficio postale, Piazzale Orazio, Anzio e fammi sapere. Con tanto amore, Jessica.'*

<<Bene, questo è un colpo di scena>> mi dice papà.

<<Non pensi ci sia un problema, non è vero? Sarà per questo che vuole tornare?>>

<<Lei non sta tornando, ci viene solo a far visita per il Natale. Per lei sarà una vera sorpresa quando vedrà il tuo pancione.>>

Zia Jessica si era unita a noi quando mamma ci aveva lasciato e noi tre abbiamo passato nove anni felici insieme. Poi, quando fui grande abbastanza per badare a me stessa, e badare a mio padre, lei decise di lasciarci. Da allora aveva viaggiato attraverso l'Europa, mandandoci regolarmente delle cartoline che mi facevano invidia.

<<Pensi che si fermerà fino a che non nasce Fagiolino?>> dico.

<<Un passo alla volta, principessa. Ti conosco, scommetto che stai già pianificando di chiederle di fare da madrina. Non avere troppe aspettative, o rimarrai delusa.>>

<<Pensa a quanto sarà splendido, papà. Ci sono anni da recuperare. Oh, mio Dio, ho appena realizzato, che lei non ha mai conosciuto Greg. Questo è pazzesco. Ma tu hai ragione, non riesco a pensare a padrini più perfetti: tu, zia Jessica e Phyllis.>>

<<Non ti stai scordando qualcosa?>>

<<Cosa?>>

<<Bene, sembri che parteggi da una parte. Non vorrà Greg coinvolgere la sua famiglia? I suoi genitori,

o può essere la sorella?»

Il mio sospiro è un po' troppo ovvio.

«Tutto quello che sto dicendo è» papà continua, «parlane con Greg, guarda come la pensa. È pure suo figlio, ricordatelo.»

Greg quasi sempre rientra a casa prima di me e prima che io arrivi si fa il bagno e si rilassa in cucina con una tazza di tè. Ma oggi sono tornata da papà e preparo un bagno, accuratamente temporizzato, in modo che sia ancora caldo quando arriva sudato e infangato alla porta sul retro.

«Sei a casa» mi dice, lanciando il suo porta pranzo nel lavandino. «Questa è una bella sorpresa, va tutto bene?»

«Assolutamente sì. E il signore ha pronto un bagno caldo che lo aspetta.»

«Veramente?»

«Sì, ho trascurato mio marito ed ho deciso che sarebbe stato meglio fare qualcosa al riguardo.»

«Ti senti colpevole, eh?» Lui mette le braccia intorno a me e mi stringe in un abbraccio, o almeno il più vicino che Fagiolino ci permetta. «Fai il bagno con me?»

«Tu stai scherzando. Creerei solo uno tsunami. Ma se vuoi ti lavo la schiena.»

Circa un'ora dopo siamo nel salotto. Io mi rilasso sul divano, con i piedi sulle sue ginocchia e la testa rannicchiata su uno dei cuscini.

«Indovina un po'?»

«Che cosa?»

«Zia Jessica – lei sta tornando a casa per Natale. Ha

mandato una cartolina. Ora è in Italia, pensa che fortuna.>>

<<Eccellente. Finalmente potrò incontrarla.>>

<<E lei ti conoscerà, e forse anche Fagiolino.>>

<<Si fermerà fino ad allora? Nel nuovo anno?>>

<<Lo spero. Immagina, se lei si ferma possiamo chiederle di fare da madrina.>>

Lui toglie i miei piedi dalle sue ginocchia, si districa e si volta per affrontarmi.

<<Un'altra madrina?>>

<<Sì, Phyllis è una e poi Jessica.>>

<<Quando è stato deciso questo?>>

Lui poteva essere ancora accaldato dal bagno, ma ora c'era un distinto brivido nell'aria.

<<Ha perfettamente senso>> dico, cercando di non sembrare sulle difensive. <<Phyllis è come se fosse mia nonna e Jessica praticamente mi ha allevato. Tu lo sai quanto gli sono affezionata.>>

<<E chi hai progettato per il padrino? Tuo padre, suppongo?>>

Mi mordo il labbro ma cerco di calcolare una risposta che allevierà la tensione che si è creata.

<<È così che sarà?>> lui dice, fissandomi.

<<Che cosa?>>

<<Tu intendi prendere tutte le decisioni riguardo il nostro bambino? Io sono solo il padre, dopo tutto.>>

<<Non prenderla così. Naturalmente io voglio la tua opinione. Non litighiamo. Lo so, potremmo avere più padrini? Chi ti piacerebbe? Tua madre o tuo padre? Noi possiamo chiederlo anche a loro. A Fagiolino piacerà avere un sacco di gente che lo protegge - o la protegge.>>

<<E di Becca che ne dici? Non pensi che le piacerebbe essere coinvolta con il primo figlio del suo grande fratello? Dirò loro che sono le riserve, va bene? O anzi gli scarti?>>

<<Andiamo, ora non essere sciocco.>>

<<E tu sei egoista.>> Lui si allontana da me, si alza in piedi ed esce dalla stanza. Lo sento che si sta mettendo la giacca e quando esco nel corridoio, lui sta davanti alla porta d'ingresso.

<<Dove stai andando? Non abbiamo ancora cenato.>>

<<Al pub. Non preoccuparti per la cena, prenderò qualcosa lì.>>

<<Parliamone ancora un po'>> io dico, ma la mia voce viene soffocata dal rumore della porta che viene sbattuta.

# CAPITOLO 10

La mattina dopo a colazione sto cercando di trovare la via migliore per riaprire di nuovo l'argomento padrini, senza causare un altro baccano. Invece, Greg viene dietro di me e mi da un bacio sul collo.

<<Non sono sicura di meritarmelo. Sono stata cattiva e sconsiderata, non è vero?>> gli dico, girandomi per ridargli il bacio.

<<Bene, se la vuoi mettere così>> mi dice, sorridendo.

<<Solo non escludermi, siamo una società, ti ricordi?>>

<<Tu hai ragione e sono veramente dispiaciuta. Sono perdonata?>>

<<Sei fortunata perché la mia visita al pub la scorsa notte mi ha messo di buon umore. Alex è riuscito ad avere un paio di biglietti per la partita. Non so come abbia fatto, ma gli ho detto che qui c'è una birra per lui, a dir poco.>>

<<Questo sabato?>> chiedo.

<<Sì, il Brighton in casa. Dovrebbe essere splendido.>>

<<Se vincono.>>

<<Naturalmente vinceranno.>>

<<Dice il loro più grande fan.>>

Il mio pensiero immediato è che avrò un sabato libero per fare maggiori investigazioni, poi i campanelli d'allarme iniziano a suonare nella mia testa. Forse è il momento di condividere di più con Greg che le decisioni riguardo ai padrini.

Le lettere per la rubrica di nostalgia di Libby sono iniziate ad arrivare ed ora capisco perché l'editore le ha suggerito di esaminarle nel suo tempo libero. Le leggiamo a turno a voce alta una dopo l'altra. Le nostre emozioni oscillano dalla tristezza, all'incredulità, alla gioia. Le stesse emozioni che molte famiglie hanno sperimentato durante il terrore dei bombardamenti, quando ricevevano la notizia che una persona cara scomparsa era salva.

<<Vivere il periodo della guerra mondiale deve aver cambiato quella generazione per sempre>> dico, prendendo un boccone del mio sandwich. Libby ed io passiamo l'intervallo del pranzo insieme nel furgone della biblioteca, con il cartello *Chiuso* messo sulla porta così non siamo disturbate. <<Non avrei voluto affrontarla. Uomini giovani mandati a far saltare in aria altre persone, con soli pochi mesi di esperienza nel maneggiare le armi. Madri che devono lasciare che i loro figli siano allontanati per vivere con degli estranei. E i piccoli, immagina quanto debbano essere stati terrorizzati.>>

<<Noi l'abbiamo scampata per poco, se fossimo nate alcuni anni prima sarebbe toccato anche a noi, essere spedite in qualche sconosciuto villaggio con la nostra piccola valigia e il distintivo con il nome.>>

<<Posso capire perché papà non ne parla mai.>>

<<È interessante come molte persone vogliono condividere i loro ricordi però. Forse è più facile scriverlo?>>

Appurare che Dorothy non ha voluto scrivere non mi meraviglia. Sarei stata più sorpresa se lo avesse fatto. Libby è delusa, anche se il suo editore è entusiasta delle risposte e le ha promesso un bonus per l'idea.

<<Per non parlare di un giorno di riposo al posto delle ore trascorse a trascinarmi attraverso errori di ortografia e filippiche>> lei mi dice, sembra scontenta. <<Alcune di queste persone scrivono come se fossero le uniche colpite. Sembra che si siano scordati che era una guerra mondiale.>>

<<Ricordati che l'istruzione allora non era come ora. I bambini spesso non iniziavano ad andare a scuola prima dei sei o sette anni. Non c'è da stupirsi se la loro ortografia non sia perfetta.>>

<<Tu pensi che io sia insensibile, vero?>>

<<Forse devi essere in linea con il tuo lavoro.>>

<<Che dire del tuo allora?>>

<<Cosa, essere una bibliotecaria?>>

<<No, intendo essere una investigatrice privata. Lo sai che è questo che tu sei ora, tu sei pagata, e ciò lo rende ufficiale.>>

<<Io mi sforzo di rimanere obiettiva, senza saltare a conclusioni. Cerco, di non permettere alle mie emozioni di offuscare il mio giudizio, ma non è come essere insensibile. E, non penso che tu lo sia, non sempre, comunque.>>

Sento alcune persone parlare fuori dal furgone e guardando il mio orologio mi accorgo che l'intervallo del pranzo è finito. <<Mi incontrerò con Hugh più tardi. Gli dirò delle lettere, che non ne è uscito nulla di importante e cercherò di farmi dire la vera ragione per la quale vuole rintracciare Dorothy. Tu hai ragione, nel dire che sta nascondendo qualcosa.>>

<<C'è anche dell'altro su cui ho ragione. Metti le

mani sul bancone.>>

<<Cosa?>>

<<Tutte e due le mani, mettile entrambe piatte. Lì, lo sapevo, hai iniziato a morderti le unghie.>>

<<Er, sì, lo ammetto sono colpevole.>>

<<Una nuova e disgustosa abitudine, o un ritorno ad un feticcio di infanzia?>>

<<Zia Jessica quando ero piccola, mi ha guarito strofinandoci sopra il succo di limone. Le mordevo fino in fondo, facendole a volte sanguinare.>>

<<Ed ora hai iniziato di nuovo?>>

<<Mm, il guaio è che ora a me piace il succo del limone, così non funzionerà, che ne pensi?>>

<<Ho una idea migliore. Te le dipingerò. Difficilmente vorrai passare attraverso uno strato di smalto, non pensi? Siamo d'accordo?>>

<<D'accordo>> le dico, chiudendo le mani a pugno per nascondere le dita.

<< Che mi dici di Hugh, vorrà sapere cosa farai come prossimo passo.>>

<<Gli dirò i miei piani, sono variabili.>>

<<Inesistenti, in altre parole?>> lei mi fa l'occhiolino, si mette la borsa sulla spalla ed esce.


Anche se Hugh ha nominato la sua padrona di casa, la signora Summer, non l'ho ancora mai vista. Lei risponde subito alla porta e sono un po' sorpresa di vedere una donna sulla quarantina, con i capelli neri e la pelle abbronzatissima. Lei è elegantemente vestita con un abito a quadretti color senape, con un colletto di lino bianco e una collana di perline marrone scuro che penzolano sul davanti del vestito.

Un'altra cosa da memorizzare, ne potrei avere bisogno, è che non è mai saggio fare ipotesi. Chiaramente, tutte le padrone di casa possono avere le più svariate caratteristiche.

<<Salve>> dico. <<Se è possibile vorrei parlare con il signor Furness? Lui mi ha detto che potevo passare.>>

Lei mi studia attentamente, ma non indietreggia e non mi invita ad entrare. Mentre sono sulla soglia, ricordo il suggerimento di Hugh che posso presentarmi come sua nipote. Ma, a questo punto, preferirei non inventare troppe storie. La signora Summer potrebbe facilmente presentarsi un giorno al furgone della biblioteca e l'intera faccenda potrebbe degenerare in modo incontrollabile.

<<Lei è?>> mi dice, ancora tenendo la porta socchiusa.

<<Janie Juke, sono amica del signor Furness. O meglio una amica di famiglia.>> Questa leggera bugia sembra un buon compromesso.

<<Entra un momento, per favore>> lei si tira indietro, apre completamente la porta e mi fa cenno di entrare.

<<Lui c'è?>> le chiedo. <<Non si preoccupi se non c'è, posso lasciargli un messaggio se per lei va bene.>>

<<Lui è in ospedale.>> Articola le parole, come se stesse facendo un pubblico annuncio. Rilevo un accento, forse europeo, o forse più lontano.

<<Oh, mi dispiace. Ha avuto un incidente?>>

<<Il suo petto>> lei dice, ponendo le mani sul suo petto per enfatizzare il punto. <<Questa mattina non poteva respirare. Io ho chiamato un'ambulanza. È stato molto terrificante.>>

<<Dio, sì, lo deve essere stato. Starà bene? Cosa hanno detto gli uomini dell'ambulanza?>>

<<Loro lo hanno portato via. Gli hanno dato l'ossigeno. Gli hanno messo la maschera e lo hanno portato via. Lui era molto angosciato.>>

È difficile recepire tutto ciò che mi sta dicendo, perché più lei parla, più diventa agitata e con la sua agitazione il suo accento diventa più marcato.

<<Sapevo che aveva problemi ai bronchi, ma non pensavo fossero così seri>> le dico.

<<Lo dirà alla sua famiglia?>>

<<La sua famiglia?>>

<<Lei ha detto di essere un'amica di famiglia. Io non so dove contattarli. Saranno preoccupati.>>

Questa era esattamente la situazione che avrei dovuto cercare di evitare. Scelgo di eludere la domanda. <<Andrò all'ospedale, a vedere come sta. Vuole che la tenga informata?>>

<<Lui dovrà restare in ospedale. Forse lui non ritorna.>>

<<Lei sta dicendo che vuole riprendersi la stanza?>>

Lei alza le spalle, ma non mi risponde.

Ho preso l'autobus per andare al St Richard ed ho chiesto alla reception principale. Mi hanno detto che il signor Hugh Furness sarebbe stato dimesso presto in giornata e si trovava al reparto Charlotte. Fortunatamente, sono arrivata durante l'orario delle visite, così posso andare al reparto. Solo mentre mi avvicino al letto di Hugh realizzo che non gli ho portato nulla, no uva, no dolci, neanche un giornale. Lui sta seduto, senza nessun cannello o tubo in evidenza.

<<Bene, questo è un sollievo>> gli dico, spingendo una sedia accanto a lui. <<La signora Summer mi aveva fatto preoccupare. Sembra che tu abbia avuto un brutto episodio questa mattina. Ti senti meglio ora?>>

<<È stato bello da parte tua venire>> mi dice, parlando piano e tranquillamente, prendendo piccoli respiri dopo ogni parola.

<<Mi dispiace non ti ho portato niente, è stato tutto un po' di fretta. Volevo arrivare nell'orario delle visite. Tu lo sai come sono queste caposala. Sono spauracchi o qualcosa di simile.>>

<<Le infermiere sono estremamente gentili. Ho fatto prendere uno shock alla povera signora Summer. È il peggior episodio che ho avuto da un po' di tempo.>>

<<Da quanto tempo hai questa situazione polmonare? Le cure non ti aiutano.>>

<<Non c'è molto che possono fare. Dovrei stare calmo, l'ansia crea il peggioramento. Ma questa ricerca di Dorothy.... hai novità per me?>>

Verso per Hugh un bicchiere di acqua dalla brocca sul comodino.

<<Farò un salto a prendermi un bicchiere, torno in un secondo.>> Vado nella piccola cucina fuori dal reparto, prendendomi il tempo per decidere l'approccio migliore. Qualunque cosa dico, o non dico, potrebbe causare un altro attacco a Hugh. Le mie azioni potrebbero influire sulla salute del mio cliente. Comincio a desiderare di non aver mai accettato questo caso, eppure c'è una vulnerabilità in Hugh,

una tristezza che non riesco a capire. Forse attiro le anime perse.

Tornando al capezzale di Hugh mi verso un po' di acqua e mi siedo. Lui mi sta chiaramente aspettando.

«Hugh, ti avevo detto della rubrica nostalgia, vero?»

Lui annuisce. «È spuntato qualcosa? Hai avuto notizie di Dorothy?»

«Bene, stiamo ancora lavorando sulla nostra corrispondenza. Ma hai detto che avevi di più da dirmi riguardo Dorothy, del tempo che hai trascorso con lei durante la guerra. Sei in grado di parlarmene?»

«Te l'ho detto. Ci siamo incontrati e una volta finita la guerra non l'ho più vista.»

«Ci deve essere stato più di questo?»

«Io ero un pilota» mi dice.

«Sì, lo so. Tu mi hai detto che eri nella RAF e Dorothy era una contadina, questo è esatto, vero?»

Lui annuisce e chiude gli occhi. Sta zitto per un momento e mi chiedo se i ricordi siano troppo difficili per lui. Quindi comincia a parlare. Le sue parole vengono fuori lentamente, intervallate da piccoli respiri. Per tutta la spiegazione sto osservandolo, spaventata dal fatto che mentre rivela la sua storia il trauma dei suoi ricordi potrebbe scatenare un altro attacco di tosse. Una delle infermiere del reparto si aggira nell'ambiente. Sono contenta che sia lì, in caso abbia la necessità di chiamarla.

«Io ero più che un semplice pilota» mi dice.

«Eri un capo squadriglia?»

Lui esita come se stesse lottando per trovare le

parole giuste. «Hai mai sentito parlare del SOE?»

«No, era una speciale divisione dell'aeronautica?»

«In un certo senso, ma non solo dell'aeronautica. Speciali Operazioni Esecutivo, reclutava diversi tipi di persone, militari e civili. Era una organizzazione segreta, progettata per creare scompiglio, minare il nemico nei modi più inaspettati.»

«E tu facevi parte di loro?»

«Diciamo solo che ho lavorato con loro occasionalmente.»

«Cosa dovevi fare?»

«Quando le condizioni del tempo erano buone avevo il compito di far volare un agente nel nord della Francia. La resistenza francese stava facendo un lavoro meraviglioso di fronte a un pericolo terrificante, e il SOE ci dava la possibilità di aiutarli.»

«Quindi le persone che portavi in volo, gli agenti, che cosa dovevano fare?»

«Non ci è mai stato detto. Tu devi capire che questa era una organizzazione segreta, tutto dipendeva dalla necessità di conoscere le basi. Tutto quello che dovevo sapere era dove e quando. I voli erano programmati a seconda del periodo lunare.»

Il mio aggrottare le ciglia lo incoraggia a spiegare.

«Loro spesso sceglievano il giorno subito prima o dopo la luna piena. Ci aiutava con la navigazione e significava che potevamo individuare qualsiasi cosa potesse ostacolare il nostro atterraggio, come un fiume che attraversava il centro di un campo. I membri della resistenza sarebbero stati lì al punto d'incontro, e avrebbero portato via il Joe.»

<< Il Joe?>>

<<È così che ci riferivamo agli agenti, li conoscevamo, come Joe. Nessun nome, nessun conoscimento.>> Lui smette di parlare e fa alcuni respiri più profondi. Lo rassicuro che non deve raccontarmi ora, il resto della storia può aspettare quando si sentirà più in forze. Anche se, in realtà, mi chiedo se sarà mai più forte. In questo momento, sembra dubbio.

<<Una notte mi hanno dato i miei ordini. Una sortita era stata programmata per le ore 22. Ho preparato l'aereo ed ho aspettato. Il Joe arrivò e mentre prendeva posizione ho intravisto una faccia. È stato un momento che vivrà con me per sempre.>>

I suoi occhi ora sono aperti, e guardano dritto davanti a sé. Il sudore appare sulla sua fronte e sembra incapace di continuare.

<<Hugh chi era questo Joe? Hai riconosciuto la persona?>>

Lui annuisce e in un sussurro dice <<Sì, era la donna che amavo.>>

La mia mente vortica di domande. Questa nuova rivelazione risponde a così tanto e tuttavia mi lascia ancora di più senza risposte. Prima che possa chiedergli niente altro la caposala annuncia che le visite sono finite e chiede a tutti di uscire. Ci sono solo altri due visitatori nel reparto, così tutti e tre facciamo il nostro dovere, come i bambini in viaggio verso il parco giochi. Mentre esco dall'ospedale mi rendo conto che ancora una volta non sono riuscita a chiedere a Hugh quello che avevo intenzione di chiedergli. Considerato che, lui e Dorothy lavoravano con il SOE, forse loro erano a conoscenza di alcune informazioni critiche che devono rimanere segrete. Forse è l'organizzazione stessa che sta mettendo in pericolo Dorothy.

Molto più tardi, sono in letto e ripenso a tutto quello che mi ha detto Hugh. Sto ancora elaborando le implicazioni, quando Greg mi avvolge nelle sue braccia e spegne la luce sul comodino.

<<Pensi che a Fagiolino piacerà il calcio?>> mi dice, ogni irritazione sul litigio sui padrini è dimenticata da lungo tempo.

<<Obbligatorio.>>

<<Forse giocherà.>>

<<O lei?>>

<<Um, una ragazza che gioca al calcio? Forse no.>>

<<Famosa giocatrice di pallacanestro, o tennis?>>

L'unica risposta che ottengo è un russare gutturale.

# CAPITOLO 11

Giovedì mattina sono arrivata presto a casa di mio padre. Il bollitore è già sul gas e Charlie sembra un po' inumidito dalla passeggiata mattutina.

<<Gli uccelli sono stati di nuovo a rubare la crema del latte<< dico, trasferendo il latte di una delle bottiglie nel bricco. <<Che ne pensi se metto fuori una scatola per il lattaio, qualcosa con un coperchio in modo che i piccoli ladruncoli non riescono ad entrarci?>>

<<Buona idea. Forse mettiti prima d'accordo con il lattaio, quando lo vedi la prossima volta. In caso che egli pensi sia troppo lavoro per lui.>>

<<Stasera, a quanto pare, avremo una '*discussione di padrini*'>> dico a mio padre passandogli la bevanda calda. << Greg lo ha detto mentre si precipitava fuori dalla porta questa mattina.>>

<<Bene, vacci piano con lui, ricordati che Fagiolino è una parte di tutti e due.>>

<<Sono egoista?>>

<<No, no egoista, a volte un po' irriflessiva.>>

<<Mm, questa è dura da sentire da mio padre.>>

<<Non potresti essere più premurosa quando si tratta di badare a me, ma con Greg, sei un po' troppo dura con lui.>>

<<Siamo bloccati in uno schema. Dico qualcosa, si arrabbia, abbiamo un piccolo litigio, si precipita al pub. Si tiene il broncio per un giorno o giù di lì, poi facciamo pace e tutto va bene.>>

<<Le reazioni sono biologiche.>>

<<Cosa vuoi dire?>>

<<Bene, in continua evoluzione. Mutevoli, come la marea che entra ed esce. Alcune volte il mare è calmo, altre volte è tempestoso. Sino a che sarete dei bravi nuotatori, starete bene.>>

<<A te e mamma non vi piaceva tanto il mare, vero? Intendo il mare della vita coniugale.>>

<<Immagino che io ero felice di galleggiare in acque pericolose e lei non si vedesse come un bagnino.>>

<<Mm>> gli dico, rimugino su quello che ha detto papà, e su ciò che non ha detto.

<<Quindi, la discussione sui padrini>> dice mio padre. <<Sai come affrontarla? Cosa pensi che Greg speri?>>

<<Lo lascerò parlare, lo ascolterò attentamente e punterò ad un risultato al cinquanta per cento, giusto per entrambe le parti.>>

Papà sorride, mentre aggiungo <<Grazie a Dio, dobbiamo passare tutto questo solo una volta.>>

<<Tu non puoi saperlo, chissà cosa ti riserva il futuro>> mi dice.

<<Oh sì, questa è una cosa che so per certo. Comunque, parlando d'altro, io devo fare delle ricerche e tu sei giusto l'uomo adatto.>>

<<Il primo paziente arriverà tra quarantacinque minuti. Abbiamo abbastanza tempo per fare la tua ricerca?>>

<<Possibilmente. Almeno la fase uno. Cosa ne sai delle Speciali Operazioni Esecutivo? Hai mai sentito parlarne?>>

<<Abbastanza ampiamente. Bene, come ho capito, erano la nostra arma segreta durante la guerra. Penso che fossero conosciuti come le Armi Segrete di

Churchill. Loro erano coinvolti in ogni specie di operazioni clandestine, facendo saltare ponti, sabotando le catene di approvvigionamento. Hanno creato persino dei falsi aeroporti per confondere la ricognizione tedesca. Perché me lo chiedi?»

«Ho scoperto che Hugh non era solo un pilota. Lui lavorava con il SOE.»

«Sono stupito che te lo abbia detto.»

«Anche io. Lui è così disperato di trovare Dorothy che suppongo mi abbia voluto dimostrare che si fida di me.»

«Perché è così importante?»

«Ha volato occasionalmente per il SOE, facendo volare gli agenti in Francia e a volte recuperandoli.»

«Deve essere stato estremamente pericoloso.»

«Incredibilmente. Ho setacciato la nostra sezione di riferimento in biblioteca, ma ho potuto trovare solo un libro, era un resoconto del lavoro che facevano in Francia.»

«È comodo lavorare in una biblioteca?»

«Il mio posto di lavoro ha assunto un significato completamente nuovo. Immagina cosa avrebbe potuto fare Poirot con l'accesso alle informazioni di base. Anche se la maggior parte delle volte non sembrava averne bisogno.»

«Il suo sapere proviene dall'esperienza, tu sei un po' più giovane di lui, ricordatelo?»

«In verità, il libro mi ha confermato ciò che mi aveva detto Hugh, le operazioni erano meticolosamente pianificate, loro sceglievano un giorno prima o dopo la luna piena.»

«Le nottate chiare li avrebbero aiutati nelle

ricognizioni, ma allo stesso tempo li avrebbe resi più visibili.>>

<<Sì, immagina il rischio che dovevano correre ed anche la resistenza francese. Erano solo persone come me e te, eppure erano pronti a mettere in pericolo le loro vite quotidianamente.>>

Mentre stiamo parlando, Charlie si è disteso tra noi due, rotolando su un lato e scivolando in un sonno profondo. Ora ci siamo entrambi distratti per un momento perché si agita e ringhia, senza dubbio sta inseguendo un coniglio immaginario attraverso un campo sino alla sua tana.

<<Ti ho parlato di Dorothy>> continuo <<la donna che mi ha chiesto di cercare? Bene, Hugh e Dorothy si sono conosciuti, ballando e...>>

<<Erano fidanzati?>>

<<Sì, questo è quello che mi ha detto.>>

<<Comunque, una notte Hugh doveva fare un volo operativo in Francia. Ogni cosa era nell'anonimato; tutti gli agenti erano chiamati con il nome 'Joe'. Quindi, Hugh si era preparato e aveva preparato l'aereo ed era arrivato Joe, vestito in tuta, camuffato, suppongo. Era buio, naturalmente, quindi lui aveva pensato che fosse un uomo. Solo quando aveva visto il viso da vicino, aveva scoperto che era Dorothy.>>

<<Ma io pensavo che fosse una contadina?>>

<<Sì lo era. Tutti gli agenti speciali lavoravano sotto copertura, avevano lavori ordinari, le loro vite erano ordinarie, sino al momento in cui dovevano entrare in azione. A causa di tutta la segretezza, nessuno dei due sapeva la verità. Deve essere stato un tale shock.>>

«Per entrambi. E per Hugh, immagina dover lasciare la ragazza che ama nel mezzo della Francia occupata, sapendo che avrebbe potuto essere fatta prigioniera, o peggio. Cosa accadde?»

«Bene, questa è la parte più triste. Lei aveva i suoi ordini, ma tutto doveva essere segreto. Nonostante Hugh lavorasse anche lui con il SOE, lei non poteva dirgli nulla.»

«Necessità di sapere, e tutto il resto.»

«Esattamente. Tutto quello di cui era stato informato era il punto dove lasciarla. Lui la portò lì, atterrando nel campo dove lei incontrò i membri della resistenza e fu tutto. Lui non la rivide più.»

Prima che riesco a finire la storia, il mio singhiozzo decide di intervenire. Immaginare la situazione di Hugh e Dorothy era chiaramente troppo per i miei livelli di ansia.

«Bevi un po' di acqua, prendi respiro» dice papà. «Pensi che Hugh sia sincero con te? Lui è chiaramente esperto a mantenere segreti, forse c'è di più in questa storia che lui non ti dice. Ti ha detto che Dorothy è in pericolo, pensi che questo abbia a che fare con il SOE? Per la sua stessa natura un'organizzazione come quella avrà avuto i suoi nemici.»

Mentre sorseggio l'acqua, il singhiozzo inizia a placarsi, e mi permette di rispondere. «Da quello che ho letto lei è stata una delle persone fortunate, molti agenti erano catturati e mandati nei campi di concentramento. È veramente orribile, papà, loro erano torturati, alcuni giustiziati e la cosa terrificante è che molti di loro avevano giusto la mia età. Non riesco a sopportare il pensiero di ciò che hanno dovuto passare.>>

<<Questo non sembra affatto semplice. Potrebbe essere il momento di fermarsi.>>

Al mio ritorno in biblioteca, ho il tempo di riflettere su ciò che ho scoperto finora, che non è molto. Certamente non abbastanza da giustificare il compenso di Hugh. In verità, tutto quello che posso spuntare sulla mia lista è aver stabilito l'identità del misterioso pedinatore di Hugh.

Chiamiamolo colpo di fortuna o coincidenza, ma la prima persona che entra nel furgone è Kenneth Elm. Tengo la testa bassa, concentrandomi sulla pila di libri sul bancone, sperando follemente che non si accorga di me.

<<La signora Juke?>> Ha una leggera balbuzie, è quasi impercettibile. Forse ha passato una vita a cercare di mascherarlo.

<<Buongiorno, come posso aiutarla?>> gli dico. Lui sa il mio nome; questo non promette nulla di buono. Lui si guarda intorno; ci sono altri due clienti, uno sfoglia i volumi nella sezione dei racconti storici e l'altro sta guardando i libri di bambini. Tutti e due sono presi dalla loro ricerca.

<<Lei mi ha seguito, l'altra sera. Mi piacerebbe sapere perché>> mi dice.

Il mio primo impulso è di negare, ma non voglio insultare la capacità di osservazione dell'uomo. Lui mi ha visto, conosce il mio nome.

<<Stavo aiutando un mio amico.>>

<<È un amico? Lo sa suo padre che sta inseguendo

strani uomini di notte?>>

«Lei conosce mio padre?»

«Naturalmente, il suo cane da guida Charlie è uno dei miei pazienti. Suo padre è un uomo coraggioso e di talento. Lui lo sa cosa lei sta facendo?»

«Non sto facendo nulla.»

Non cerco di nascondere l'indignazione nella mia voce. Il mio singhiozzo mi sta di nuovo minacciando. Tra il mio singhiozzo e la sua balbuzie, facciamo una coppia interessante per tutti gli impiccioni.

«Perché sta cercando mia sorella?» mi dice.

«Cosa glielo fa pensare?»

«Lui lo sta chiedendo in giro. Tamarisk Bay è una piccola cittadina. Quando un estraneo si presenta ed inizia a fare domande, la voce si spande.»

«Lui ha conosciuto suo sorella durante la guerra. Loro erano amici.»

«Questo non è il modo in cui lei se lo ricorda.»

«Quindi voi siete in contatto? Lei è ritornata qui?»

Dobbiamo smettere di parlare mentre un cliente porta il libro scelto per farci mettere il timbro. Ho avuto una breve conversazione con lui e Kenneth si allontana, va davanti alla prima fila di scaffali. Lo guardo mentre fa scorrere le dita su alcune coste di libri, sistemandone una e facendo scorrere fuori l'altra, solo per farla riscivolare dentro senza aprire i libri. Avendo finito con il cliente, faccio un segno a Kenneth e lui ritorna al bancone.

«La verità è che lui è preoccupato per sua sorella» gli dico, mantenendo la mia voce più bassa possibile, senza bisbigliare. «Lui crede che lei sia in pericolo.»

«La sola persona per la quale lei è in pericolo è

Hugh Furness.>>

<<No, non è vero. Lui è venuto qui soprattutto perché è preoccupato per la sua sicurezza.>>

<<Ci pensi. Perché è così in incognito? Perché l'ha coinvolta? Se lui era veramente interessato a lei, perché non ha contattato me direttamente, o meglio ancora non ha parlato con la polizia?>>

Ci sono ancora momenti in cui vorrei essere di nuovo una bambina, con il mio eroico padre accanto a me. Questo è decisamente uno di quelli. Non ho idea di quale di questi due uomini mi stia dicendo la verità. Se Kenneth ha ragione, mi sono confusa con un bugiardo, per lo meno, forse molto peggio. D'altra parte, se io credo ad Hugh, la vita di una donna potrebbe essere in pericolo. Non posso starmene seduta e non fare nulla.

<<Perché lei stava seguendo Hugh>> gli chiedo.

<<Per avvertirlo.>>

<<Perché non gli ha solo parlato, lei lo sa dove alloggia. Perché non gli ha bussato alla porta ed ha avuto un chiarimento con lui?>>

<<Lui è un uomo intelligente. Non potevo farmi interrogare da lui. Avrei potuto farmi uscire qualcosa. Dorothy è mia sorella, lei è vulnerabile, il mio compito è di proteggerla. Lei può dare un messaggio al suo amico da parte mia, e di mia sorella.>>

<<Che tipo di messaggio?>>

<<Gli dica di tornarsene da dove è venuto. Non c'è niente qui per lui.>>

Non ci sono scelte per me. Non posso parlarne con papà, perché mi vorrà ammonire, Greg è fuori discussione, e Libby è così presa da trovare il prossimo scoop che non posso fidarmi che stia zitta. Per il momento, tutto quello che posso fare è aspettare che qualcuno faccia la prossima mossa.

La rubrica nostalgia è stata pubblicata ed è diventata oggetto di discussione di tutti i miei clienti della biblioteca. Così tanto che, ho appuntato una copia dell'articolo sulla bacheca di sughero che si trova accanto al bancone. Alcuni clienti si appassionano a raccontarmi le loro storie, alcuni le hanno scritte, ma gli altri sono felici di parlarne.

Mentre ascolto i loro racconti cerco di immaginare com'era vivere nella paura ogni giorno per anni. Annoto alcuni dei loro aneddoti nel mio taccuino, immedesimandomi in quel tempo, con quel misto di disperazione e gioia.

*'Il suono della sirena annunciava il raid aereo e quando si abbassava indicava il cessato allarme. Questo tipo di suono ancora mi stringe lo stomaco più di venti anni dopo.'*

*'Mamma ci ha fatto vestiti appositi, un pezzo con leggings, giacca e cappuccio, con vecchie coperte per scappare con le nostre camicie da notte quando noi dovevamo attraversare i giardini vicini per andare al rifugio. Non erano abbastanza caldi. Io mi ero preparata una piccola valigia da portare con me al rifugio, in caso la nostra abitazione rimanesse distrutta. Ci avevo messo una Bibbia, che mi sembrava fosse appropriata per questa occasione, un fazzoletto, perché avevo l'orrore di non averne uno(!!) Che altro?*

*Forse una bevanda o qualcosa del genere. Non mi ricordo.'*

*'Noi avevamo sempre fame, nonno ci dava il pesce pescato con la sua barca. Mi mostrava come catturare le anguille e batterle sulla battigia. Zio Joey catturava conigli, io lo aiutavo ad ucciderli e scuoiarli. Con l'altro nonno raccoglievo le uova dalle sue galline. Zia Lilly aveva una mappa del mondo sulla sua parete. Ci attaccava delle bandiere e questo ci raccontava come stava andando la guerra in Russia e soprattutto nel lontano oriente.'*

*'Quando la nostra dimora fu bombardata noi fummo molto fortunati a salvarci, i vicini, e tutto il resto della famiglia ci aiutarono molto. La bomba non aveva preso la casa ma era caduta in giardino. È stata una buona cosa che non siamo riusciti ad andare al rifugio perché saremmo morti sicuramente. Entrambe le nonne si presentarono. Una aveva camminato per circa undici o dodici chilometri perché gli autobus non erano in servizio. Videro la casa per prima e pensarono che fossimo spacciati quindi ci furono un sacco di pianti e abbracci. Dopo andammo a vivere con una delle nonne.'*

Più tardi nel corso della giornata, proprio mentre la mia energia di conversazione sta affievolendosi, entra Phyllis.

<<Sembri stanca>> mi dice. <<Fagiolino ti tiene sveglia?>>

<<Tra le altre cose.>>

<<Hai avuto fortuna con chi sai?>>

Sorrido al tentativo di segretezza di Phyllis. Da quel bagliore negli occhi ho l'impressione che le piaccia stare ai margini di un mistero. Prima che possa rispondere si gira verso la bacheca.

<<Articolo interessante, riporta molti ricordi. Alcuni buoni, alcuni meno buoni>> lei mi dice.

<<Come è stato per te? Continuavi ad insegnare durante la guerra?>>

<<Noi avevamo treni carichi di sfollati. Poveri piccoli esseri. Fatti uscire fuori dalle carrozze, sul binario, spaventati come i coniglietti. Alcuni di loro erano appena più grandi delle loro valigie.>>

<<Ne hai preso qualcuno a vivere con te?>>

<<Sì, un fratello e una sorella. Entrambi più piccoli di Cynthia. Lei storse il naso, ma le dissi quanto fosse stata fortunata a non essere una di loro.>>

<<Quanto tempo sono stati con te?>>

<<Loro venivano da Londra. Non avevano mai visto il mare. Il primo weekend li ho portati al mare corsero subito in acqua, tutti vestiti. Non si tolsero neanche le scarpe.>>

<<Cynthia amava averli intorno, quando se ne andarono pianse. Promettendogli che gli avrebbe scritto tutti i giorni.>>

<<Ci è rimasta in contatto?>>

<<Per un periodo, ma la vita prende il sopravvento, non è vero?>>

<<Non sai dove sono ora? Se sono ancora a Londra?>>

Lei scuote la testa.

<<Deve essere stato difficile concentrarsi sull'educazione con le bombe che cadevano tutt'intorno.>>

<<Alcuni giorni non ci provavamo neanche. C'era un tale afflusso di sfollati che dovevamo usare qualsiasi spazio disponibile per le lezioni. Alcune volte usammo persino la sala da tè nei giardini Tensing.>>

<<La vecchia baracca?>>

<<Ai bambini piaceva, specialmente a quelli che venivano dalle città interne. Tutta quell'erba su cui correre e tutti quegli alberi da scalare.>> Si era appoggiata al bancone, ma ora si sposta da un lato e dice. <<Ti dispiace se mi siedo per un po'?>>

<<Ecco qui>> le dico, dandole la sedia di scorta. <<Ci stiamo ingrassando entrambe. Le mie gambe non ce la fanno a portare il peso di Fagiolino in giro per tutto il giorno.>>

<<Aspetta finché non sia nato.>>

<<Lui?>>

<<Bene, lui o lei. Hai qualche preferenza?>>

<<No, dieci dita delle mani, dieci dita dei piedi e che non urli tanto. Questo è tutto quello che ho nella mia lista dei desideri.>>

<<Tu sarai una grande mamma.>>

<<Dici? Ci sono dei momenti in cui non ne sono sicura.>>

<<Bene, tu non puoi rimandarlo indietro, è troppo tardi per questo.>>

<<Phyllis, sono a disagio.>>

<<Con il tuo caso?>>

<<Sì, non so a chi credere.>>

<<Cosa ti dice il tuo istinto?>>

Metto le mani sul mio pancione, gioendo della sensazione di sentire Fagiolino muoversi gentilmente.

<<Il tuo istinto è buono>> lei dice <<fidati.>>

# CAPITOLO 12

Prima di andare a casa, faccio un salto all'alloggio di Hugh. La signora Summer mi invita ad entrare.

<<Sono contenta che lei sia passata>> mi dice. <<Ero preoccupata. Ho telefonato all'ospedale questa mattina e loro mi hanno detto che non stava né meglio, né peggio. Hanno precisato, che non essendo io un familiare, loro non potevano parlarne.>> Mi fa cenno di seguirla nel salotto. <<Si sieda prego, gradisce qualcosa da bere?>>

Sto ancora cercando di capire il suo accento. <<No, grazie sto bene. Speravo che ci sarebbe stato qualche miglioramento>> le dico. <<Mi chiedo quanto tempo lo terranno in ospedale?>>

<<E la sua famiglia? Lei gli ha parlato?>>

Io scuoto la testa. Non sto mentendo se dico di no. Dopotutto, io non so se Hugh ha familiari ancora in vita.

<<Lo andrò a trovare di nuovo e le farò sapere se ci sono cambiamenti significativi.>>

<<Per favore gli dica, che naturalmente, sto tenendo la sua stanza.>>

<<Oh, pensavo che lei avesse detto...>>

<<Sono stata crudele prima. È stato lo shock, vederlo in quel modo, la tosse, il respiro. Ora è tutto a posto.>>

Alzo un sopracciglio e aspetto che lei si spieghi.

<<Mio marito. Non siamo stati sposati a lungo. Loro hanno detto che sono state le sigarette, ma io sono sicura che è stato il suo lavoro.>>

<<Cosa faceva suo marito?>>

<<Lavorava in una ditta che produceva il gas. Il salario era buono, ma il lavoro pericoloso. Gli è andato nei polmoni. Noi abbiamo comprato questa casa poco prima che lui... ho dovuto trovare il modo per pagare le rate. Non mi piace avere affittuari, ma...>>

<<Noi tutti facciamo il possibile per far quadrare i conti.>>

<<Lei lavora in biblioteca?>>

<<La biblioteca mobile, sì.>> Mi chiedo cosa potrebbe dire se sapesse cos'altro ho scelto di fare per portare soldi in casa. <<Bene, me ne devo andare, ma resterò in contatto.>>

La prossima opportunità che ho di andare a far visita in ospedale è martedì pomeriggio. Piove forte e mentre aspetto alla fermata dell'autobus sembra che tutte le macchine che passano hanno deciso di schizzarmi. Prima che arrivi l'autobus sono come Gene Kelly in *Singing in the Rain*. È un breve tratto da percorrere a piedi dopo scesa dall'autobus. Non mi preoccupo nemmeno di aprire l'ombrello, poiché il vento probabilmente mi trasformerebbe in *Mary Poppins*. Mentre cammino memorizzo la giustificazione per quando sarà ora di tornare da Greg: gli dirò che sono andata al cinema.

Quando entro nell'ingresso dell'ospedale, sono fradicia, quindi rimango per un po' sulla soglia per far sgocciolare la troppa acqua che mi ricopre. Immagino il disprezzo della caposala se bagno con l'acqua piovana il suo linoleum incontaminato.

Sentendomi un po' più presentabile, inizio a

camminare verso il reparto e noto qualcuno davanti a me nel corridoio. Sta camminando con passo deciso, ma non ha bisogno di voltarsi perché io sappia chi è. Affretto il passo in modo da raggiungerlo.

«Signor Elm» gli dico, studiando la sua espressione per capire se sia sorpreso o infastidito.

«Signora Juke.»

«Sta facendo visita a qualcuno?»

«Perché altrimenti sarei qui?»

«Forse per un appuntamento?»

«E lei?» mi dice. «Tutto a posto con il bambino, spero?»

Ha un modo di parlare che è tagliente, privo di emozioni. Forse una tecnica per mascherare la sua balbuzie.

«Penso che entrambi sappiamo perché sono qui. E azzarderei l'ipotesi che lei sia qui per la stessa ragione. Hugh sta molto male lo sa. Ogni emozione gli potrebbe causare un altro attacco.»

Siamo arrivati all'entrata del reparto ed esitiamo sulla porta.

«Penso, un solo visitatore alla volta al capezzale» gli dico, rigirandomi e andando verso le due sedie che sono vicino all'entrata del reparto. «Perché non entra prima lei, per me va bene aspettare. Ma ci vada leggero con lui, non faccia nulla di cui pentirsi dopo.»

«Penso che lei sia fuori posto qui, signora Juke. Vada a casa, sì concentri su suo marito, sul suo bambino.»

Kenneth Elm può essere aggiunto alla lista degli uomini che pensano di potermi dire cosa devo fare; Greg, Frank Bright, alcune volte mio padre.

L'atteggiamento paternalistico di Kenneth mi rende più determinata a interessarmi al caso, anche se il mio cliente pagante stesse mentendo.

Dopo dieci minuti, la porta del reparto si apre e Kenneth passa.

<<È tutto suo>> mi dice, con veemenza, la balbuzie non più camuffata.

Non ho il tempo di rispondere, mentre mi supera e va giù per il corridoio, fuori dalla mia vista.

L'ospedale è caldo, spesso un posto soffocante, con un odore persistente di disinfettante. Non è un ambiente adatto ad una donna in stato interessante, con una costituzione nauseabonda. Tuttavia, il sudore che ora ricopre il mio corpo probabilmente non ha nulla a che fare con la temperatura. Apro la porta del reparto a tentoni e mi avvicino al letto di Hugh. Le tende sono tirate intorno a lui e posso sentire le voci, che sebbene siano attutite, sembrano ansiose.

<<Chi gli ha permesso di entrare?>> dice una voce femminile, con tono tagliente.

<<Mi dispiace, non ho realizzato...>> questa volta è una voce più giovane.

<<Questo non è né il momento né il posto per le tue scuse, vieni nel mio ufficio quando finisci il turno. Per ora, per favore stai con il signor Furness e niente visite. Hai capito?>>

Con questo, la caposala tira la tenda da una parte e va via. Come lei si sposta da davanti al letto, intravedo Hugh, sdraiato, con gli occhi chiusi ed una maschera di ossigeno sul suo viso.

<<Cosa sta facendo qui?>> lei mi dice, guardandomi. Rivivo nella mia mente quando dopo le lezioni ero invitata a rimanere per scrivere *non origliare* per cinquanta volte.

<<Er, sono qui per far visita al signor Furness>> dico con la mia voce più soave.

<<Niente visite>> lei dice, scandendo bene le parole come se fossi una straniera, o dura di comprendonio.

<<Posso tornare più tardi? Per vedere come sta?>>

<<Niente visite fino a nuovo ordine. Ora, fuori, fuori.>> Lei mi fa uscire dal reparto come se fossi un bambino cattivo, che sta bighellonando in qualche posto dove non può stare.

Prima di prendere l'autobus per andare a casa, ho bisogno di calmarmi e prendere alcuni appunti. C'è un caffè vicino alla fermata dell'autobus. Spingo la porta, sperando che non stiano per chiudere.

<<State ancora servendo?>> dico.

<<Entri cara, si accomodi pure.>>

Il mio sollievo è palpabile. Una voce amica, un sorriso e l'odore della cucina casalinga.

<<Questo è quello di cui abbiamo bisogno Fagiolino>> sussurro mettendomi una mano sul pancione.

<<Cosa sarà?>> mi chiede la cameriera, spostando una ciocca di capelli dalla sua faccia arrossata. <<Si segga, le porterò qualcosa. Sembra che lei abbia bisogno di fare uno spuntino. Che ne dice di una deliziosa porzione di pudding di pane? Appena fatto questa mattina.>>

<<Perfetto, grazie. E un caffè, per favore.>>

Non ci sono altri clienti, ma io scelgo un tavolo in

un angolo, il più lontano possibile dal bancone, nel caso in cui il mio arrivo scateni un trambusto. La cameriera mi porta il caffè e un più che generoso pezzo di pudding di pane riscaldato. Una manciata di noce moscata e cannella mi fa venire l'acquolina in bocca. Prevedo che il mio appetito per la cena diminuirà abbastanza; qualcos'altro che dovrò spiegare a Greg.

Prendo il mio taccuino e sfoglio le pagine. Alcune delle sezioni sono quasi piene, mentre le altre rimangono bianche. Sono sicura che Hugh mi sta ancora nascondendo qualcosa. Per di più, deve ancora spiegare l'importanza del biglietto del bagaglio a mano lasciato, che è dentro la mia scatola di oggetti smarriti nel furgone della biblioteca. Ci sono tre distinte domande per le quali ho bisogno di risposte: perché Hugh crede che Dorothy sia in pericolo; Perché Kenneth crede che Hugh stia mentendo; e perché Hugh non vuole coinvolgere la polizia?

Ora che Hugh sta troppo male per parlarmi, devo trovare un'altra strada per colmare questi buchi vuoti. Kenneth è il mio unico collegamento con Dorothy e ha chiarito che non desidera parlarmi. Al momento, direi che la sensazione è reciproca.

Nei due giorni seguenti, rimugino sugli eventi verificatisi sino ad ora. Potrei non essere brillante nel giudicare il carattere (la mia esperienza con Zara lo prova) ma sicuramente un uomo che si prende cura degli animali non può essere del tutto cattivo? Ci deve essere una ragione per la quale Kenneth sta cercando di proteggere Dorothy mantenendo Hugh lontano. Ho solo bisogno di scoprire di cosa si tratta.

Tutte le cose che ho imparato da Poirot mi dicono che è utile indagare sul passato di qualcuno. Se riesco a mettere insieme una immagine più chiara della famiglia Elm, potrei scoprire alcuni indizi.

Alla prossima occasione faccio una visita a Phyllis.

<<Come facevi a sapere che stavo sperando tu passassi>> mi dice, mentre mi sta accogliendo.

<<Giorno di cottura?>> chiedo, notando il grembiule.

<<Giorno di pulizie, estremamente noioso, ma deve essere fatto. Tuttavia, ho i biscotti integrali al cioccolato.>>

<<Sono venuta a sondare il tuo cervello, in realtà a scavare nella tua memoria.>>

<<Sonda e scava lontano.>>

<<Gli Elm. Cosa altro ti ricordi di loro?>>

Mentre ci sistemiamo nel salotto di Phyllis, di fronte al riscaldamento a carbone, con il caffè e i biscotti, mi viene in mente che questa è l'esperienza che vorrei far provare a Fagiolino. Non sono una madre tradizionale, almeno per quanto riguarda Greg e mia suocera, ma il mio rapporto con Phyllis mi dimostra che la famiglia non significa solo legame dello stesso sangue. Ricordi condivisi, sogni condivisi, possono legarci insieme così strettamente, forse anche di più.

<<Da quando ho rintracciato quella foto di Kenneth e dei suoi compagni di classe, sono stata inondata di ricordi.>> Phyllis mi dice. <<L'altro giorno ho persino avuto un sogno su di lui, soprattutto bizzarro.>>

<<Era un brutto sogno?>>

<<Oh, era qualcosa e niente. Probabilmente il più è dovuto al fatto che ho mangiato un pezzo di formaggio dopo cena. Comunque mi sono ricordata di più sui genitori di Kenneth. Non sono sicura se ti sarà di grande aiuto.>>

<<Tutte le informazioni sono utili. Lo dice Poirot? Se non lo dice dovrebbe.>>

<<Prossimamente scriverai i tuoi romanzi polizieschi. Un libro di memorie sottilmente camuffato - *'I Misteri del Crimine di Janie Juke'*

<<Fra cinquant'anni, forse. Si deve essere anziani per scrivere le memorie, non torvi?>>

<<Non stai suggerendomi di tentarne uno, vero?>>

<<Continuo a dirtelo, tu non sarai mai anziana, non per i miei occhi.>>

Lei sorride e scuote la testa. <<Bene, i genitori di Kenneth. Come sai, suo padre aveva la bronchite cronica. Lui aveva lavorato in una fabbrica vicino Peterborough. Penso lui fosse un semi-qualificato. Qualunque fosse il suo mestiere, non era in grado di trasferirsi facilmente quando traslocarono. Il dottore gli aveva consigliato di trasferirsi al sud, di vivere vicino al mare, se lui voleva continuare a vivere dopo i sessanta anni.>>

<<Che età aveva quando venne a Tamarisk Bay?>>

<<Forse era tra i quaranta o cinquanta anni. Forse aveva combattuto nella prima guerra, ma doveva essere troppo vecchio per la Seconda guerra mondiale, anche se la sua salute fosse migliorata. Come mi ricordo, quando si spostarono per la prima volta lavorò per una ditta di traslochi, probabilmente

Pickford. Ma ebbe così tanti giorni di malattia che lo licenziarono. Non era come adesso, le persone non avevano nessuna protezione relativa all'occupazione e non c'era il Servizio Sanitario Nazionale. Così, se tu non potevi permetterti il dottore, o le medicine, dovevi soffrire.>>

<<Ora diamo per scontata l'assistenza sanitaria gratuita. Odio pensare a come deve essere stato.>>

<<La vita era disperata per le famiglie senza soldi e ce ne erano tante. La madre di Kenneth non aveva scelta, doveva lavorare, ovunque lei potesse. Lei ottenne un posto di lavoro in una lavanderia. Le persone che avevano soldi erano più che felici di pagare gli altri che facessero il lavoro al loro posto.>>

<<Io non li biasimo, non mi dispiacerebbe un addetto alle pulizie. E qualcuno che stiri.>>

<<Non lo faremmo tutti?>> dice Phyllis sorridendo. <<Il lavoro era fisicamente duro, lunghe ore, sette giorni a settimana. Mi ricordo che la signora Elm non era mai in grado di partecipare alle riunioni dei genitori o alle recite scolastiche. Quella foto che ti ho mostrato è di Kenneth in una recita. Bene, lei non ha mai visto la sua esibizione.>>

<<Deve essere stato difficile per i figli.>>

<<Kenneth si vergognava dei suoi genitori.>>

<<Ma sua madre stava facendo tutto quello che poteva per mantenere la famiglia nutrita e curata.>>

<<I bambini possono essere veramente crudeli. Lui aveva una brutta balbuzie e lo prendevano in giro per questo. Quindi un giorno il padre venne a scuola, furioso. Lui parlò con il preside, gli disse che se il bullismo continuava, avrebbe tolto Kenneth dalla

scuola.>>

<<Aveva bevuto?>>

Lei annuisce. <<Emerse che il padre di Kenneth aveva trovato conforto nell'alcol. Deve essere stata dura per lui, sapere che non poteva sostenere la sua famiglia, che la moglie era il solo sostegno della famiglia.>>

<<Lui deve essersi sentito indignato, sentendosi un uomo mantenuto. Non fece di meglio. Il signor Elm non stava aiutando in casa e spendeva i guadagni della moglie con la birra. Portò via Kenneth dalla scuola?>>

<<No, fu solo una sfuriata. Ma sono abbastanza sicura che subito dopo che Kenneth ha finito le scuole, la madre è morta. E suo padre non è durato a lungo. Così, sono rimasti solo loro due, Kenneth e sua sorella.>>

<<Mi chiedo come abbiano fatto per il denaro. E poi Kenneth ha studiato per diventare un veterinario. Non deve essere stato facile, finanziariamente.>>

Phyllis annuisce. <<Più domande che risposte, ma questo non dovrebbe scoraggiare un'investigatrice intelligente.>>

<<Mm>> le dico, archiviando questa serie di informazioni nella mia mente. In questo caso è un puzzle, sto solo riuscendo a collegare i bordi esterni, con un sacco di spazi vuoti rimanenti.

# CAPITOLO 13

Quando mi reco nuovamente in ospedale, mi avvicino con trepidazione, aspettandomi che la capo sala piombi su di me impedendomi di entrare. Invece, arrivo al reparto e trovo che è stata tolta la tenda intorno al letto di Hugh, e non c'è nessuna infermiera nelle immediate vicinanze. Hugh sta in parte eretto, sostenuto dietro da diversi cuscini. Lui ha la maschera di ossigeno sul naso e viso e i suoi occhi sono chiusi.

Suppongo che stia dormendo, prendo una sedia cercando di non far rumore e mi siedo accanto al letto, aspettando che si svegli. Guardandolo lì steso, il suo viso pallido, il colletto del suo pigiama a righe che viene fuori dal lenzuolo, mi sforzo di immaginare com'era quando aveva conosciuto Dorothy. Gli anni trascorsi devono essere stati duri per Hugh, sul suo viso si vedono delle rughe e ci sono ombre scure sotto i suoi occhi; lui sembra molto più vecchio di mio padre, invece ci possono essere solo pochi anni di differenza fra loro. All'improvviso, sento che mi sta venendo voglia di starnutire e prima che possa afferrare il mio fazzoletto, emetto un forte starnuto. Come risultato, Hugh apre gli occhi.

<<Mi dispiace, stavi dormendo. Stavo cercando di non disturbarti, ma devo essere allergica all'ospedale>> gli dico e sorrido. <<Ti senti meglio? >>

Lui annuisce e si toglie la maschera di ossigeno.

<<No, non farlo>> gli dico, prevedendo l'ira della caposala se la mia presenza dovrebbe far peggiorare le sue condizioni. <<Mi siederò e ti terrò compagnia

per un po'.>>

Lui chiude gli occhi di nuovo e colgo l'opportunità di farlo anche io. Il reparto è ancora più afoso del solito e mi sento sonnolenza. Ad un tratto, una mano scuote la mia spalla per svegliarmi. È la giovane infermiera che l'ultima volta che sono stata qui aveva avuto una discussione con la caposala.

<<Sta bene?>> mi dice. <<Vuole un po' di acqua?>>

<<Non posso crederci che stavo sonnecchiando. Non sono mai riuscita a dormire stando seduta, ho sempre bisogno del mio letto e le mie coperte.>>

<<La gravidanza fa sentire più stanche del solito. Di quanti mesi è?>>

<<Sei mesi, arriverà a Natale e mi immagino che allora una buona dormita sarà un lontano ricordo.>>

Lei sorride e va verso il letto di Hugh, raddrizza le coperte e riempie il bicchiere di acqua che si trova sul suo comodino.

<<Come sta andando? Mi sembra che stia meglio dall'ultima volta che l'ho visto>> le dico. <<Ha un po' più di colore in viso, ma vedo cha ha ancora l'ossigeno.>>

<<Sì, lo sta aiutando un po'. Lei è un familiare? >>

<<Un'amica di famiglia. Pensa che resterà ancora qui per molto?>>

<<Oh, io sono solo una infermiera. Lo deciderà il dottore.>>

Sentiamo aprirsi la porta del reparto e lei si gira verso di essa.

<<Devo andare ora. Se può cerchi di non stancarlo.>>

<<Naturalmente, ma prima che lei vada, posso

chiederle di quell'uomo che era qui l'altra volta, quando il signor Furness ha avuto un peggioramento?»

Lei guarda timidamente in giro per il reparto, forse, consapevole che possa apparire in qualsiasi momento la caposala. «Non potrei dirlo veramente, sa... la riservatezza del paziente.»

«Non voglio che lei mi dica nulla del paziente, ma solo del visitatore. Lei ha sentito la loro conversazione? Hanno avuto un litigio?»

Lei si gira verso di me di spalle a Hugh, si china verso di me e la sua voce diventa un sussurro.

«Lui continuava a dire *'Non ti crederanno mai'* ripetutamente. Gridando verso il povero signor Furness.»

«Tutto qui? È tutto ciò che ha detto?»

«*'Sarai tu a soffrire alla fine'* Questo è quello che ha detto proprio prima di precipitarsi fuori. È stato terribile, ha causato una scenata del genere, ha sconvolto gli altri pazienti e il povero signor Furness, bene, noi abbiamo pensato che stavamo per perderlo.»

Lei sembra così angosciata che ho voglia di suggerirle di sedersi mentre si riprende.

«È stata tutta colpa mia» lei continua. Il suo viso è arrossato ed il labbro inferiore trema.

Le metto una mano sul braccio. «Non si incolpi. Come poteva sapere che cosa sarebbe andato a dire o fare. E non è stato fatto nessun danno reale. Il signor Furness sembra che si stia rasserenando un po'.»

Lei si gira proprio mentre Hugh apre gli occhi.

«Salve, hai dormito bene?» gli dico. «Stavo quasi

sonnecchiando anche io e questa gentile infermiera quasi mi offriva un letto.>> Sorrido all'infermiera prima che lei vada via a vedere gli altri pazienti.

Hugh mi fa un cenno, quindi mi alzo e vado vicino a lui.

<<Cosa c'è? Vuoi un bicchiere di acqua? Non hai dolori, vero?>>

Lui scuote la testa e mi indica il cassetto del comodino.

<<Posso prendere qualcosa nel cassetto per te?>>

Lui annuisce ed io apro il cassetto a trovo una piccola Bibbia (credo sia dell'ospedale? E un portafoglio).

<<Vuoi il libro Hugh?>>

Prendo il libro e glielo porgo. Lui apre la copertina, tira fuori un pezzo di carta e me lo dà. È una nota scritta a mano.

*Prendi il biglietto del bagaglio a mano del deposito bagagli della stazione di Tidehaven. Quello che troverai lì ti aiuterà a capire.*

<<Capire cosa, Hugh? Spiegherà perché sei alla ricerca di Dorothy?>>

Lui annuisce e mi ridà il libro. Lo rimetto nel cassetto e quando mi giro di nuovo verso di lui ha gli occhi chiusi e sembra essersi assopito. Suona la campanella segno che l'ora delle visite è finita e devo lasciare il reparto, stringendo nella mia mano la nota scritta da Hugh.

Metto il biglietto del bagaglio a mano nel mio borsellino per custodirlo e nel giorno che vado da mio padre, vado via all'ora del pranzo prendo l'autobus per andare a Tidehaven. L'autobus è pieno e riesco a prendere l'ultimo posto al piano di sotto, con enorme sollievo per due motivi. Sedere al piano di sopra è come sedere in un posacenere, con tutti i fumatori, e inoltre sono convinta che se l'autobus parte mentre salgo le scale, il risultato sarebbe un disastro. Ci sono volte in cui guardo il mio pancione e faccio fatica a credere che ci sia solo un Fagiolino lì dentro. Quello che è ancora più preoccupante è che mancano ancora quasi tre mesi, e per allora sono certa che sarò della dimensione di un elefante. Non è un bel pensiero.

Ho dovuto aspettare per un po' alla fermata dell'autobus e nonostante abbia preso in prestito l'ombrello extra-large di papà, l'umidità si è infiltrata dal collo in giù. Ora siamo a novembre tutti i giorni è freddo, o grigio, o piovoso, o ventoso, o una miscela di tutti e quattro. Oggi la pioggia è più simile ad una pioggerella che a un acquazzone, il tipo di pioggia che non riesci a vedere, ma che comunque ti bagna.

È un breve percorso dal centro della città alla stazione ferroviaria, che è situata in cima a King Road. È una stazione molto trafficata, con una linea diretta da Londra a Brighton, ma a quest'ora oggi non c'è molto movimento. Guardo una coppia di anziani alla biglietteria, lui con un elegante cappotto pesante, lei in un cappotto invernale color cammello, con un cappello di feltro che sono sicura si rovinerà sotto la pioggia. Loro hanno comprato i loro biglietti e camminano mano nella mano verso la sbarra d'entrata, sono fuori forse per un giro di shopping o per il tè del pomeriggio. C'è una dolce normalità tra di loro, che è in contrasto con il modo in cui mi sento mentre cammino verso il deposito bagagli. Mentre mi avvicino un uomo in divisa mi guarda da sopra la sua copia del *Daily Mirror.*

<<Posso aiutarla, signorina?>> mi dice.

<<Dovrei ritirare questo, per favore.>>

Consegno il biglietto, sperando che non mi chieda cosa mi aspetto di ricevere in cambio, lui guarda fisso e aggrotta le sopracciglia.

<<Questo risale a un po' di tempo fa. È stata via, vero signorina?>>

<<E, sì.>> Preparo un racconto di un viaggio immaginario oltreoceano, ma esito a offrire ulteriori informazioni e aspetto che lui faccia la prima mossa.

<<Non ci vorrà poco, signorina.>> Si allontana nel retro del deposito. A un lato del bancone c'è una fila di armadietti di metallo, abbastanza grandi da contenere una borsetta ventiquattrore, ognuno numerato chiaramente. Più indietro ci sono dei lunghi scaffali di legno, in parte pieni di valigie e borsoni di varie dimensioni e forme. Infine, sul retro del deposito, c'è una lunga ringhiera, dove sono appesi cappotti e giacche.

Sto cercando di immaginare perché qualcuno voglia lasciare un cappotto al deposito bagagli, quando l'uomo delle ferrovie riappare con una grande busta nelle mani.

<<Proprio questo, signorina?>> mi dice, tenendo la busta di fronte a me, ma sembra che sia riluttante a rilasciarla nelle mie mani.

<<Sì, questo è quello>> dico, avanzando per prenderlo dalle sue mani.

<<Sono due scellini e sei penny, signorina>> mi

dice, ancora stringendo la busta.

<<Ah, sì, naturalmente.>> Sono sollevata, ho abbastanza nella mia borsa per pagare il conto e mi annoto mentalmente di aggiungere questo costo alle mie spese vive.

Gli do i soldi e lui mi dà la busta. Inizio a camminare, quando lui dice <<Solo un momento, signorina.>> Io mi sento come un criminale che viene scoperto. Invece, lui dice <<La sua ricevuta, signorina. Gliene scriverò una, ci vorrà un minuto.>>

Io annuisco e sorrido, conscia che il mio cuore sta battendo un po' troppo energicamente.

C'è un piccolo caffè accanto alla stazione. Chiedo un bicchiere di limonata e mi siedo ad uno dei tavolini di metallo su una sedia anche essa di metallo particolarmente scomoda. Il tavolo è appiccicoso con il residuo di bevande rovesciate e sono tentata di chiedere uno straccio per pulirlo, ma ho deciso di lasciar perdere.

La busta non è sigillata, la linguetta è appena infilata dentro l'apertura. Lo apro e faccio scorrere le dita dentro, estraendo un foglio singolo. È un ritaglio di stampa, una mezza pagina, accuratamente piegato in due. Appoggio la busta sul ripiano del tavolo e metto la stampa su di essa, nel tentativo di tenerla pulita. Un lato del foglio è occupato da pubblicità; riconosco i nomi di alcuni dei negozi. Noto la data in alto e vedo che è del *Tidehaven Observer,* del 19 settembre 1946. Sul retro del foglio c'è una grande foto di un gruppo di uomini e donne, in posa davanti al teatro *Elmrock.*

Il titolo dice: ***Corona di scacchi vinta.***

La didascalia sotto la foto dice: ***Una delegazione locale supporta il successo britannico.***

Fissando la foto per diversi minuti, rifletto sulle parole di Poirot in '*La Misteriosa Questione degli Stili*' '*C'è qualcosa che manca - un collegamento nella catena che non c'è.*'

Questa foto è un indizio? Se è così, cosa vuol dire? Perché Hugh la considera tanto vitale da chiuderla nel deposito bagagli? La cosa sembra non avere alcun senso.

# CAPITOLO 14

Gli uffici del *Tidehaven Observer* si trovano all'estremità opposta di King's Road, vicino al centro della città. A un lato dell'ingresso c'è una targa stampata, che indica che il giornale è al terzo piano del palazzo che ospita anche altri uffici. Approfitto del breve viaggio in ascensore per aggiustare la mia fascia per i capelli, sistemando alcuni riccioli con le mie dita.

Non sono mai stata negli uffici dell'*Observer*, in effetti, è la prima volta che entro in un ufficio di un giornale. Non so dire come lo immaginavo, ma la prima cosa che mi sorprende è la quiete. Piuttosto che un ronzio fremente di chiacchiere e telefoni che squillano, c'è un giornalista che picchietta a intermittenza su una macchina da scrivere. Accanto a lui due scrivanie, entrambe incustodite e coperte di carte sparpagliate. Una scrivania ha un cestello per la raccolta dei cavi, pieno di riviste e documenti, che sembra pronto a rovesciarsi sul pavimento. Il forte odore di fumo di sigaretta mi fa suonare campanelli d'allarme. Non mi è mai piaciuto prima, ma da quando sono in stato interessante fa proprio rivoltare lo stomaco.

Il mio arrivo sembra passare inosservato. Do un veloce sguardo tutto intorno; non c'è traccia di Libby. Dietro le scrivanie disordinate c'è una parete di vetro smerigliato. Riesco solo a vedere l'ombra di profilo di due persone, sedute ed impegnate in una conversazione. Poi squilla un telefono e sento la voce di Libby che dice: *'Non c'è problema, ci vediamo più tardi allora'*, e lei sbuca da dietro la parete.

<<Janie, che bello vederti. Cosa ti porta qui? Va tutto bene?>>

Il mio viso deve essere ancora accigliato. La giornata non è andata come mi aspettavo. Anche se non sono sicura di cosa mi aspettassi. Mi fa cenno di andare ad una delle scrivanie, quella con la montagna di carte che crolla.

<<Vieni e siediti. Cosa è successo?>> mi dice.

Tutto ciò che riguarda Libby trasuda entusiasmo. I suoi capelli corti biondi acconciati in modo che accentuano i suoi grandi occhi blu-verdi, sapientemente esaltati dall'eyeliner e dal mascara. Lei ha un sorriso radioso permanente e un'espressione quando spalanca gli occhi che mi ricorda un cerbiatto sbigottito. Ora che so quanto guadagna, sono incuriosita da come riesca a stare al passo con l'ultima moda. Oggi lei indossa un mini abito a quadretti viola di Biba, che accentua la sua figura sottile. Immagino che la pioggia che c'era questa mattina l'abbia invogliata a disfarsi delle scarpe con il cinturino che indossa di solito e ad optare per gli stivali bianchi al ginocchio che ora completano il suo abbigliamento.

<<Non sei una sostenitrice della politica di pulizia della scrivania?>> le dico, facendole l'occhiolino.

<<Non come te eh? Con il tuo taccuino e le tue liste. Potresti darmi lezioni.>> Lei sposta alcuni fogli da un lato e ride. <<Come mai sei in Tidehaven? Non è il giorno che stai con tuo padre?>>

<<Ho qualcosa da mostrarti.>> Frugo nel mio borsone, prendo la busta e gliela porgo.

<<Caspita, è una prova?>> sussurra lanciando un'occhiata al suo collega che ha smesso di battere a macchina mostrando che ritiene più interessante la nostra conversazione.

<<Andiamo, facciamoci una passeggiata.>> Libby mi dice. Lei si alza e prende il cappotto dalla spalliera della sua sedia.

È un sollievo essere all'aria aperta. Faccio un po' di profondi respiri per pulire il mio naso e la gola dal fumo stantio.

<<Come puoi sopportarlo?>> le chiedo.

<<Che cosa?>>

<<Il fumo. Almeno dovresti aprire qualche finestra.>>

<<Siamo in inverno, o non lo hai notato? Non mi infastidisce, ci sono abituata. Entriamo qui>> dice spingendo la porta del bar *Wimpy*. Lei guarda la fila di sgabelli alti davanti alla vetrina.

<<Non pensarci nemmeno>> le dico. <<Quando tu hai un salto di taglia, qualsiasi cosa diversa dalla norma è fuori dalla portata.>> Mi dirigo ad un tavolino vuoto vicino al bancone. <<È il tuo locale?>>

<<Hai scoperto il mio segreto>> lei dice e mi fa l'occhiolino. <<Frappè?>>

Sono d'accordo e le sorrido e lei ordina, poi mi raggiunge al tavolo e porta le bevande.

<<Ora, di cosa si tratta. Sono curiosa>> mi dice.

Spingo la busta verso di lei e le faccio cenno di aprirla.

<<Dai un'occhiata e dimmi cosa ne pensi >> le dico.

Apre la falda e fa scivolare fuori delicatamente il ritaglio di stampa. Distendendola sul tavolo tra noi, fa come me e la rigira, guardando da entrambi i lati.

<<Un articolo su un torneo di scacchi in Tidehaven.>> Lei scruta più da vicino la data. <<1946. Giusto, quale è l'importanza? >>

<<Non ne ho idea, ma è abbastanza importante per Hugh da tenerlo segreto nel deposito bagagli.>>

<<Questo è strano. Non ti ha detto niente altro?>>

<<Hugh lavorava con una organizzazione segreta durante la guerra. Hai mai sentito parlare di Speciali Operazioni Esecutivo?>>

<<Ho letto pezzi e pezzi su questo, sì. Caspita, non c'è da stupirsi che ti sia imbattuta in un uomo misterioso. Anche Dorothy era coinvolta. È per questo che lei è in pericolo?>>

<<È possibile, ma ora noi abbiamo questo ritaglio di articolo, speravo che tu potessi fare alcune indagini al riguardo.>>

<<Intendi ricerca professionale?>>

<<Er, sì. Forse controllare attraverso gli archivi? Forse qualcosa che è accaduto il giorno di questo torneo di scacchi, forse la data è una traccia?>>

<<Non fai prima a chiederlo a Hugh?>>

<<Lui sta troppo male. Poteva a malapena parlare l'ultima volta che l'ho visto. Lui sembra così vulnerabile nel suo letto d'ospedale. Non lo posso aiutare ma mi dispiace per lui.>>

<<Bene, la mia opinione in questo caso è non operare. Il tuo cliente non ti ha raccontato quello che ti serviva di sapere ed ora è troppo malato per dirti qualcosa. Perché non ti scordi di questo e aspetti che ne venga uno migliore?>>

<<Oh, Libby, c'è una tale tristezza in lui e sono certa

che non è dovuta solo alla malattia.>>

<<Lui deve essere ancora in lutto per la moglie?>>

<<Sì, è anche questo. Io non so, forse sto sviluppando un istinto materno in anticipo prima dell'arrivo di Fagiolino.>>

<<Lui è abbastanza grande potrebbe essere tuo padre.>>

<<Forse ho un debole per le cause senza speranza. Ma se speri che affronterò un altro caso dopo di questo, puoi dimenticartelo. Sto per avere un bambino, te ne ricordi?>>

<<OK, indagherò in giro e vedrò cosa posso tirar fuori.>>

<<Mi vieni a trovare in biblioteca domani? Per farmi sapere cosa hai trovato?>>

<<Caspita, tu credi che basta schioccare una frusta. Non sono sicura di poter riuscire a fare tutto proprio così.>>

<<Sii carina per favore? Dall'aspetto della tua scrivania suppongo che non hai per le mani alcun incarico entusiasmante?>>

<<OK, ma sarai in debito con me, non scordartelo.>>

Libby è di parola, mercoledì arriva qualche minuto prima dell'ora di pranzo, sventolando un sacchetto di carta.

<<Formaggio e sottaceti, o formaggio e insalata?>>

<<Non sono indaffarata. Dammi solo un minuto per chiudere.>>

Metto sulla porta il cartello *Chiuso per pranzo*, chiudo la porta a chiave e do la sedia di scorta a Libby.

<<Cosa hai trovato?>> le chiedo.

<<Cattive notizie. Per essere precisa niente. Ho setacciato l'intera edizione di quella settimana e non c'era nulla di lontanamente interessante. I soliti articoli sugli eventi locali le WI, nascite, matrimoni e morti. Ho la sensazione che Tidehaven cercava di tornare disperatamente alla normalità dopo il D-Day. Il razionamento era comunque un grosso problema. C'erano terribili carenze, e per le famiglie che avevano perso il capofamiglia nei combattimenti, o forse la loro stessa casa, era terribilmente triste.>>

L'ondata di speranza che avevo sentito quando era arrivata Libby si è immediatamente dissipata. È come se fossi appena stata abbandonata.

<<Mangia il tuo sandwich>> mi dice.

<<Ho perso l'appetito.>>

<<Andiamo, non ti scoraggiare così facilmente. Diamo un'occhiata all'articolo di nuovo. Lo hai qui con te?>>

Estraggo la busta da sotto il bancone, tolgo il ritaglio di articolo e lo spiano tra di noi.

<<Giusto, cosa farebbe Poirot?>> lei dice.

<<Non ne ho idea. Il problema con tutto ciò che riguarda Poirot non è reale e questo lo è. Non è solo frustrante. Se la vita di Dorothy è veramente in pericolo io ho bisogno di trovarla subito.>> Spingo il sandwich via, perché mi sta iniziando il singhiozzo. <<Oh, Fagiolino, dammi una pausa con questo benedetto singhiozzo. Mi sta facendo impazzire.>>

<<Devi calmarti. Fai alcuni respiri profondi, affronteremo tutto in modo professionale.>> Lei mi fa l'occhiolino e indica il bicchiere d'acqua che ho accanto.

<<Hai ragione.>> Prendo un sorso di acqua respiro regolarmente ed il singhiozzo va via. <<Dobbiamo supporre che è l'articolo che è importante. Non la data, o il fatto che sia nel *Tidehaven Observer*.>>

<<Sì, bene, cos'altro?>>

<<Noi abbiamo la foto di un gruppo di persone davanti al teatro Elmrock. C'era un torneo di scacchi. Forse ha a che fare con questo? Forse c'era una specie di truffa, forse Dorothy è stata testimone di qualcosa e ora qualcuno la sta inseguendo?>>

<<Perché avrebbe aspettato così tanto?>>

<<Forse lei li sta ricattando?>>

<<Sì, ma perché aspettare venticinque anni? Non ha senso. Ma hai innescato un pensiero>> mi dice Libby. <<Se Dorothy era lì, forse lei è nella foto. Potremmo proprio guardarla.>>

Metto il mio borsone sul bancone, cerco dentro e prendo il mio taccuino. Inserita all'interno della copertina c'è la foto di Dorothy che mi ha dato Hugh. Studiamo la foto e la compariamo con i volti che sono sul ritaglio di articolo.

<<Perdita di tempo>> dico. <<Ci sono due o tre donne che potrebbero essere Dorothy, ma i loro visi sono poco distinguibili e ora sbiaditi, dopo tutto questo tempo.>>

<<Oh, Libby, lo sai, più vado avanti con questo caso, più mi sento come se fossi in una caccia all'oca selvaggia.>>

<<*Nil desperandum.*>>

<<Accidenti, non sapevo di avere un assistente così intelligente.>>

<<A me piaceva il latino a scuola. Ogni traduzione

era come un puzzle, cercando di decifrare tutte quelle strane parole, con le loro strane terminazioni.>>

<<Eri brava in latino?>>

<<Naturalmente, e tu?>>

<<Naturalmente, le dico e sogghigno. <<Ora, torniamo a noi, quale sarà la nostra prossima mossa?>>

<<Io ho un'idea.>>

<<Mi sento sempre un po' nervosa quando lo dici.>>

<<Questa volta ti piacerà. Noi possiamo attaccare su due fronti.>>

<<Sembra angoscioso?>>

<<Sul serio. Ho i dettagli di tutte le persone che hanno scritto per la rubrica nostalgia. Posso visitare ognuno di loro, spiegandogli che ci piacerebbe fare un pezzo approfondito, concentrato sulla loro storia. Io potrei avere con m'è l'articolo sugli scacchi e farglielo vedere, in modo disinvolto e chiedergli se ricordano qualcosa di quel giorno.>>

<<Disinvolta? >>

<<Posso fare la disinvolta scegliendo i migliori di loro, ti farò sapere>> lei mi dice, splendente. <<Ora, l'altro fronte sei tu. Tu puoi fare la stessa cosa in biblioteca. Hai entrambi gli articoli sul bancone, o sulla bacheca puoi coinvolgere le persone in una conversazione su di loro. >>

<<Con quale pretesto?>>

<<Penserai a qualcosa.>>

<<Grande, grazie per questo. Solo un problema. Noi abbiamo solo una copia del ritaglio dell'articolo.>>

<<Hai sentito parlare di fotocopiatrice?>>

Ci mettiamo d'accordo di confrontare le note dopo

una settimana.

<<Sei sicura che al tuo capo non dispiacerà? Non si chiederà cosa stai facendo?>> le chiedo.

<<Sono ancora sul suo libro dei buoni. Le vendite del giornale sono salite dall'uscita della rubrica nostalgia, quindi sto andando alla grande. Ho bisogno di sfruttare al meglio la situazione prima che lui cambi idea. Ma prima di proseguire, dammi le tue mani.>>

<<Oh, non quello di nuovo.>>

Tendo le mie mani, che rivelano dieci unghie mordicchiate.

<<Ho deciso che la mia missione sarà di liberarti da questa disgustosa abitudine, quindi fammi contenta. Dimmi quando ed io te le dipingerò. Dovrei venire da te?>>

<<Sì, sabato sera, se sei libera?>>

<<Perfetto, sarò lì.>>

Un vago pensiero si sta formando nella mia mente. È ora di confessare tutto a Greg e avere Libby lì che mi spalleggia potrebbe non essere una cattiva idea.

# CAPITOLO 15

Devo fare un controllo prenatale, quindi appena riporterò il furgone nel parcheggio andrò in clinica. Quando arrivo alcune mamme stanno facendo capannello e appena mi avvicino mi accorgo che stanno tutte intorno ad una giovane donna che ha la testa tra le ginocchia e sta emettendo dei gemiti. Prima che io possa dire o fare qualsiasi cosa una delle levatrici arriva e si fa strada attraverso il gruppo.

<<Se potete fatevi indietro e lasciate prendere un po' di aria alla signora Bertrand>> lei dice.

Indietreggiamo, ma continuiamo a guardare la levatrice che parla pacatamente con la donna, massaggiandole la schiena.

<<Starà bene?>> chiede una delle altre madri. <<Forse è una nausea mattutina. La chiamano nausea mattutina, ma ti afferra in qualsiasi momento della giornata. L'ho avuta con tutte le mie gravidanze, è terribile. Mi chiedo perché mi metto sempre in questa condizione.>>

<<Per te va bene, sei sposata e potresti prendere la pillola se volessi>> se ne esce un'altra donna tra la folla. Scende un silenzio come se fosse stata tracciata una linea immaginaria.

<<Ci siamo è arrivato il momento>> dice la levatrice, tentando di prendere il controllo di una situazione che sta diventando più scomoda. La giovane donna ora è seduta, con l'aria dolorante e con le mani sulla pancia. Mentre vado verso una sedia vuota noto che il suo anulare non ha l'anello. Sembra che la signora Bertrand non sia ancora sposata, questo fatto può

aver contribuito al turbinio di opinioni inespresse sulla piaga delle ragazze madri.

<<Per quanto tempo sarò tormentata da questi singhiozzi?>> chiedo all'ostetrica, dopo che mi ha confermato che tutto è in ordine, per quanto riguarda Fagiolino. <<Sono al sesto mese di gravidanza, i miei sintomi non dovrebbero essersi ormai stabilizzati? Pensavo che il mio corpo si sarebbe abituato alla nuova situazione dopo tutto questo tempo.>>

<<Non funziona davvero così.>> L'ostetrica è giovane, un viso fresco, probabilmente un anno o due più giovane di me. Lei è calma, ispira fiducia e penso al modo in cui la vita indirizza ognuno di noi in una direzione particolare. Che tipo di ostetrica sarei? Come sarebbe lei come bibliotecaria? O un investigatore privato.

Abbiamo parlato per un po' delle tecniche di respirazione.

<<Devi stare attenta alla tua dieta>> mi dice.

<<Pasti regolari, ma piccole porzioni. Piccole e spesso probabilmente è la miglior via da seguire. Ed evitare qualsiasi cosa piccante o bibite gassate.>>

<<Sembra che Fagiolino sia una piccola cosa esigente.>>

<<Fagiolino?>>

<<Sì, è così che lo chiamiamo. È più semplice invece che dire ogni volta 'lui' o 'lei'.>>

Lei mi guarda con aria interrogativa.

<<È tutto iniziato dalle illustrazioni del libro di testo dalle quali il feto sembrava un fagiolino, o almeno è quello che mi hanno richiamato alla mente quelle immagini.>>

<<Dunque, è Fagiolino>> lei dice e sorride. <<La gravidanza può presentarsi in diversi modi, per alcune donne ci possono essere molti problemi, mentre per altre le cose vanno alla grande. E non si può dire che la tua prossima gravidanza sarà come questa.>>

<<Non ti preoccupare, non ci sono altre gravidanze in programma.>>

<<Tu non puoi mai sapere cosa c'è dietro l'angolo.>>

<<Quando hai programmato il tuo percorso, è esattamente quello che tu ti proponi. Un Fagiolino è sufficiente per me, grazie.>>

Mentre esco dalla stanza, vedo Nikki che attende di entrare.

<<Ti posso aspettare? Potremmo prenderci una bevanda dopo?>> le dico mentre passa.

Lei esita e annuisce. <<OK, sì, non starò a lungo.>>

Dopo circa cinque minuti viene fuori, accigliata.

<<Va tutto bene? Sembri preoccupata.>> Le dico.

<<Va bene, tutto bene.>> Le sue parole e la sua voce non coincidono.

Lasciamo la clinica e camminiamo verso una delle solite nostre soste. Mentre camminiamo, parlo delle indicazioni che l'ostetrica mi ha dato, ma Nikki dice pochissimo, di tanto in tanto mi risponde solo annuendo.

Una volta nel caffè ordino due limonate, ignorando temporaneamente il consiglio della levatrice riguardo le bevande gassate e ci sediamo a un tavolo più lontano dalla porta. Oggi c'è un vero freddo autunnale nell'aria e sono grata per il calore che c'è nel caffè.

<<Stai bene, tu sembri un po' silenziosa?>> le dico.

Lei mi guarda, ma non mi risponde.

<<Hai ricevuto il mio biglietto di ringraziamento, vero? È stata una bellissima serata. Tu sei una cuoca eccellente. Greg è ancora preso dal tuo Yorkshire. E anche la compagnia era fantastica, infatti, siamo andati molto d'accordo con i tuoi vicini, Howard e Joanne, stiamo pianificando un altro incontro con loro. Hanno una barca, lo sai, una piccola barca da pesca. Ci sono andata insieme a papà e Charlie e, bene, questa è un'altra storia. Un po' una giornata disastrosa, ad essere onesti.>>

Mentre vado da un discorso all'altro lei guarda in basso la sua limonata, facendo scorrere un dito intorno al bordo del bicchiere. Mi fermo per prendere un respiro e allora lei parla.

<<Frank ti vuole vedere>> mi dice.

<<Va bene. Scusa, ma che vuol dire, che mi vuol vedere?>>

<<Alla stazione di polizia. Ti vuol vedere nelle vesti ufficiali di sergente detective. Mi ha chiesto di dirtelo appena ti vedevo.>>

<<Oh, giusto.>> Non so come rispondere e un centinaio di domande mi girano nella testa. <<Mi sorprende che ti abbia chiesto di parlarmi. Pensavo che fosse un sostenitore del non mischiare il lavoro alla vita privata?>>

Mi dà un'occhiataccia, come se il mio commento l'avesse fatta riflettere sui motivi del marito.

<<È per questo che tu sei arrabbiata con me? Per qualcosa che ha detto Frank?>> le chiedo.

<<Tu rendi molto difficile la nostra amicizia,

Janie.>>

<<Cosa faccio? Come faccio a renderla difficile?>>

<<Frank deve essere la mia priorità. Lui è mio marito qualunque cosa tu pensi di lui, io lo amo.>>

<<Nikki, io non ho idea di cosa si tratta. Mi dispiace se ritieni che io abbia fatto qualcosa di sbagliato, ma pensavo che fossimo d'accordo di concentrare la nostra attenzione sulla nostra amicizia e non lasciare che quello cha fa o dice tuo marito interferisca.>>

Lei scuote la testa e non risponde.

<<Così, siamo ancora amiche?>> le chiedo.

<<Andrai da Frank?>>

<<Sì, naturalmente che ci andrò. Ci andrò subito oggi pomeriggio.>>

<<Bene. Mi dispiace, Janie, ma per ora penso che dobbiamo interrompere la nostra amicizia. Forse quando le cose si sistemeranno di nuovo, allora...>>

<<Tu stai parlando ad indovinelli. Non so cosa speri con 'si sistemeranno' ma va bene, sì. Qualsiasi cosa ti piaccia. Se preferisci non essere amiche, sono triste per questo, ma rispetto la tua decisione.>>

Pago le bevande ed esco dal caffè prima che lei si accorga che sto piangendo. Non mi ricordo l'ultima volta che ho pianto. Questa non è certo un'esperienza insormontabile, quindi tengo la mia mano sul mio pancione e sussurro a Fagiolino che lui o lei si devono prendere la colpa per la mia reazione eccessivamente emotiva. L'ultima volta che una ragazza aveva deciso di non parlarmi più avevo tredici anni. Non riesco nemmeno a ricordare perché fosse accaduto. L'ingiustizia che sentivo allora riaffiora adesso, peggiorata perché non so nemmeno cosa dovrei fare.

Spero che una mia visita alla stazione di polizia di Tidehaven mi fornirà alcune risposte.

L'ultima volta che ero entrata alla stazione di polizia portavo notizie di Zara al sergente detective Bright. Questa volta, però, sono stata convocata. Mi presento al bancone e chiedo del sergente detective Bright.

«Lei è?» mi chiede l'ufficiale.

«Signora Janie Juke. Lui mi sta aspettando. È lui che mi ha chiesto di venire.»

«Agli ordini, signorina. Se vuole si metta a sedere un momento, vado a vedere se è libero.»

Dopo alcuni momenti l'ufficiale riappare, seguito da Frank Bright. Lui fa un cenno di saluto e mi fa segno di seguirlo.

La stazione di polizia di Tidehaven deve avere solo quel locale per gli interrogatori, perché la stanza dove mi fa entrare è la stessa dove mi sono seduta nelle diverse occasioni, durante le mie ricerche di Zara. La stanza è spoglia, eccetto per un tavolo di legno e due scomode sedie anch'esse di legno. L'unica finestra getta una luce opaca e, a occhio e croce, è permanentemente chiusa, dando luogo a un senso di quasi asfissiante soffocamento.

Dai miei precedenti rapporti con Frank, so che è un fumatore, ma fortunatamente questa volta non ha un posacenere nelle mani. Penso comunque che qualcuno ha recentemente fumato nella stanza, perché aleggia l'odore sgradevole.

«Grazie di essere venuta, signora Juke. Si sieda.» La sua voce è misurata, quasi formale.

È strano pensare che l'ultima volta che ci siamo

parlati, stavamo guardando la foto di sua moglie morta. Ogni dolcezza nella sua personalità che ho rilevato allora, non è in evidenza oggi.

<<Come posso aiutarla?>> gli dico.

<<Ho ricevuto una lamentela.>>

<<Una lamentela?>>

<<Sì, una lamentela che la riguarda.>>

Io sostengo il suo sguardo, cercando di capire che verso prenda la conversazione.

<<Mi può dire qualcosa al riguardo? Come, e chi si è lamentato?>>

<<Non ho la libertà di rivelare il nome della persona che ha fatto la lamentela. Ma mi è stato detto che lei sta creando fastidio, facendo domande, seguendo persone.>>

<<Seguendo persone? Lei non ha bisogno di dirmi chi è. Glielo posso dire io. È Kenneth Elm, vero?>>

Mi fissa, socchiudendo leggermente gli occhi, ma non risponde.

<<Posso essere franca con lei, sergente detective?>>

<<Lo apprezzerei se lo fosse.>>

<<Il signor Elm ha un modo estremamente minaccioso.>>

<<L'ha minacciata?>>

<<Non in modo diretto. Ma ha minacciato una mia conoscenza. Infatti, a causa della sua ingerenza e delle sue molestie, la mia conoscenza è ora molto malata in ospedale.>>

<<Capisco. E lei può dirmi il nome di questa 'conoscenza'?>>

<<Il fatto è>> continuo, ignorando la sua domanda <<la mia conoscenza era preoccupata perché era

seguita. Così, mi ha chiesto di investigare ed è per questo che mi sono imbattuta nel signor Elm.>>

<<Lei stava seguendo l'inseguitore?>>

<<Sì, se vogliamo dire così.>>

<<Quello che mi preoccupa, signora Juke, è il suo uso della parola 'investigare'. Pensavo ci fossimo messi d'accordo non molto tempo fa che 'investigare' è il lavoro delle forze di polizia, non dei bibliotecari.>>

Questo è un momento cruciale. Devo prendere una decisione: condivido ciò che so con la polizia, nonostante Hugh abbia insistito che la polizia non doveva essere coinvolta? Il sergente detective Bright può usare più risorse per il problema di quanto io possa fare, anche se con l'aiuto di Libby. Comunque, qualsiasi coinvolgimento della polizia potrebbe spaventare ancora di più Dorothy. D'altra parte, se lei è in pericolo, forse quello che le occorre è proprio la protezione della polizia.

<<Mi dispiace, che il signor Elm si sia sentito di rivolgersi a lei>> gli dico. <<E sono sorpresa che lei abbia coinvolto sua moglie. Di conseguenza, Nikki ora sente che non può essere mia amica. O forse questa era la sua intenzione?>>

<<Sono sicuro che sia d'accordo con me che lei ha un modo diverso di guardare il mondo, signora Juke. Nikki è un'anima gentile, non la voglio inquieta.>>

<<Lei vuol dire che non vuole che lei faccia le sue scelte?>>

<<Come le ho detto l'altra sera, io sono all'antica e mia moglie ed io ci capiamo. Ma non le ho chiesto di venire qui per parlare di mia moglie. Lei non mi ha ancora detto il nome della sua conoscenza. Per favore

si ricordi, se lei ha delle informazioni che possono essere rilevanti per una inchiesta di polizia, lei deve condividere le informazioni. È un crimine non rivelarle...>>

<<Sì, lo so>> lo interrompo, dandogli la mano per salutarlo. <<Se questo è tutto sergente detective, io andrei. Terrò a mente ciò che mi ha detto, e se c'è qualcosa che ho bisogno di condividere con lei, allora, naturalmente...>>

Questa volta è lui ad interrompermi. <<Signora Juke, non si tratta di necessità di condividere, non stiamo parlando di incontri delle madri qui. Se lei è a conoscenza di qualsiasi crimine sia stato commesso, è noi che dobbiamo investigare, non lei. Ha capito?>>

<<Lo faccio, davvero. Le sono grata di sapere che posso contare su di lei, se ne avessi bisogno. È molto rassicurante.>>

>>Noi non siamo le riserve della riserva, lo sa>> mi dice, nel tono della sua voce è evidente la frustrazione.

<<No, ovviamente no>> gli dico sorridendo.

Lascio la stazione di polizia più determinata che mai a scoprire che cosa Kenneth Elm è così desideroso di nascondere.

# CAPITOLO 16

Ogni volta che c'è umidità nell'aria, il furgone della biblioteca ha difficoltà a partire. L'ho fatto presente al mio capo della biblioteca centrale un numero infinito di volte ma non riesco a convincerlo a provvedere. Alcune mattine devo tentare di tutto in particolare ora che siamo a novembre, di certo in questo periodo, in cui i problemi non mi mancano non è il caso che si aggiungano anche quelli relativi al mio posto di lavoro. Una volta superati i problemi con il furgone grazie alla mia perseveranza, quando arrivo al mio consueto parcheggio del mercoledì in Rockwell Crescent, la signora Latimer è lì ad aspettarmi. Lei mi deve restituire il libro preso per il marito.

<<Lui è un lettore veloce>> le dico, mentre entriamo insieme nel furgone. <<Mi lasci togliere il cappotto. Come sta Bobby? Nessun miglioramento? È tornato a scuola?>>

Lei sospira e rimane attorno al bancone.

<<Lei ha fatto una bella camminata, perché non si siede per un po', è bello avere qualcuno con cui parlare.>>

Lei annuisce e sembra sollevata, svolgendo la sciarpa che ha intorno al collo. Estraggo la sedia libera da dietro il bancone, la apro e gliela offro.

<<Bobby sta molto meglio, grazie>> mi dice. <<Ma ora è mia suocera Freda che non sta bene. Mio marito Edgar, si preoccupa per lei. Sta peggiorando velocemente. Lui la intrattiene con la lettura, capisci, è per questo che ha letto il libro così presto.>>

<<Mi dispiace sentire che è malata.>>

<<Sa il mio Edgar è una roccia. Fa una giornata di lavoro, ha il suo tè, poi va dritto dalla madre Freda. Lui le prepara la cena, la sistema per la notte. Non lo penseresti a guardarlo. Gran bel fusto. Ma dentro è morbido come una ricotta.>>

Mi rimprovero dentro di me. Ancora una volta avevo fatto supposizioni. Ancora una volta, erano errate.

<<Penso che lei si senta sollevata, dalle buone notizie su Bobby>> le dico.

Lei annuisce e il suo viso si trasforma con un allegro sorriso. <<Lo sa, che si è anche unito alla corsa campestre l'altro giorno. Ora ha sospeso i suoi spray. Ne prende soltanto uno prima di partire, e questo gli consente di partecipare ed è così felice.>>

<<Sceglierà un altro libro per suo marito? La madre deve essere così grata di avere il suo aiuto e supporto. Fortuna che gli piacciono gli stessi libri>> le dico e sorrido. >>Io ho dovuto leggere a mio padre per anni, ma noi abbiamo sempre scelto a turno i libri. A lui piacciono quelli sulle avventure di mare, ma io sono interessata più al crimine.>> Lei mi guarda ed alza un sopracciglio.

<<Storie di crimini>> le dico e ridacchiamo, quindi indico la bacheca. <<Che ne pensa della rubrica nostalgia dell'*Observer*? Ha già avuto il tempo di leggerla? Io sono nata dopo la guerra, ma ascoltando le esperienze delle persone qui in Tamarisk Bay, ti fa pensare. È così facile dare la vita per scontata, non è vero?>>

Come si alza, tolgo la sedia di mezzo, così possiamo stare una accanto all'altra di fronte alla bacheca. Noi scorriamo l'articolo per alcuni momenti senza parlare, quindi lei indica l'altro pezzo di articolo ritagliato.

<<Che cosa è questo?>> mi dice.

Io aspetto un po' prima di rispondere, per darle un momento per ispezionare la fotocopia del foglio sbiadito.

<<È del *Tidehaven Observer* proprio dopo la guerra. Nel 1946>> le dico.

Lei si avvicina alla bacheca e guarda la foto.

<<Che strano. Pensare che stavamo parlando di lei qualche momento fa e poi eccola>> lei dice, indicando una delle donne nella foto.

<<Quella è Freda, quella lì>> il suo viso si illumina, è come se sua suocera fosse improvvisamente tornata in buona salute, alla giovinezza e alla vitalità. <<Non sembra elegante? Lo sa, lei è sempre stata una che ha sfruttato al massimo il suo aspetto. Non è mai uscita senza un cappello. Lei ha dei bellissimi spilli da cappello, li tiene tutti in una scatola di gioielli foderata di velluto. Potrebbero valere un sacco di soldi, ma non li venderebbe mai. Naturalmente, lei ora non li usa più.>>

Il sorriso va via dal suo viso, lasciando un'espressione infelice, i bordi della sua bocca vanno in giù accentuando la sua carnagione olivastra.

<<Questa è una coincidenza>> le dico. <<Ho un'idea che potrebbe rallegrare Freda. Voglio dire, se lei è d'accordo e, se pensa che lei si senta?>>

La signora Latimer sembra persa nei suoi pensieri per un po' e non risponde. Poi, si scuote leggermente e mi ridà l'attenzione. <<Quale è la sua idea?>>

«Dalla foto sembra che quello era un momento felice per Freda. Potrei venirla a trovare per mostrarle l'articolo e parlare di quel giorno. Forse la riportiamo indietro a ricordi felici? Naturalmente, a lei potrebbe non piacere la visita di una sconosciuta, se non si sente al meglio» le dico «ma mi piacerebbe tanto incontrarla, sembra una persona molto dolce.»

«Questo è un pensiero gentile. Lei non vede molte persone ora, solo me Edgar e Bobby. Un paio di vicini vanno a darle un'occhiata, e lei ha uno strano amico ancora vivo, ma non è lo stesso di quando era giovane. Lei era coinvolta in tutto, aiutando a scuola, teneva le riunioni delle donne, non c'era un giorno in cui non fosse impegnata. Edgar spesso doveva farsi il tè da solo dopo la scuola. Badi bene, non mi lamento, alla fine significa che lui sa cucinare. Non come alcuni uomini.»

«È proprio vero» le dico, ricordando il giorno, non molto lontano, quando sono arrivata a casa, e ho trovato Greg che tostava un pezzo di pesce congelato sopra la griglia. «Che ne dice di parlarne con suo marito e farmi sapere? Qualsiasi pomeriggio per me va bene, o nel weekend, se è meglio. Forse sarà meno stanca se vengo durante il giorno?»

Sono passati due giorni e sto andando in Wilmington Avenue n. 22, con l'articolo degli scacchi messo al sicuro nel mio taccuino. Non c'è molto che io possa preparare per fare domande, poiché non ho idea di cosa Freda ricorderà di quel giorno, se davvero ricorderà qualcosa. È una giornata molto fredda eppure ho le mani sudate. Anche se non mi sono preoccupata di indossare i guanti.

La signora Latimer viene ad aprire la porta e mi fa entrare. Passiamo nel corridoio ed andiamo in cucina. C'è un'aria di quiete nella casa e mi dispiace disturbarla. Quando entriamo vedo Bobby seduto al tavolo di cucina, con la testa piegata su di un libro.

<<Ciao, Bobby, come stai?>>

<<Molto bene, grazie, signora Juke>> mi dice, rimettendosi subito a guardare il suo libro.

<<Suo padre ha bisogno di un po' di tempo per sé stesso. Bobby lo ha capito, lui è bravo>> dice sua madre, arruffando i capelli di suo figlio. <<Oggi c'è un incontro di calcio al campo Pilot, così Edgar ci andrà. Non sono mai riuscita a capirlo, stare in piedi nel freddo gelido, o sotto la pioggia battente, osservando gli uomini che vanno in giro a calciare una palla.>>

<<Sono d'accordo con lei, è senza senso. Ma credo che noi siamo tutte diverse.>> Le dico sorridendo.

<<Vuole una tazza di tè? >> Lei riempie il bollitore e lo mette sul fuoco.

<<Sto bene, davvero, solo un bicchiere di acqua, se va bene? Come sta Freda oggi?>>

<<Sta sonnecchiando in questo momento, ma lei vorrà entro breve una bevanda calda, così quando gliela porteremo la sveglierò e lei potrà parlarle.>>

<<È un peccato svegliarla, se lei sta riposando?>>

<<No, è meglio che non dorma troppo a lungo durante il giorno, altrimenti passa male la notte. Lei è sicura di non volere una tazza di tè? Io non so dove sarei senza il tè, è la mia salvezza. Tutto sembra migliore dopo una tazza di tè, questo è quello che ci diceva mia madre quando stavamo crescendo.>>

Io sorrido e immagino la conversazione che potrei avere con Fagiolino un giorno sui benefici del tè.

Appena il bollitore è pronto lei mette del tè, prende dalla credenza di cucina due delicate tazze cinesi e i piattini, la lattiera e la zuccheriera abbinate e mette tutto sul vassoio.

<<Questo servizio da tè è della famiglia Latimer da generazioni, così mi ha detto Edgar. Sono terrorizzata quando li lavo nel caso facessi cadere un piattino o scheggiare una tazzina. Ma a Freda piace che siano usate, ne è contenta. Ricordi felici, suppongo.>>

Seguo la signora Latimer fuori dalla cucina. Lei mi spiega che da quando Freda sta male ha incaricato Edgar di trasformare il salotto nella sua stanza da letto. La porta è spalancata ed entriamo in una stanza che è in penombra con le tende ricamate. Posa il vassoio del tè sulla credenza, che ora ha una doppia funzione anche come tolette, si sposta verso la finestra e tira indietro le tende pesanti damascate. La bianca luce del sole autunnale inonda la stanza.

Freda sembra tranquilla. È completamente immobile, girata su di un lato, con le coperte e il copriletto infilati fino al mento. Ciuffi di capelli grigio argento contornano il viso. Un forte odore di violette riempie l'aria.

La signora Latimer va verso il letto e allunga una mano gentilmente sulla spalla di Freda. <<Svegliati ora, Freda, c'è una visita per te.>>

Per alcuni momenti non c'è nessuna risposta o movimento, poi noto che il copriletto si muove, mentre allunga le gambe e si dimena un po'.

<<Ti darò una bella tazza di tè, quando ti

metteremo a sedere>> dice la signora Latimer.

<<Posso sedermi da sola, lo sai, Ethel. Non sono completamente invalida>> dice Freda, ancora con la voce assonnata.

Dopo un po' di contorcimenti e riposizionamento dei cuscini è seduta dritta, sorseggiando il suo tè. La signora Latimer spinge una sedia accanto al letto e mi fa cenno di sedermi.

<<Mamma, questa è Janie. Ti ricordi, ti abbiamo detto che ti avrebbe fatto visita? Janie lavora in una biblioteca mobile qui in Tamarisk Bay.>>

Freda mi guarda. <<Sono triste per suo padre>> lei mi dice. <<Lei conosce mio padre?>> Sono seccata con me stessa per non aver capito. Questa è Tamarisk Bay, naturalmente, lei lo avrà conosciuto. Lui ha vissuto nella città tutta la sua vita, così come Freda, immagino.

<<Lui sta andando incredibilmente bene>> le dico. <<Lui è un bravissimo fisioterapista, un talento naturale.>>

Lei sorride ed annuisce con il capo. <<Era un ragazzo sveglio, avrebbe potuto fare qualsiasi cosa avesse nella mente. Se non fosse giunta quella benedetta guerra...>> Lei fa una pausa e chiude gli occhi per un momento, come se si fosse persa in una fantasticheria privata. La nuora di Freda mi dà un'occhiata, quindi indica il mio borsone.

<<Mamma>> le dice <<Janie ha qualcosa da farti vedere. Scommetto che sarai sorpresa quando la vedrai.>>

Freda apre gli occhi e mi guarda mentre tiro fuori il mio taccuino e prendo la stampa dell'articolo.

Prendo un libro dal tavolino vicino, ci metto sopra l'articolo, lo appiattisco e lo do a Freda.

<<Cosa è>> mi dice. <<Ethel, prendi i miei occhiali, puoi?>>

Mettendosi gli occhiali, scruta il pezzo di carta. <<Abbiamo bisogno di più luce. Perché è sempre così opaco qui dentro?>> lei dice, con un tocco di irritazione nella voce.

Ethel accende la lampada sul comodino e la spinge verso il letto. Lancia una luce gialla sulla carta, facendo apparire la foto più sbiadita che mai.

<<Sua nuora pensa di averla riconosciuta nella foto>> le dico. <<È di venticinque anni fa, quindi potrebbe non ricordarlo dopo tutto questo tempo.>>

Freda alza lo sguardo su di me e quindi lo abbassa di nuovo sull'articolo. Lei si sposta leggermente in modo di mettersi seduta più dritta. <<Naturalmente>> lei dice. <<La foto. Mi ero dimenticata della partita a scacchi.>>

<<Deve essere stata una grande occasione.>>

<<Sei stata coinvolta in tutti i tipi di gruppi e comitati, vero mamma?>> dice Ethel. <<Mi ricordo che mi hai raccontato di un gruppo che ha organizzato il gemellaggio di Tidehaven con Dordrecht negli anni Cinquanta.>>

Ethel si gira verso di me per spiegarmi. <<Il gemellaggio delle città era una grande cosa, la gente lo vedeva come un modo per riunire i paesi dopo che la guerra aveva diviso gran parte dell'Europa.>>

Freda annuisce con la testa lentamente, i suoi occhi ora sono più luminosi, un bagliore rosa appare sulle guance per mitigare il pallore della sua pelle.

<<Deve aver avuto la possibilità di incontrare persone interessanti>> le dico. <<Immagino che ci fossero visitatori stranieri, dignitari? Tutti sono vestiti così bene. Lei sembra così affascinante, adoro quel suo cappello.>>

Poi lei sorride. <<Sì, mia cara. Ognuno era vestito elegantemente, ma questo le serva da lezione, non credere sempre alle apparenze.>>

Lei appoggia la testa indietro sul cuscino e chiude gli occhi. Ethel mi guarda e io mi chiedo se Freda sta condividendo tutto con noi. Lancio un'occhiata interrogativa a Ethel e mi volto verso la porta, chiedendomi se è il momento in cui dovrei andarmene, ma poi sento la voce di Freda.

<<La partita a scacchi è stata messa in ombra dall'evento che ha avuto luogo quel giorno>> lei dice.

<<Un altro evento?>> le chiedo.

<<Sì, mia cara>> lei dice. <<Mi ricordo bene. È stata l'unica volta in cui sono stata schiaffeggiata.>>

Ethel ed io ci guardiamo a vicenda e poi guardiamo Freda, che ora ha gli occhi aperti e un sorriso malizioso sul viso.

<<Cosa vuoi dire, mamma? Stai confondendo le tue parole?>>

<<Non sto confondendo nessuna parola>> la sua voce è forte ora, quasi indignata. <<Potrei aver dimenticato la partita di scacchi, ma il mio ricordo di tutto quello che è successo in seguito è acuto come se fosse ieri. Non sorprende, vero?>>

<<Ma prima tu non ne hai mai parlato, mamma. Edgar non ha mai detto.>>

<<Perché lui non lo sa. Nessuno lo sa, eccetto il mio

Arthur. Glielo dissi appena tornai a casa quel giorno e lui andò dritto alla casa. Ci fu una lite terribile, a detta di tutti. I vicini uscirono tutti nella strada per vedere cosa stava accadendo.>>

<<Ci fu una lotta? Arthur finì per farsi male?>> chiede Ethel.

<<No, ma mancò poco. Tutto ciò che poteva fare Arthur era gridare. Dopotutto, lui non avrebbe mai alzato la sua mano su una donna.>>

<<Una donna?>> La voce di Ethel si solleva incredula.

<<Giusto. La donna che mi ha picchiato, lei è lì accanto a me nella foto. Si chiama Dorothy. Dorothy Elm.>>

# CAPITOLO 17

Alla fine, quando, come concordato, ci incontriamo con Libby da *Jefferson*, ho una serie di notizie positive. Con i caffè ordinati ci sediamo al nostro tavolo preferito, lontano dal juke box. Prima che io possa aprire bocca, lei mi stringe la mano.

<<No, prima io>> mi dice. <<Ho lavorato tanto. Ho intervistato cinque persone e nessuna di loro si ricordava dell'evento degli scacchi. Quindi mi pareva che ci fosse poco da sperare. Ma...>> lei fa una pausa per creare l'effetto.

<<Ma cosa?>> le dico, impaziente.

<<Uno di quei tipi che ho intervistato conosce Kenneth Elm. Andava a scuola con lui, in effetti.>>

<<Oh, va bene. Così come è successo? Come è uscito fuori il collegamento con Kenneth Elm?>>

Lei si dimena sulla sua sedia. <<Ecco>> mi dice, mordendosi il labbro inferiore. <<Io stavo spiegando che cercavamo di sapere i nomi delle persone nella foto e pensavamo che una di esse poteva essere Dorothy Elm. È stato lui allora che mi ha detto di Kenneth.>>

<<Penso che questo sia quello che chiamano 'testimone principale'.>>

Lei sorride e continua. <<È avvincente perché questo tizio mi ha detto che quando erano compagni di scuola Kenneth regolarmente andava in giro con i buchi nelle scarpe o peggio. Lui indossava i stivali di gomma in estate. Effettivamente, la famiglia era veramente povera.>>

<<Questo lo sapevamo già da quello che ci aveva

detto Phyllis. Il padre aveva perso il lavoro e la madre lavorava in una lavanderia. Deve essere stata molto dura per tutti loro. Ma quale è la cosa rilevante?>>

<<È quello che è successo dopo che è importante, o potrebbe esserlo. Il tizio mi ha detto che Dorothy lasciò Tamarisk Bay durante la guerra e Kenneth invece è rimasto.

<<Sì, sapevamo anche questo. Kenneth sarebbe stato troppo giovane per combattere e Dorothy divenne una contadina. Questo risale a quando incontrò Hugh.>>

<<Sì, ma quando lei è tornata, tutto è cambiato.>>

<<Cambiato? In che modo? Cosa ti ha detto?>>

<<Mi ha solo detto che ci furono delle voci. Ho cercato per quanto potevo di spronarlo a parlare ma lui non mi ha voluto dire neanche una parola di più. Lui si è completamente chiuso.>>

<<Quindi, non è stato proprio d'aiuto>> le dico non riuscendo a mascherare la mia irritazione.

<<Non arrabbiarti con me. Ti ho fatto un favore. Almeno ho scoperto qualcosa.>>

<<Scusami, non sono arrabbiata con te. È ottimo, lo è realmente. È solo che ci avviciniamo a un indizio utile e poi ci imbattiamo nuovamente davanti ad un muro.>>

<<E tu?>> mi dice. <<Hai trovato qualche altra cosa per il tuo cliente?>>

<<Prendiamoci un altro caffè e te lo racconto.>>

Nel tempo che abbiamo bevuto il nostro caffè le ho raccontato di Freda e del suo memorabile scontro con Dorothy Elm.

<<Non ti ha spiegato perché Dorothy l'ha

schiaffeggiata?>>

<<È stato difficile. Lei è una signora così dolce, non mi sono sentita di chiederle qualcosa al riguardo. Lei stava iniziando a sentirsi piuttosto angosciata.>>

<<Sicuramente lo era. Se ti ricordano che qualcuno ti ha colpito è certamente sconvolgente.>>

<<Lei non era in lacrime o qualcosa del genere, proprio l'opposto. Lei era indignata, ripensare a 'quella donna' le ha fatto venire voglia di saltare giù dal letto e rintracciarla. Infatti, è stato stimolante vederla così piena di determinazione. Questo è come vorrei essere, quando sarò anziana.>>

<<Povero Greg, se lo vedrà in anticipo>> dice Libby sogghignando.

<<Ah, sì, forse anche lui vorrà essere così.>>

<<Quindi povero Fagiolino. Forse lui o lei prenderà un passaggio di dieci sterline per l'Australia per andare lontano da voi due. Ma non cambiamo discorso, cosa altro ti ha detto Freda?>>

<<Non molto altro. Sua nuora, Ethel, era preoccupata che l'avessimo fatta agitare. Sarebbe stato nocivo per lei. Da quando Freda ha avuto un infarto, sai, puoi immaginare.>>

<<Ah, non è stato un buon piano allora.>>

<<Esattamente.>>

<<Non hai scoperto niente altro?>>

<<Le ho chiesto se Dorothy ancora vive a Tidehaven, che è il luogo dove lei e Freda hanno avuto il problema.>>

<<Tidehaven era grande nel 1946 fu molto tempo fa.>>

<<Questo è quello che dobbiamo fare da adesso.

Noi sappiamo che Kenneth è ancora in contatto con Dorothy e lui sarà il nostro solo filo conduttore. Ad un certo punto l'andrà a trovare. Che ne dici di seguirlo?>>

<<Tu lo fai sembrare così semplice. Ti stai scordando due piccole cose. La prima che tutte e due abbiamo un lavoro, e ciò vuol dire che non possiamo andarcene via all'improvviso. La seconda, e che tu sei stata avvertita dalla polizia di stare lontano da Kenneth.>>

<<Ah, sì>> le dico annuendo.

<<Questo è abbastanza serio, Janie. Non vorrai avere il tuo bambino in prigione.>>

Sorrido pensando a una conversazione avuta con Greg quando ero alla ricerca di Zara. <<Noi dobbiamo stare veramente attente. Non abbiamo bisogno di avvicinarlo. Dobbiamo solo vedere la casa dove va da una certa distanza. Potrei usare finalmente la mia macchinetta fotografica.>>

<<E dopo cosa?>>

<<Aspettiamo che lui se ne vada e bussiamo alla porta.>>

<<Quindi, tu programmi di sostare tutte le sere fuori dallo studio dei veterinari, nella speranza che lui si decida a far visita alla sorella? Sono sicura che a Greg piacerà molto questo. Ho la sensazione che finiresti le scuse abbastanza presto.>>

Tiro fuori il taccuino dal mio borsone, per vedere cosa si può fare, mentre rimugino sul problema.

<<C'è una cosa>> le dico, mentre sfoglio le pagine più recenti dei miei appunti. <<Consideriamo Hugh e Dorothy. Hugh era una specie di eroe di guerra, un

pilota, preparato a intraprendere le missioni pericolose. Ma Kenneth dice che lui è un bugiardo. Dorothy deve essere stata anche lei coraggiosa, per intraprendere lavori agricoli duri e poi rischiare la vita cercando di aiutare la resistenza francese. E ancora, da quello che ha detto Freda, Dorothy non è una brava persona. Tu non vai in giro a picchiare qualcuno se sei una brava persona, vero?»>

L'immagine della povera Freda ha evocato nella mia mente il ricordo della rivelazione di Owen durante le mie ricerche di Zara. Più conosco le persone, più complicate sembrano. Immagino che alcune persone riescano a tenere sotto controllo la loro rabbia ma altri non si pentano di lasciarsi andare. Poi ci sono delle altre di carattere mite, come mio padre, per esempio. Ma che conoscono a fondo quanto alcune persone possono mentire, finché un giorno la loro vera indole esce allo scoperto.

«Noi abbiamo anche il tizio con cui ho parlato» dice Libby, riportandomi al presente. «Il signor Task questo è il suo nome. Ha detto che c'erano delle voci riguardo la famiglia Elm.»>

«Il punto cruciale del problema è che entrambe le persone con cui abbiamo a che fare - Hugh e Dorothy - hanno cose da nascondere. Inoltre, se loro entrambi lavoravano con il SOE devono essere esperti per mantenere i segreti.»>

Libby si agita sulla sedia, prendendo la zuccheriera dal centro del tavolo e muovendola da una parte all'altra.

«Giocare a scacchi?» le dico.

«È un po' come gli scacchi, non è vero? Cercando

di indovinare la prossima mossa dell'altra persona. Freda ha detto che Dorothy era a Tidehaven per la partita di scacchi, ma ancora non sappiamo se Dorothy è ancora a lì. Lei può essere andata via nel frattempo. Odio dire questo, Janie, ma penso che stiamo sprecando il nostro tempo. Ti suggerisco di dire a Hugh cosa hai scoperto sino ad ora e lasciarlo fare ciò che vuole.>>

<<Tu continui a dirmi di lasciar perdere, ma come ti ho detto prima, Hugh sta troppo male per fare qualsiasi cosa.>>

<<Non è questo il tuo vero problema, vero?>>

Libby ha ragione, ci sono troppe domande rimaste senza risposta nel mio taccuino. Hugh non mi ha detto tutta la verità riguardo Dorothy, sono sicura di questo.

Il giorno dopo, sono con papà, e parlo con lui.

<<Ti piace complicarti la vita, vero?>> mi dice.

<<Hai nessuna idea di cosa potrei fare ora? Oltre quella di abbandonare tutta la questione?>>

Siamo in cucina, Charlie è seduto accanto a papà, con la testa sulle sue ginocchia.

<<È un peccato che tu non sia un cane da fiuto, Charlie>> gli dico, carezzandogli la testa.

<<Cosa vorresti che fiutasse?>>

<<La verità su questa situazione. In questo momento, mi sembra di provare a lavorare un complicato maglione Arran senza un motivo, usando i ferri delle dimensioni sbagliate.>>

<<Non hai mai lavorato a maglia nella tua vita>> papà dice e sorride.

>>Fai come hai fatto con il caso di Zara, riparti dalle basi.>>

<<Avevo pensato di averlo fatto con Libby con la rubrica nostalgia. Speravo che guardare nel passato ci avrebbe chiarito il presente.>>

<<Pensi che Freda ti dirà di più dell'incidente dello schiaffo?>>

<<Io non posso spingerla a farlo, lei è così fragile. Non è giusto chiederle di ricordare un evento così sconvolgente.>>

<<E tu dici che Freda era coinvolta nella scuola? Nella tua vecchia scuola? Grosvenor Grammar, dove insegnava Phyllis?>>

Appena mi alzo, Charlie solleva la testa dalle ginocchia di mio padre e mi guarda.

<<Sei assolutamente meraviglioso>> gli dico, mentre mi chino per abbracciare mio padre.

<<Io?>> dice lui, sorridendo. Charlie sta in piedi accanto a noi, in attesa.

<<No, Charlie>> gli dico <<questo non vuol dire una passeggiata mattiniera. Significa che il tuo maestro qui ha ancora una volta guidato questa investigatrice inesperta lungo il percorso corretto.>>

<<Felice di essere al tuo servizio>> dice papà, mettendo la sua mano sulla testa di Charlie. <<Mi tieni aggiornato?>>

<<Naturalmente, andrò a trovarla proprio adesso, se sei d'accordo, capo?>>

<<Hai fatto tutti i lavori di oggi?>>

<<Sì certo.>>

<<Te ne vai allora. Spero che Phyllis possa aiutarti.

Ma Janie, se lei non può, dovresti pensare seriamente a lasciar perdere tutto.>>

Ora i pomeriggi stanno diventando più corti e le sere più lunghe, sono sicura di trovare Phyllis in casa, forse è impegnata in cucina, o sta leggendo di fronte al fuoco. Lei impiega alcuni momenti per rispondere alla porta e quando lo fa, sembra un po' agitata.

<<Ah, sei tu>> lei dice. <<Entra, entra.>>

La seguo in cucina e noto che sta zoppicando leggermente.

<<Va tutto bene?>> le chiedo.

Lei si siede in una delle sedie e sospira.

<<Ehi, questo non è da te. Quale è il problema?>>

<<Solo un momento di stupidità. Ero giù in fondo al giardino, stavo spostando alcuni vasi. Dovevo mettere fuori i miei bulbi. Devo aver inciampato goffamente ed ho sentito la caviglia che cedeva.>>

<<Ahia>> le dico, mettendole la mano sulla spalla. <<Hai provato un impacco freddo? O l'ammollo nell'aceto? Questo dovrebbe aiutarti. Vuoi che gli dia un'occhiata?>>

<<Potrei farti una tazza di tè o qualcosa d'altro>> mi dice, sollevando un po' la gamba, mostrando una caviglia gonfia.

<<Non ti preoccupare. Lascia che me ne occupi io. Fai una cosa, vai a metterti sul divano per riposare la gamba mentre preparerò qualcosa di caldo da bere.>>

Lei annuisce, si alza e lentamente fa il percorso verso il salotto. Dopo un po', una volta che il bollitore è pronto, la raggiungo, portando un vassoio con le bevande, insieme al barattolo dei biscotti.

<<Mi sono presa la libertà>> le dico, offrendole i suoi biscotti.

<<Qualche dolce per aiutare nello shock, o il dolore, o entrambi.>>

Mi siedo sulla poltrona vicino a lei e per un po' sorseggiamo la bevanda in silenzio.

<<Dimmi qualcosa di interessante per far distrarre la mia mente da questa sventurata caviglia>> mi dice. <<Come sta andando il tuo caso?>>

<<Strano che tu me lo chieda>> le dico, contrita.

<<Sei qui per interrogarmi di nuovo? Non so cosa altro potrei dirti del ragazzo Elm.>>

<<Si tratta di qualcun altro questa volta. Ti ricordi di Freda Latimer?>>

<<Ricordarmela? Noi siamo ancora amiche. Così una cara signora è veramente un peccato che sia così malata. Lei era una vera centrale elettrica da giovane.>>

<<Lei ha detto che aiutava a scuola. Io non me la ricordo, dunque non era quando stavo alla Grosvenor?>>

<<No, era molto prima. Nel cinquanta. Lei era una preside. Non so come trovasse il tempo di fare tutto quello che faceva. Freda Latimer era coinvolta in un modo o nell'altro In qualsiasi comitato di allora. Come ti ho detto una vera centrale elettrica.>>

<<Lei mi ha raccontato di un litigio con Dorothy Elm.>>

<<Un litigio? Puoi essere un po' più chiara?>>

<<Lei sta dicendo che Dorothy l'ha schiaffeggiata.>>

<<Sei sicura? Freda era una specie di vulcano nel suo periodo di massimo splendore, non riesco a

immaginare che qualcuno la potesse sovrastare.>>

<<Dunque, lei non ti ha mai parlato di questo incidente? È qualcosa che non ti ricordi?>>

Prendo il mio taccuino prendo il ritaglio di stampa, e lo passo a Phyllis per farglielo vedere. <<È successo il giorno che è stata scattata questa foto. Almeno questo è il ricordo di Freda.>>

Phyllis esamina il ritaglio di giornale, leggendo il breve articolo. <<Certamente questa sembra proprio Freda qui, anche se la foto è molto sbiadita. E tu dici che quella che le è vicino è Dorothy?>>

<<Può essere che Freda si confonda. In fine è stato tanto tempo fa.>>

<<Tu vuoi che vedo cosa posso scovare? Posso andare da Freda e parlare di questo con lei?>>

<<Non penso che tu possa andare da nessuna parte con questa caviglia. Riposo e riposo ecco cosa ti prescrivo.>>

<<E quando mi dai il permesso di rimettermi in piedi? Tu ora mi hai incuriosita. Capisco cosa vuol dire Libby di questa specie di investigazione per dilettanti, è piuttosto avvincente, non è vero?>>

<<Lascia fare a me, io sono quella che viene pagata, dopo tutto.>>

# CAPITOLO 18

Hugh sarà dimesso dall'ospedale giovedì.

<<Il dottore dice che lui è un po' migliorato>> mi riferisce la signora Summer quando passa in biblioteca per darmi notizie. <<Non ha l'ossigeno ora. Questo è bene. Molto bene.>>

<<Sono così contenta di sentirlo. Potrà fare le scale normalmente?>> La camera di Hugh la numero 22 che fa parte della proprietà terrazzata vittoriana è sopra due rampe di scale ripide.

<<Sì, piano, piano>> lei mi dice. <<Lui mi ha chiamato dall'ospedale. *'Signora Summer'*, mi ha detto, *'posso tornare?'* Sicuramente, gli ho detto, la sua stanza la sta aspettando.>>

<<Sono sicura che lui si sentirà sollevato. Lo verrò a trovare se va bene. Nel pomeriggio tardi, lo lascio prima riposare>>

<<Sì, possiamo prendere il tè insieme>> mi dice, sembra contenta di un tè party improvvisato.

L'alloggio di Hugh è all'estremità di First Avenue. Ogni casa ha davanti un piccolo giardino, e anche cortili più piccoli in mattoni sul retro. Ma dato che confinano con i giardini Maze, beneficiano di una prospettiva affascinante. Anche se gli alberi sono quasi spogli ora, c'è una bellezza nella loro desolazione e oggi il cielo è limpido ed il sole caldo, nonostante il gelo della mattina presto. Pensando ai mesi freddi che ci attendono, il mio pensiero va a Greg. Questo sarà il suo primo inverno che lavora con l'impresa edile. Il tempo non lo dovrebbe preoccupare, dopo tutto, prima di lavorare con Mowbray lui era un pulitore di finestre, quindi il nostro clima britannico gli ha presentato gli stessi problemi. Ma come muratore, o almeno apprendista muratore, mi chiedo cosa succederà quando farà troppo freddo per poter svolgere il lavoro di collocare i mattoni. Sarà pagato lo stesso? Forse i soldi di Hugh che guadagnerò dovrebbero essere messi da parte in un fondo chiamato giornate nevose, per ogni evenienza.

Arrivo a casa Summer con un pacchetto di crostate di marmellata infilate nel mio borsone, vicino al mio taccuino. Spero che le crostate non trasformino tutto in un pasticcio appiccicoso.

La signora Summer mi fa entrare nel suo salotto, dove c'è Hugh accoccolato in una poltrona vicino al fuoco a carbone, con un plaid intorno alle ginocchia.

<<Sembra caldo e accogliente>> gli dico.

<<Signora Juke, si sieda qui>> mi indica una poltrona accanto a Hugh <<e io andrò a prendere il tè.>>

<<Oh, io ho portato queste>> le dico, cercando nella mia borsa per prendere le crostatine di marmellata.

<<Molto gentile>> lei dice.

<<Um, potrei avere un caffè? Per alcune strane ragioni, da quando sono in stato interessante, non sono più riuscita a bere il tè. È sciocco, lo so.>>

<<Non è sciocco. Io non capisco come voi inglesi potete bere il tè con il latte. Io lo bevo con il limone, ma mi ci sono voluti molti anni prima che mi abituassi al gusto. Prima di allora, solo acqua. Io bevo sempre acqua>> lei mi dice, tenendo le mani in alto in una

espressione di disperazione.

<<Ah, mi sembrava di cogliere un accento particolare, signora Summer. Dove è nata?>>

<<In Puglia, al sud dell'Italia. Per favore chiamami Rosetta.>>

<<Che bello e lei ha conosciuto suo marito in Italia?>>

<<Sì, durante la guerra. Ci siamo fidanzati e quindi io sono venuta qui poi lui è morto, lasciandomi al vostro freddo inverno inglese.>>

Le faccio un mezzo sorriso, quindi mi giro per vedere Hugh come sta affrontando questo discorso sulla morte. Immagino che non sia la conversazione allegra che un medico raccomanderebbe a un paziente in fase di recupero.

<<Lei ha ragione riguardo l'inverno freddo>> dice Hugh tranquillamente <<sebbene è una bellissima scusa per una stufa a carbone.>>

<<Vado a preparare il tè>> dice Rosetta.

Mi siedo vicino ad Hugh e lo guardo attentamente.

<<Ora>> gli dico <<Come stai? Ti trovo meglio dall'ultima volta che ti ho visto.>>

<<Gli ospedali non incoraggiano il benessere. É difficile sembrare sani quando sei circondato da persone malate>> mi dice sorridendo. Lui ancora parla lentamente, facendo piccoli respiri tra una parola e l'altra. <<Hai nessuna novità per me?>>

Mi trovo un'altra volta davanti ad un dilemma come quando Hugh era in ospedale. Devo scegliere le mie parole attentamente, assicurandomi di non farlo agitare in nessun modo e aggravare le sue condizioni. Prima che possa rispondere, rientra Rosetta nella stanza con un vassoio con sopra una teiera ed una caffettiera e le mie crostate alla marmellata, messe su un piatto di delicata porcellana cinese. Tra le crostate ci sono dei biscotti assortiti, che lei offre a Hugh e me prima di versarci le bevande.

«Latte, zucchero?» lei chiede.

Hugh ed io parliamo contemporaneamente, il che ci fa ridere tutti, riducendo la tensione nella stanza. Ora che Rosetta è seduta con noi, mi sto chiedendo che conversazione posso avere con Hugh. Sono sicura che lui non voglia che lei sappia riguardo al caso del quale mi ha incaricato.

«Le piacerebbe tornare in Italia?» chiedo a Rosetta.

«Un giorno, forse» mi risponde, ma lei sembra restia a dire altro.

«Il dottore ti ha detto di stare in casa, Hugh?» gli dico. «Sono sicura che il vento freddo non aiuta. Oggi si congela la fuori»

Lui sorride ed annuisce.

«Suo marito era di Tamarisk Bay, Rosetta? È per questo che vi siete stabiliti qui?»

«Sì, non lontano. La sua famiglia vive in Tidehaven. Ma a noi piaceva questa casa, questo posto. È più tranquillo di Tidehaven. A me piace la quiete.»

«È ancora in contatto con la sua famiglia?» le chiedo, rendendomi conto che quello che è iniziato come un tentativo di parlare un po', ora sembra come un interrogatorio.

«Sì, ci vado alcune volte. Sua madre è molto gentile con me. Anche suo padre. Lui mi aiuta con il mio inglese. Scusatemi. Devo controllare la cena. Ho un pollo nel forno. Al signor Furness piace il pollo>> lei dice e lascia la stanza rapidamente. Ho voglia di tirare un sospiro di sollievo, ma lo reprimo.

Hugh si gira verso me, la sua espressione è tesa. <<Non hai nulla da dirmi? Di Dorothy?>>

<<Io ho un po' di informazioni in più. Sembra che Dorothy vivesse in Tidehaven dopo la guerra. Non è certo che lei stia ancora lì, ma potrebbe essere possibile.>>

<<Ah>> mi dice. <<Sì, questo avrebbe senso.>>

<<Ho anche parlato con una donna che ha conosciuto Dorothy. La signora Freda Latimer. Ti dice nulla questo nome?>>

Lui scuote la testa.

<<Ti posso chiedere una cosa, Hugh?>>

Lui annuisce faccio una pausa cercando di inquadrare la questione nel modo meno aggressivo.

<<Tu hai avuto una conversazione con Kenneth Elm, quando eri in ospedale.>>

Lui annuisce di nuovo.

<<La conversazione ti ha sconvolto abbastanza. Sei in grado di condividerla con me? Riguarda Dorothy?>>

<<Preferirei non dirlo.>>

<<La cosa è, Hugh...>> faccio una pausa. <<Ci sono alcune lacune nelle informazioni che mi hai dato riguardo Dorothy.>>

Lo guardo e controllo il suo respiro, trattenendo il mio per vedere se ho esagerato, dicendo troppo. <<So che sei preoccupato che sia in pericolo>> continuo <<ma tu devi essere più specifico riguardo questo

pericolo. Dalle conversazioni che ho avuto con varie persone riguardo la famiglia Elm, in effetti, ci sono delle voci, scheletri nell'armadio, per così dire. Puoi fare luce su quelle voci? E il ritaglio di giornale, quello che era nel deposito bagagli a mano. Che importanza ha?>>

Prima che possa rispondermi, la porta si apre e Rosetta si unisce di nuovo a noi.

<<Ho imparato a fare l'arrosto inglese. Penso di essere abbastanza brava in questo.>> Lei sorride ed inizia a mettere via le nostre tazze e piattini.

<<Sì, è una cuoca eccellente, lo posso garantire>> dice Hugh. <<Io ho apprezzato molto tutti i pasti che ho avuto da quando sono arrivato. Forse un giorno cucinerà una cena italiana?>>

<<Io penso che agli inglesi non piace il cibo italiano. A voi piacciono le verdure leggere, tutte coperte di salsa.>>

<<Il sugo?>> le chiedo e lei annuisce.

<<A me piacerebbe provare qualche cibo italiano>> dice Hugh.

<<Io sono con Hugh, vero cibo italiano da un vero cuoco italiano, ora sarebbe un piacere.>>

<<Quindi deve venire anche lei, con suo marito. Io faccio gli *spaghetti all'amatriciana e l'insalata tricolore*>> lei dice con aria orgogliosa.

<<Sembra meraviglioso, ma ora devo andare e lasciare che Hugh si riposi>> le dico.

<<Parleremo di nuovo>> dice Hugh, rivolgendo, intenzionalmente il suo sguardo su di me.

<<Sì, naturalmente. E grazie Rosetta per il caffè. Ci vedremo presto di nuovo.>>

Se fossi un bambino avrei rovesciato la scatola dei giocattoli sul pavimento e li avrei scagliati tutto intorno nella stanza in preda alla frustrazione. Io sono di nuovo al mio punto di partenza. So solo un po' di più di Dorothy, e un po' di più di Hugh. Ma niente che mi porti a una soluzione. Sono una brava bibliotecaria. Forse dovrei seguire i consigli di tutti e lasciare perdere tutto.

È venerdì e sono sorpresa quando entra dalla porta la signora Latimer. Framlington Road è distante perché sia qui per una passeggiata. Lei di solito viene il lunedì in biblioteca, quando sono parcheggiata in Milburn Avenue, proprio dietro l'angolo di casa sua.

<<Non sono venuta per i libri>> mi dice, presentandosi al bancone. Il suo viso è arrossato come se avesse corso. Ma il pensiero di Ethel Latimer che corre mi fa pensare a Great Dane che cerca di andare in bicicletta, completamente incompatibili.

<<Si riprenda un momento>> le dico. <<Si vuole sedere, vuole dell'acqua? Sembra un po' accaldata.>>

Lei accetta la mia offerta, lasciandosi cadere sulla sedia di legno che ho aperto per lei. Ogni giorno porto con me da casa due thermos, uno con l'acqua calda e l'altro con quella fredda. Le porgo un bicchiere di acqua fredda e aspetto che riprenda fiato.

<<Non voglio tenerla in sospeso troppo a lungo vado al sodo>> mi dice. <<Ho avuto la sensazione che quando ha fatto vedere a Freda quell'articolo di giornale, era importante, vero? Quello che le ha raccontato circa il suo litigio con quella donna; posso dire dalla sua faccia, lei è rimasta scioccata, vero?>>

<<Un po' sorpresa, forse>> le dico.

<<Anche io. Era la prima volta che sentivo parlare di questo. Ha fatto bene a non insistere per avere altre informazioni.>>

<<Non volevo che lei si agitasse. Lei ha veramente un bel carattere, è un peccato che non sia in buona salute. Deve essere difficile per suo marito, deve essere preoccupato.>>

Ethel prende un fazzoletto dalla sua borsa e si asciuga il viso.

<<Io mi preoccupo. Di Arthur, di Freda e infine c'è Bobby.>>

<<E chi si preoccupa per lei?>> le dico, mettendole la mano sulla spalla.

<<Oh, io sto bene, ho solo avuto una brutta giornata.>>

<<Ho saputo che Phyllis Frobisher è amica con sua suocera. Lei me lo ha detto l'altro giorno. Sono amiche da molto tempo, da quando Freda era preside della scuola.>>

Lei annuisce. <<Questo è quello che volevo dire. Phyllis è venuta a trovare Freda. Io ero lì con Bobby, Arthur doveva prendere una ricetta dal dottore, così gli ho detto che avrei aspettato lì con Freda. Poi è arrivata Phyllis e ho lasciato che parlassero. Stavo trafficando in cucina e non volevo origliare, ma ho sentito il nome Dorothy Elm, devo ammettere che mi sono incuriosita.>>

<<Ha scoperto di cosa si trattava, perché Freda e Dorothy hanno avuto il loro litigio?>>

<<Io non riesco a capirne il significato, ad essere onesta con lei. Ma se le riferisco quello che ho sentito, forse a lei dice qualcosa.>>

Trattengo il respiro in anticipo.

<<'*Non potevo lasciarlo da solo, dopo tutto quello che la loro povera madre aveva attraversato. Lei si sarebbe rivoltata nella sua tomba.*' Questo è quello cha ha detto Freda.>>

<<Non potevo lasciarlo da solo?>>

<<Non lo so, ma so che qualunque cosa fosse, Freda è ancora sconvolta ora, dopo tutti questi anni.>>

<<E lei ha detto questo a Phyllis?>>

Ethel annuisce, quindi si alza e mi rende il bicchiere vuoto. <<Lei è molto amica di Phyllis, forse lei la può aiutare a far più luce su questo? Ora devo andare, grazie per l'acqua.>>

Forse la mia prossima visita a Phyllis me aiuterà a fare un passo avanti, o almeno togliermi dai blocchi di partenza. Sto iniziando a pensare che Phyllis e Libby meritano almeno un po' dei soldi che Hugh mi dà per risolvere questo caso.

# CAPITOLO 19

A parte fare la spesa per le provviste, Greg ed io stiamo godendo un sabato tranquillo.

<<Toast al formaggio per pranzo>> gli dico, mettendo l'ultimo frutto nella ciotola.

<<Perfetto. Ti ho detto che papà si è offerto di aiutarmi a decorare la stanza di Fagiolino? Se scegliamo la carta da pareti e la tinta, poi lui verrà le sere e i weekend. Non dovremmo metterci molto se siamo in due.>>

<<È davvero gentile ed una buona idea per farlo più in fretta. Questo significa che Fagiolino non dovrà sentire l'odore della pittura fresca nelle sue prime settimane di vita. Caspita, immagina solo, una graziosa stanza da bambino al posto di un trasandato ripostiglio. Dovrò sistemare tutti quei vecchi libri e foto. Ho delle cose lì dentro dai tempi della scuola.>>

<<Fammi indovinare, giudizi della vecchia scuola che ti invitavano a concentrarti di più?>>

<<Penso che ero un po' distratta. Che dire invece di te? Scommetto che eri felice solo quando eri fuori in giro a calciare una palla?>>

<<Non potevo sopportare di stare rinchiuso in una classe.>>

<<Probabilmente George Best ha detto la stessa cosa e sta andando tutto bene per lui. A proposito, volevo dirti, che stasera passa Libby, se ti va bene?>>

<<Per me va bene.>>

<<Tu non stai andando al pub, vero?>>

<<No, non l'ho programmato. Perché? Mi vuoi fuori dai piedi, così voi ragazze potete chiacchierare?>>

<<No, quasi il contrario. Lei viene per farmi le unghie. Ritiene che possa aiutarmi a non mangiarle mettendoci lo smalto. Io non sono molto convinta, ma vale la pena provarci.>>

<<Volevo chiedertelo. Ti guardo qualche volta e sono sicuro che non ti rendi neanche conto che lo stai facendo. Quando ci rilassiamo la sera, o almeno quando mi rilasso, tu le stai mangiucchiando. Va tutto bene?>>

<<Cosa intendi dire?>>

<<Con Fagiolino, con tuo padre?>>

<<Sì. >> Sento un po' di agitazione dentro di me che non ha nulla a che fare con Fagiolino. <<C'è qualcosa però.>> Faccio una pausa, consapevole che mi sta guardando in faccia, cercando di leggere la mia espressione. <<Devo dirti qualcosa, ma non voglio che ti arrabbi.>>

Lui viene verso di me e mi prende la mano.

<<Andiamo, mettiamoci seduti. Penso che questo ha a che fare con i tuoi ritardi nel rincasare parecchi giorni? Libby ti ha trascinata in qualche strampalato progetto?>>

<<Sì, Libby è coinvolta>> esito, sforzandomi di trovare la strada migliore per spiegarmi. >>La cosa è, che ho preso un caso.>>

<<Dio, Janie, per favore non mi dire che sei di nuovo su un altro caso di donna da salvare o qualche estraneo da salvare.>>

<<No, questa volta non è una donna. Ho chiesto un aiuto. Libby e Phyllis mi stanno dando una mano, in effetti, principalmente Libby.>> Faccio una pausa realizzando quanto suonino patetiche le mie scuse.

>>Mi dispiace non avertelo detto prima. So che tu ti preoccupi, ma devi renderti conto che non metterei mai a rischio Fagiolino. È solo che...>>

<<È solo cosa?>> mi interrompe. <<Io sono tuo marito, Janie. Te lo sei scordato questo? Pensavo fossimo complici.>>

<<Noi siamo complici, naturalmente lo siamo. Cercherò di spiegare, ma ad essere sincera non sono nemmeno io sicura di aver capito.>>

<<Non è un grande inizio, allora>> lui dice, la sua voce è piena di disperazione.

<<Io amo essere sposata con te e sono incredibilmente eccitata nel diventare mamma. Il mio lavoro in biblioteca mi dà l'opportunità di parlare con le persone e circondarmi di libri e, naturalmente, faccio tesoro dei miei giorni con papà. Ma questo non mi basta.>>

<<Tu devi essere grata per quello che hai.>>

<<Lo sono. Ma tu sai quanto amo l'idea di investigare su crimini. Agatha Christie e Poirot sono stati nel mio sangue da sempre. È come provare a risolvere il più bel puzzle possibile, uno dove tu devi aggiungere dei pezzi, muoverli in giro e quindi, se tu sei fortunato, eventualmente si incastrano tutti insieme e tu hai la soluzione.>>

<<Comprati un puzzle allora.>>

<<Non è solo che mi piace farlo>> continuo, ignorando il suo sarcasmo <<è che sono brava in questo. Così brava, che infatti, c'è chi è pronto a pagarmi.>>

Studio la sua espressione che è tra lo shock e l'ammirazione.

<<È legale? Tu prendi soldi per servizi resi? C'è qualche tipo di accordo scritto?>>

<<Non so se è legale>> gli dico, aspettando che assimili l'informazione.

<<Io capisco che tu sia ambiziosa, e questo è grandioso>> lui dice. <<Anche io lo sono, in caso tu non l'abbia notato. Ma io scelgo di stare dalla parte della legge.>>

<<È per questo che siamo una bella coppia.>>

<<Perché? Perché io sono rispettoso della legge e tu no?>>

<<No, sciocco, perché siamo entrambi ambiziosi. Ho sbagliato a non dirti di questo caso, lo sto facendo ora. Avevo paura che tu mi fermassi.>>

<<Lo avrei fatto>> mi dice, un tono più dolce ritorna nella sua voce.

<<OK, quindi che ne dici se ti aggiorno. Ti parlerò del caso e quindi dovremmo fare un patto.>>

<<Che tipo di patto?>>

<<Ti prometto di condividere con te tutto da ora.>>

<<E che cosa devo fare in cambio?>> mi dice, un sorriso inizia a insinuarsi sul suo viso.

<<Stirare o passare l'aspirapolvere, fai la tua scelta>> gli dico, alzandomi in piedi e tendendo le mie braccia verso di lui. <<Che ne dici di un abbraccio per iniziare?>>

Lui si alza, avvolge le sue braccia intorno a me e mi tira vicino a lui.

<<Mia moglie, un investigatore privato. Accidenti, chissà cosa diranno i ragazzi al lavoro.>>

<<Meglio non dirlo a nessuno>> lo interrompo un po' troppo bruscamente, prima di rendermi conto che

mi sta prendendo in giro.

<<Mamma del mondo>> lui dice, dandomi un bacio sulle labbra. <<Hai pensato ancora alla mia idea di un cane?>>

<<Sì e no.>>

<<L'ho fatto. Penso che dovremmo aspettare fino a quando Fagiolino sarà qui e tutto sarà sistemato e poi decideremo se ci sentiamo di farlo. Come ti sembra?>>

<<Perfetto.>>

La sera, prima che arrivasse Libby, avevo aggiornato Greg sulla mia ricerca relativa a Dorothy.

<<Ogni suggerimento sarà accolto con gratitudine>> dico, proprio prima che suoni il campanello che annuncia l'arrivo di Libby.

<<La tua manicure, a tua disposizione, madame>> lei dice, porgendomi una borsa per cosmetici. <<Cinque colori da scegliere, dal rosa più delicato, al rosso vampiro. Fai la tua scelta.>>

<<Forse li proverò tutti>> le dico, sogghignando, <<uno per ogni dito, che ne pensi?>>

<<Potrebbe essere eccessivo, ma tu sei il capo.>>

<<In più di un modo, a quanto ho sentito>> dice Greg venendo nel corridoio.

Libby mi dà uno sguardo interrogativo, prima di girarsi a salutare Greg.

<<Va bene, gli ho raccontato tutto. In effetti, stavo chiedendogli di unirsi al nostro gruppo investigativo, se va bene anche a te? Solo a titolo di consultazione, naturalmente.>>

<<Er, no>> dice Greg. <<Non mi interessa essere il tuo banco di prova, ma non mi piace davvero correre

in giro per rintracciare la gente>>

<<Non dirmelo, preferiresti essere nel pub>> dice Libby, facendogli l'occhiolino.

Ogni anno, il primo di dicembre vado in soffitta a casa di mio padre e porto giù tre scatole con le decorazioni per il Natale. Ogni fronzolo e ogni pezzo di decorazione è accuratamente scartato e posato sul tavolo della sala da pranzo. Seleziono ogni pezzo e vado a posizionarli per tutta la casa, per creare aria festiva in tutte le stanze, persino nel bagno. Il primo anno dopo che mio padre aveva perso la vista, ho aspettato di vedere cosa sarebbe cambiato. Avevo quasi sei anni e il Natale era il mio periodo dell'anno preferito. Ma anche allora, avevo realizzato quanto inappropriato fosse avere un festeggiamento quando qualcosa di traumatico era accaduto alla persona che era al centro del mio universo.

Mamma era già andata via e Jessica si era trasferita da noi. Non ho mai scoperto di chi fosse stata l'idea, ma ricordo che mi era stato chiesto di reggere la scala mentre Jessica saliva nel soppalco per prendere le decorazioni. Era una domenica e tutti e tre avevamo gustato una buona colazione. Appena il tavolo era stato spicciato e le tazze lavate, papà si sedette nella sola poltrona che avevamo nella stanza da pranzo e Jessica e io svuotammo le scatole delle decorazioni sul tavolo. Ne prendevamo una e a turno la descrivevamo dettagliatamente e poi spettava a papà di suggerire quale sarebbe stato il posto migliore dove metterla. Era come se noi fossimo le allieve e papà fosse il nostro insegnante, che ci dirigeva su come creare il paese delle meraviglie di Natale più perfetto, quando tutto quello che riusciva a vedere era nella sua mente.

Ogni anno, dopo quello, ho seguito sempre la stessa routine. Molte delle decorazioni sono le stesse che usiamo da quasi venti anni, ma ancora le descrivo a mio padre e lui ancora ascolta attentamente. Di volta in volta ho fatto aggiunte alla nostra collezione di Natale, rimpiazzando le cose rotte, o un pezzo di decorazione rovinata. Ma la fata che si trova in cima all'albero si conserva bene, il suo vestito un po' ingiallito dal tempo, ma le sue ali ancora forti e resistenti.

Con la casa che sembra adornata come per il migliore Natale, papà ed io parliamo un po' dell'arrivo imminente di zia Jessica. Ci sono così tante cose da preparare lo scrivo su tre liste separate: *Menu, spesa, regali*. Papà dà i suggerimenti, inframmezzati da promemoria occasionali, come 'non ti scordare di Charlie', oppure 'avremmo bisogno di far prendere aria alla biancheria da letto'. Il tempo vola e all'improvviso è tempo che me ne vada.

<<Se ti viene qualche altra cosa in mente, dimmela la prossima volta>> gli dico, prendendo la mia giacca e indossando il mio cappello di lana. Tra le chicche recuperate nel soppalco, mi sono imbattuta in un cappello di lana rosso, con un enorme pom-pom cucito sulla sua sommità. Deve essermi caduto in una delle scatole quando ho messo via le decorazioni lo scorso gennaio, ma non me lo ricordavo. È come trovare un amico dimenticato.

Prima che io possa vedere Phyllis di nuovo, Rosetta Summer viene nella biblioteca con un biglietto di Hugh.

<<Non si dimentichi cucinerò, per lei e suo marito>> mi dice, dandomi una busta.

<<Grazie, sì, sarebbe qualcosa di speciale. Parlerò con Greg e le daremo alcune date.>>

<<Il signor Furness, mi ha dato questa per lei. Lui scrive, tutto il giorno scrive. Io gli ho dato la carta per gli appunti che mio marito ha lasciato nella sua scrivania. Anche mio marito, ama scrivere.>>

*Amava*, penso tra me e me, guardando la sua faccia desolata.

<<Serve una risposta? Devo leggerla subito?>> le chiedo.

<<No, è lunga, penso. Molte pagine.>> Lei mi dà la mano e mi abbraccia. <<Quando arriverà il suo bambino?>>

<<Oh, non prima di alcuni mesi. Non si direbbe però vedendo le mie dimensioni>> le dico, ridacchiando e passando la mia mano sul pancione.

<<Un maschietto, forse?>>

<<Sarà l'uno o l'altro>> le dico, realizzando immediatamente che Rosetta è improbabile capisca il mio senso dell'umor.

<<Io vado ora. Devo fare la spesa, per il signor Furness>> mi dice, sembra felice al pensiero di avere qualcuno a cui badare.

<<Grazie, è stato gentile da parte sua venire fin qui. Dica a Hugh che leggerò la sua lettera e mi metterò presto in contatto con lui.>>

Sono sola nel furgone, così mi siedo con un

bicchiere di acqua calda da sorseggiare ed apro la busta. Rosetta aveva ragione, ci sono diversi fogli di carta riempiti in entrambi i lati con la bella scrittura di Hugh. Vado al primo foglio e leggo...

*Cara Janie,*

*Il tuo intuito è acuto. Tu hai già capito da tempo che non sono stato completamente sincero con te. È ora che io ti dica la verità.*

*In fine, ho pensato a questo, prima di continuare.*

*Ti ho fatto credere che io e Dorothy eravamo buoni amici e forse penso che all'inizio lo eravamo. Io ero un pilota esperto, preparato a rischiare la mia vita per il mio paese, ma in certi modi ero ingenuo. Sono cresciuto circondato da una famiglia che mi ha insegnato a fidarmi. Quello che non avevo capito è che le persone devono guadagnarsi quella fiducia. Tu sei giovane e tuttavia penso che tu abbia già imparato che le persone non sono sempre ciò che sembrano essere. Tu metti in dubbio tutto; lo posso vedere nel tuo viso, anche quando non parli. Questa è una delle qualità per le quali mi sono convinto di chiedere il tuo aiuto.*

*Condividerò la mia storia con te ora e ti lascerò decidere cosa vuoi farne. Spero che tu vorrai ancora proseguire con questo caso per me, nonostante il modo misterioso, con il quale ho affrontato i nostri rapporti fino ad ora. La mia esperienza lavorativa con il SOE mi ha reso prudente. È qualcosa che tu non puoi toglierti di dosso, il pensiero che le parole avventate possono costare delle vite.*

*Lo so che tu avrai più domande da farmi una volta che hai letto il resto di questa lettera e ti assicuro che questa volta sarò felice di rispondere a tutto.*

Vado alla pagina seguente e lascio che le parole di Hugh mi portino nel 1944...

# CAPITOLO 20

## 1944

Le sirene sembrano più forti questa volta. Il rumore squarcia l'aria, coprendo tutti i suoni accidentali della vita. Il traffico si ferma, le chiacchiere finiscono. Le persone iniziano a correre, ma i loro passi sono silenziosi. Tutto ciò che si sente sono le sirene.

È stata una settimana di bombardamenti. I bersagli sembravano casuali, i feriti erano troppi. Si dice che le bombe vengono lanciate solo per salvare i piloti che devono essere riportati indietro attraverso il canale. È come se i tedeschi avessero fatto una spesa eccessiva ed ora è il momento di scartare il surplus.

Non hanno avuto la possibilità di incontrarsi per niente questa settimana. Lui aveva avuto diverse sortite e quando non era in volo, era di guardia alla base. Il ballo era da scordarselo per ora. Ma lui sentiva la sua mancanza e lei gli aveva scritto un biglietto.

*Puoi prenderti un'ora? Se puoi, vediamoci all'incrocio tra Watermill Lane e Cross Street alle 3. Ti aspetterò.*

Non era successo molto quella mattina. Aveva camminato molte volte con Scottie lungo il campo di aviazione. Ora, se avesse ridato il comando, era certo che il terrier non avrebbe nemmeno alzato la testa. Aveva giocato a carte per un po', solo per vincere i fiammiferi. Aveva perso molto, la fortuna non era dalla sua parte oggi. Legge il biglietto di nuovo. Solo un'ora, sarebbe possibile. Avrebbe detto a Christopher del suo piano, di lui si poteva fidare nel tenere un segreto e almeno qualcuno avrebbe saputo dove si trovava, solo nel caso in cui si fosse verificato qualcosa.

Quando era arrivato a Watermill Lane era poco dopo le 3,15. Lei stava aspettando, come gli aveva detto. Si erano abbracciati, lui le aveva fatto i complimenti per il vestito. Il rosso acceso, la stoffa a pois abbinata alla sua carnagione rosea. Nelle loro passeggiate, persino nel loro tempo trascorso insieme nella piccola barca da pesca, di solito lei portava i pantaloni. Lui era fiero di lei, una donna che faceva un lavoro da uomo. Ma ora lei sembrava così femminile, il vestito modellava la sua figura, aderente intorno alla sua vita. Si stringeva un cardigan bianco sulle spalle. Lei era allegra, rideva e lo prendeva in giro.

<<Sei venuto senza Scottie. Veramente era lui che volevo vedere, non te.>> Poi lo bacia. Loro camminarono per un po' lungo Cross Street. Lei gli raccontava come era stata indaffarata con la piantagione. Alcune delle prime colture erano pronte da raccogliere, tutto era vibrante, era il suo periodo preferito dell'anno. Nessuno di loro parlava della settimana di bombardamenti. Quella era l'oscurità e, almeno per ora, volevano rimanere nella luce.

Appena girato l'angolo di East Street suonarono le sirene.

<<No, non di nuovo>> lei disse, afferrandogli il braccio. Le persone correvano in tutte le direzioni; il segnale della contraerea li avvertiva di andare al

riparo. Seguirono un gruppo, sapendo che presto sarebbero stati più tranquilli, più sicuri.

Il rifugio era nel seminterrato di uno degli edifici scolastici del villaggio e una volta dentro la gente si rilassava un po'. Avrebbero dovuto affrontare la devastazione abbastanza presto, ma per ora potevano parlare, fare uno scherzo. Intorno al muro c'erano diverse panchine di legno, tutte occupate dalle prime persone arrivate nel rifugio. Parecchi uomini si erano tolti il cappotto e lo avevano messo sul terreno polveroso in modo che le donne si potessero sedere. Lui non aveva un cappotto, solo la sua uniforme Temeva che il bel vestito di lei a pois si potesse rovinare.

Un'altra donna le fece un cenno di avvicinarsi, lasciandogli spazio sul suo cappotto in modo da far posto per due per sedersi. Lei annuì in segno di gratitudine. La sua mano toccò il rivestimento del cappotto, sembrava elegante, costoso. Lei poteva solo sognarlo un cappotto così. Si chiese a chi appartenesse. La donna seduta accanto a lei non sembrava ricca, ma non si può mai dire. Questi erano tempi strani.

Il terreno aveva tremato un po'. Le bombe erano state lanciate. Le chiacchiere cessarono. Alcuni avevano piegato la testa sembravano in silenziosa preghiera. Altri sembravano sorpresi, con gli occhi spalancati, spaventati. Lui allungò la mano per afferrare la sua, strinse le sue delicate dita, cercando di trasmetterle fiducia. Erano vivi, tutto sarebbe andato bene.

Dopo un po' la sirena indicò il cessato allarme e

quindi si poteva lasciare il rifugio. Lui l'aiutò ad alzarsi, lei prese il cappotto e lo avvolse intorno a lei. Anche se il rifugio era scarsamente illuminato, poteva vedere che il cappotto era di una tonalità di rosa. Il tessuto era soffice, forse anche cashmere.

<<Cosa stai facendo?>> lui le disse. <<Il cappotto non è tuo.>>

<<Volevo provare la sensazione di sentirlo intorno a me. Cosa stai pensando?>> Lei fece una piroetta. Lui arrossì, imbarazzato dal comportamento di lei. Stava provando un cappotto mentre di fuori le persone potevano aver perso tutto, le loro case, anche la vita.

<<Non guardarmi accigliato>> lei disse. <<Ecco, prendi.>> Lei si tolse il cappotto e glielo porse. In quel momento un'altra donna si avvicinò.

<<Penso che questo sia mio>> lei disse, guardandolo.

<<Scusi, sì, naturalmente>> lui rispose, scrollando la polvere dal cappotto prima di darglielo. Lei sorrise con gratitudine e annuì.

<<Per alcuni le cose vanno bene>> disse Dorothy, mentre l'altra donna era ancora a portata d'orecchio.

Ancora una volta lui si sentì in imbarazzo.

<<Devo ritornare alla base>> disse, con un tono brusco nella voce.

<<Che fretta c'è?>> disse Dorothy, mettendosi sottobraccio a lui. <<Adesso potresti comprarmi una bevanda. Un sorso di qualcosa, dopo la paura che abbiamo avuto?>>

Quando uscirono dal rifugio, lui vide la donna con il cappotto rosa avanti a loro. Lei camminava piano, osservando da una parte all'altra gli edifici che ora non erano altro che macerie e detriti.

<<Devo ritornare alla base>> lui insistette. <<Ti riporto prima alla fattoria, per assicurarmi che tu sia al sicuro?>>

<<Non preoccuparti>> rispose Dorothy, con un filo di voce. <<Ho intenzione di divertirmi un po' prima. Sono sicura di trovare qualcuno che mi compri da bere una volta che apre il pub, se tu sei troppo avaro.>> Lei lasciò andare il suo braccio e si voltò verso di lui. <<Ci vediamo>> lei disse, e fece l'occhiolino.

Alla base nessuno lo aveva cercato. Prese Scottie dal suo cesto e se lo mise in braccio. Il terrier si divincolò, voleva essere libero dal suo adorabile padrone. Ma Hugh aveva bisogno di aggrapparsi a qualche cosa per soffocare le sue emozioni. Lui era arrabbiato con Dorothy, arrabbiato con sé stesso. Era stato ingannato, Lei non era come lui l'aveva pensata, forse si era creato un'ideale su di lei che era solo nella sua immaginazione. Poi c'era quella donna con il cappotto rosa. I loro occhi si erano incrociati per un momento e lui già aveva sentito un'attrazione.

# CAPITOLO 21

Chiudo il furgone della biblioteca e vado direttamente all'alloggio di Hugh. Rosetta mi fa entrare in salotto, dove Hugh sta sonnecchiando nella poltrona accanto al fuoco. Lei si muove senza far rumore, mettendo il suo dito sulle labbra e poi, gesticolando con le mani, mi chiede cosa voglio da bere. Io scuoto la testa e lei lascia la stanza. Mi siedo sul divano, cercando di non fare rumore, prendo la lettera di Hugh dalla mia borsa e la leggo ancora una volta. Quando arrivo all'ultima pagina, ho la sensazione che qualcosa si muova accanto a me e alzando lo sguardo vedo che Hugh si è svegliato. Lui mi guarda fisso e sorride.

<<Non volevo svegliarti>> gli dico.

<<Sto dormendo troppo attualmente.>>

<<Posso prenderti qualcosa? Forse una bevanda?>>

<<No, niente, grazie. L'hai letta?>> lui indica la lettera.

<<Sì, diverse volte. Cosa successe a Dorothy?>>

<<Io non l'ho più vista dopo quel pomeriggio nel rifugio antiaereo.>> Fa una pausa.

<<Ma il viaggio SOE in Francia? Il Joe che si è presentato. L'hai vista allora?>>

<<Quel Joe non era Dorothy. Molto di quello che ti ho detto di quel tempo è la verità. Ho incontrato Dorothy. Penso di essere stato fidanzato con lei per breve tempo. Lei era vivace, impetuosa, allegra ci si stava bene insieme; una scintilla di luce in un tempo di oscurità. Lei era una contadina, questa parte è vera, ma non ha mai lavorato per il SOE, almeno non che io

sappia.>>

<<Hai mentito, vero?>>

<<Sì, ho portato alcuni agenti in Francia, come ti ho detto. Ci furono i bombardamenti aerei proprio come ti ho detto. Ma poi, non l'ho più sentita. Io ero preoccupato per lei, così andai alla fattoria dove lavorava. Mi dissero che si era alzata una mattina e se ne era andata. Senza dire a nessuno dove stava andando. Io aspettai una sua lettera. Ero sicuro sarebbe rimasta in contatto, ma visto che lei non scriveva, bene, la vita è troppo breve. Ho iniziato a frequentare Winifred, a una delle feste da ballo del villaggio, l'ho riconosciuta ricordando quel giorno del bombardamento. Abbiamo iniziato a vederci e ci siamo innamorati. Quindi ho realizzato che quello che avevo sentito per Dorothy non era vero amore.>>

<<Winifred? Lei era la stessa del cappotto rosa?>>

Ora lui guardava fisso nella stanza, estraniandosi dall'ambiente, come se rivivesse ogni prezioso momento della prima passione.

<<Alcuni mesi dopo che Winifred e io ci eravamo incontrati, dovetti prepararmi a far volare un Joe in Francia.>>

<<Sì, tu mi hai parlato di questo.>>

<<Era Winifred che si è presentata quella notte.>>

<<Tu mi hai fatto credere che fosse stata Dorothy.>>

<<Penso che tu hai voluto crederlo. Non ho mai detto questo. Quello fu un brutto giorno per me. Dovevo lasciare la donna che amavo in territorio nemico e tornare alla base, non conoscendo il suo destino. Mi sentii morire, ad essere onesti. Mi fece capire la forza dei miei sentimenti per Winnie e mi

ripromisi poi, se mai l'avessi rivista di nuovo, che le avrei chiesto di sposarmi.>>

<<Lei ritornò salva dalla missione?>>

<<Io non seppi nulla di lei per diversi mesi, l'avevo data per morta, ma pensavo a lei tutti i giorni. Poi un giorno, lei era lì. Una volta tornata dalla Francia venne a trovarmi alla base, per farmi sapere che era salva. Io sapevo bene dell'importanza del segreto della missione e non le chiesi dove fosse stata, o se la missione aveva avuto successo.>>

<<Non avete mai parlato di questo in seguito, una volta finita la guerra?>>

<<In tutti gli anni del nostro matrimonio non abbiamo toccato l'argomento neanche una volta.>>

<<Quindi vi siete sposati?>>

<<Subito dopo finita la guerra.>>

<<Avete avuto dei figli?>>

<<No, fu un terribile dispiacere per Winnie, ma non avrebbe dovuto esserlo.>>

<<Così, dopo tutti questi anni, tu hai capito di tenere a Dorothy dopotutto? È questa la vera ragione per la quale sei a Tamarisk Bay? Per riaccendere un amore perduto?>>

<<Neanche lontanamente. Dorothy aveva preso qualcosa che non le apparteneva.>> Il suo viso diventa cupo e stringe i pugni.

<<Non ti agitare, Hugh, ricordati che devi stare calmo. Rosetta non mi perdonerebbe mai se il suo inquilino preferito dovesse tornare in ospedale.>>

<<Quel pomeriggio, in quel rifugio antiaereo. Dorothy ha rubato qualcosa di prezioso.>>

<<No il cappotto? Tu hai detto che lei aveva

restituito il cappotto.>>

<<Non il cappotto, no. Ma quando lei si è provata il cappotto, deve aver messo una mano in una delle tasche.>>

<<Cosa aveva trovato? Un borsellino? Un portafoglio?>>

<<Una spilla.>>

<<Rubò una spilla? Cosa ti rende così sicuro?>>

<<Quando ho frequentato Winifred mi ha raccontato di una spilla che lei aveva avuto dalla nonna. Era un cimelio di famiglia. Lei mi disse quanto fosse triste per averla persa. Si sentiva come se avesse abbandonato sua nonna. Ma non sapevo allora come o quando l'avesse persa.>>

<<Ed ora pensi che Dorothy l'abbia presa, il giorno del raid aereo? Ma potrebbe essere stato chiunque in quel rifugio antiaereo. Tu hai detto che le persone mettevano i cappotti in terra. Potrebbe essere scivolata fuori dalla tasca, o averla presa qualche altra persona.>>

<<Tu hai il ritaglio di giornale?>>

<<Scusa?>>

<<Il ritaglio di giornale del deposito bagagli?>>

Prendo il mio taccuino dal borsone e sfilo la fotocopia dell'articolo. <<L'ho fotocopiato, ho pensato di mettere l'originale al sicuro nel cassetto del mio comodino a casa.>>

Lui liscia il foglio di carta e indica una delle donne nella folla <<Dorothy>> dice.

<<Sì, Freda Latimer me l'ha indicata. Quest'altra è Freda, sulla destra di Dorothy.>>

<<Hai visto cosa indossa?>>

<<Dorothy?>>

<<Sì>> La sua giacca sembra malandata, anche se è parzialmente nascosta dal resto del gruppo in piedi davanti a lei.

<<Guarda da vicino. Cosa ha sul colletto?>>

<<Una spilla. Sì, posso vederla chiaramente, ora che me la fai notare.>>

<<La spilla di Winifred. È per questo che so che l'ha rubata Dorothy. La forma è così particolare, inconfondibile. È dell'epoca vittoriana, è molto rara e molto preziosa.>>

Lui è calmo, i suoi occhi fissi sulla foto.

<<Il giorno dell'attacco aereo Winifred la deve aver messa nella tasca del suo cappotto. Lei disse che poteva averla persa per la via mentre andava in banca per metterla al sicuro nella cassetta di sicurezza. Con tutti i bombardamenti che stavamo vivendo, aveva paura di lasciarla in casa. Le case venivano abbattute ogni settimana, distruggendo tutti i beni posseduti dalle persone.>>

<<Ma avrebbe dovuto tenerla nella borsetta, non era più sicuro che metterla in tasca?>>

<<La borsetta poteva essere rubata facilmente, durante gli attacchi aerei c'era una discreta quantità di furti. Lei deve aver pensato che averla nella tasca fosse il posto migliore.>>

<<Ma questo ritaglio di giornale è vecchio di ventiquattro anni. Se tu lo sai già da tanto tempo, perché hai aspettato tanto? Certamente una volta che lo hai realizzato potevi andare alla polizia.>>

<<No, non è solo questo. Io non lo so. Non ho visto questo ritaglio di giornale sino a che non è morta

Winnie. Stavo mettendo a posto le sue carte. Lei teneva un diario, uno per ogni anno che eravamo stati insieme. Ne ho letti un po', era come sentire la sua voce di nuovo. Ricordi agrodolci.>>

Lui fa una pausa e capisco che sta lottando con i suoi ricordi.

<<Prendiamoci una pausa, Hugh, ho paura che tutto questo parlare ti possa far venire un attacco di tosse di nuovo. Vuoi che dica a Rosetta se ci prepara una bevanda?>>

<<Sto bene. Ho bisogno di andare avanti ora, ora che ho iniziato.>>

<<Va bene, prendila con calma. Io non vado di corsa; inoltre, io non sono una stenografa, lo sai>> dico sorridendo.

<<Il ritaglio è venuto fuori dal diario di Winnie del 1946. Lei lo ha saputo per tutto quel tempo e non me lo ha mai detto.>>

<<Sai perché lei ha taciuto?>>

<<Winnie era così gentile. Sì, lei era coraggiosa, preparata a rischiare la sua vita per il suo paese, ma era la persona più gentile che io abbia mai conosciuto. Lei sapeva che mi avrebbe ferito sapere che Dorothy aveva rubato la spilla. Io mi fidavo di Dorothy, pensavo fossimo amici.>>

<<E ora? Pensi che Dorothy abbia ancora la spilla? È quello che stai sperando?>>

<<No, sono certo che non ce l'ha ancora. Una volta scoperto quello che valeva, deve averla venduta. Quel denaro avrebbe cambiato la sua vita.>>

Alcuni pezzi del puzzle ora sono andati perfettamente al loro posto. Dorothy deve aver venduto la spilla, trasformando non solo la sua vita, ma anche quella di suo fratello. Non c'è da stupirsi che Kenneth sia così desideroso di tenere Hugh e me a distanza.

È anche possibile che il litigio tra Freda e Dorothy possa avere a che fare con l'improvviso cambiamento di fortuna della famiglia Elm. Il contatto di Libby aveva anche detto qualcosa riguardo 'delle voci'. Quando una famiglia va dalla povertà all'agiatezza dal giorno alla notte c'è sempre la possibilità che la gente sospetti che i guadagni illeciti siano al centro di tutto.

<<Perché hai detto che Dorothy potrebbe essere in pericolo?>>

<<Io ho pensato che avresti messo più energia nella sua ricerca>> mi dice sorridendo.

<<Mm, non sono sicura di come mi sento per questo, ma quello che è fatto è fatto. Alla fine, ora so la verità. La so la verità ora, vero Hugh?>>

Lui annuisce. <<Ora sono stanco, Janie. Ti dispiace se finiamo qui la conversazione e forse tu potresti tornare di nuovo domani?>>

<<Prima che io vada, puoi giusto dirmi quale è il motivo di questa ricerca? Se tu sai che Dorothy ha preso la spilla e tu sei certo che lei non ce l'ha ancora, perché cercarla?>>

<<Castigo.>>

<<Questa è una parola forte. Che tipo di castigo?>>

<<Una punizione che si adatta al crimine>> lui dice e chiude gli occhi, il che mi fa capire che è venuto il momento di andarmene.

Non avendo conoscenza del diritto penale o della procedura di polizia farei bene a seguire il consiglio di amici e parenti e occuparmi del lavoro giornaliero. Sembra che sia stato commesso un crimine, ma c'è una piccola prova, solo una fotografia sfocata in un articolo di giornale datato ventiquattro anni fa. Inoltre, c'è una forte probabilità che l'oggetto in questione sia stato venduto ed ora potrebbe essere nelle mani di chiunque, in questo paese, o anche all'estero. Se vado dal sergente detective Bright a chiedere la sua opinione rischio di aprire una serie di indagini che potrebbero mettere più di una persona nei guai, inclusa me.

Se capissi meglio le motivazioni di Hugh mi potrebbero essere di aiuto. Forse per lui sarebbe troppo affrontare Dorothy, farle sapere che Winifred conosceva il colpevole da sempre. La moglie di Hugh ha mostrato grande generosità di spirito e amore per suo marito mantenendo il segreto fino alla tomba, o alla fine quello doveva essere il suo piano.

Hugh ha parlato di 'castigo', punizione per il crimine. Mi sto chiedendo se è troppo tardi per tutto questo.

# CAPITOLO 22

Alla conclusione di molti libri di Agatha Christie, Poirot riunisce tutti i possibili sospetti insieme. Lui scorre le prove di fronte a loro e alla fine rivela il colpevole. In questo caso, Hugh mi ha detto chi è il colpevole. Quello che non so ancora è dove lei sia. È ora di studiare tutte le possibilità con Libby e sperare che insieme possiamo trovare la soluzione.

Ci incontriamo da *Jefferson* e non appena abbiamo le bevande davanti a noi gli presento i fatti come li ho capiti.

<<Sei stata occupata>> mi dice, avendomi ascoltato attentamente, annuendo con il capo a intervalli regolari. <<Allora fammi capire bene. La vera ragione per la quale Hugh vuole trovare Dorothy è perché lei ha rubato una preziosa spilla alla donna che Hugh alla fine ha sposato.>>

<<Sì, è questo.>>

<<Ma Hugh suppone che Dorothy abbia venduto la spilla e ormai avrà speso il ricavato. E questo calza con le diverse voci che circolavano e forse è la ragione per la quale Freda è stata schiaffeggiata. Forse lei aveva dei sospetti e ha accusato apertamente Dorothy?>>

<<Sì, questa è una possibilità precisa.>>

<<Io ancora non capisco perché Hugh è seccato, dopo tutti questi anni.>>

<<Suppongo lui si senta che lo deve a sua moglie. Lei ha protetto i suoi sentimenti per tutto quel tempo.>>

<<Mm>> dice Libby, usando la cannuccia per

mescolare il suo frappè, con la sua faccia concentrata.

<<Sto pensando se ci sia un modo con il quale riunire in una stanza tutti insieme Hugh, Dorothy e Kenneth, potremmo forzare una confessione degli Elm>> le dico. <<Significherebbe anche che saremmo a portata di mano per assicurarci che Hugh non si senta male.>>

<<Hai ragione, non mi piacerebbe vederlo trasportato su un'ambulanza in questa fase del gioco.>>

<<Questo non è un gioco, Libby>> tentando un tono di voce severo e fallendo miseramente.

<<Scusa, solo un modo di dire. Comunque, questo è tutto fantasioso. Kenneth difficilmente accetterà e lui è l'unico che può dirci dove vive sua sorella.>>

<<Tutto ciò che possiamo fare è tornare alla mia idea originale. Puntare su Kenneth, seguirlo sperando di trovare questa benedetta donna. Poi ci possiamo tutti rilassare e ritornare alla normalità.>>

<<È un pizzico di impazienza quello che sento nella tua voce, signora investigatore privato? Non ti aveva avvisato tuo padre che essere un detective era tutto un lavoro di pazienza? Guardala in questo modo, potresti finalmente usare la tua macchinetta fotografica>> mi dice, facendo l'occhiolino.

La Mini di Libby ha visto tempi migliori. La ruggine in basso sulle portiere indica che il riscaldamento deve fare gli straordinari per mitigare l'aria ghiacciata che circola intorno ai nostri piedi.

Prima di iniziare, racconto a Greg il nostro piano.

<<Voi avete intenzione di fare un pedinamento?

Caspita, domande come '*Come è stata la tua giornata oggi, cara?*' non sarà mai più lo stesso>> lui dice, il suo viso si atteggia ad un sorriso. <<Seriamente però, tu sarai...>>

<<Attenta, sì. E Libby sarà lì per tenermi d'occhio.>>

<<Non sono sicuro se questo mi fa sentire meglio o peggio.>>

<<Vai e concentrati sulla vittoria di Brighton. Davvero, staremo bene.>>

Avendo controllato i tempi degli interventi chirurgici sappiamo che Kenneth dovrebbe uscire dallo studio veterinario tra poco dopo le 14, ma oltre a questo non ci resta che aspettare e vedere.

<<La tua macchina ha quattro marce?>> Le dico, sperando che lei capisca cosa sto cercando di fare.

<<Molto buffo. A me non piace guidare veloce. Tuttavia, non c'è da correre. Tutto quello che dobbiamo fare è guidare fino dal veterinario sederci di fuori per chissà quanto. Hai portato dei dolci?>>

<<Caramelle alla menta>> le dico, sogghignando.

<<Perfetto>> lei dice, con le mani strette sul volante e la sua attenzione sulla strada da percorrere. Il suo ritmo serpeggiante è in disaccordo con il suo solito comportamento da un miglio al minuto. Vederla dietro al volante è un po' come se fosse un'altra persona. Abitualmente è lei Libby, la procacciatrice, la ragazza vivace con l'intenzione di lasciare il segno nel mondo del giornalismo dominato dagli uomini. Invece questa Libby è cauta, timida, mentre si fa strada tra gli autobus e i furgoni, le sue mani stringono il volante in una classica posizione di dieci e due.

<<Ti dispiace se ti chiedo perché hai comprato una macchina se tu odi così tanto guidare?>>

<<Un reporter ha bisogno di una macchina. Non posso mai sapere dove devo andare per cogliere la prossima grande storia.>>

<<Mm, noi stiamo parlando di Tamarisk Bay e Tidehaven ricordatelo, non una grande metropoli.>>

Prima che lei possa rispondere, vedo una Morris Clubman, parcheggiata davanti all'ambulatorio. <<Guarda, sono sicura che quella è la sua macchina. Accosta qui.>>

Libby parcheggia circa 45 metri dall'entrata dell'ambulatorio, da dove abbiamo una buona visione della porta d'entrata.

<<Caramelle?>> le dico, offrendole la busta delle caramelle.

<<Perfetto, grazie>> mi dice prendendone una. Lei la scarta e butta la carta per terra vicino ai suoi piedi.

<<Cosa stai facendo? Non c'è da stupirsi la tua scrivania era un suggerimento. Hai mai sentito la frase *piccolo zoticone*?>>

<<Questo è il mio spazio personale. Se decido di inquinarlo, è una mia scelta>> dice, facendosi beffa di sé stessa e compiacendosi.

<<Poveretta tua mamma. Posso solo immaginare come possa essere la tua camera da letto.>>

<<Mamma è contentissima di avere la sua sola figlia di nuovo nel nido. Inoltre, lei non entra nel sancta sanctorum>>

<<Paura di prendersi qualcosa?>>

<<Caspita>> lei dice sogghignando.

Un movimento davanti a noi attira la mia

attenzione. Guardo su e vedo Kenneth che sta entrando in macchina.

<<Inizia la partita>> dice Libby, avviando il motore e piano piano si inoltra mentre Kenneth si allontana.

<<Buon lavoro, non stiamo giocando a inseguimenti in macchina>> dico, mentre prendiamo piano la nostra strada giù per la collina dall'ambulatorio in direzione del lungomare. <<Un buon lavoro per la maggior parte della gente è stare a casa davanti alla televisione e non sulla strada.>>

<<Smettila di lamentarti, lui sta solo tre macchine davanti a noi.>>

Proseguiamo lungo il lungomare in direzione di Tidehaven.

<<Se siamo fortunate al primo colpo, ritratto tutte le mie lamentele>> le dico.

<<Non cantare vittoria. Forse sta andando in città per fare shopping?>>

Appena Libby smette di parlare la Morris Clubman rallenta, mettendo la freccia a sinistra e si ferma davanti al giornalaio.

<<Accosta, veloce, guarda sta uscendo.>>

Guardiamo Kenneth che esce dalla macchina ed entra nel negozio. Un momento dopo riesce con una borsa in mano, rientra in macchina e si prepara a ripartire.

<<Facciamo una scommessa?>> dice Libby. <<Stiamo dando la caccia ai fantasmi, o no?>> Il vincitore paga i prossimi frappè.>>

Cinque minuti dopo stiamo seguendo Kenneth in Ludlow Road, che va nell'entroterra dal lungomare fino alla sommità della città. Le strade in questa parte di Tidehaven sono ripide e la maggior parte delle case sono alte diversi piani, con grandi gradini di pietra. Kenneth parcheggia davanti ad una casa a schiera vittoriana dai mattoni rossi. La vernice sul portone e le finestre è scheggiata e ingiallita e non c'è nulla di allegro nei vasi da fiori scuri che sono ai lati della porta principale.

<<Se questo è il posto dove è Dorothy, lei non è certamente una giardiniera>> dice Libby. Noi parcheggiamo dalla parte opposta della casa, forse correndo il rischio di essere viste da Kenneth, se lui decidesse di tornare nella nostra direzione. Guardiamo in silenzio Kenneth che sale le scale e bussa alla porta. Realizzo quando devo essere in apprensione quando il mio singhiozzo all'improvviso decide di arrivare.

<<Ssh>> mi dice Libby, mentre cerco di controllare il mio respiro.

<<Lui non può sentire il mio singhiozzo dall'altra parte della strada, non pensi?>> le sussurro.

<<Perché stai sussurrando allora?>>

Alcuni secondi dopo si apre il portone e appare un giovane. Lui stringe la mano a Kenneth e tutti e due entrano, chiudendo la porta dietro di loro.

<<Oh, accipicchia>> dice Libby <<Paghi tu il frappè, penso.>>

<<Aspetta un minuto, non ho accettato la scommessa.>>

<<Non è un pomeriggio completamente sprecato però.>>

<<Cosa vuoi dire?>>

<<Non è lo stesso tipo attraente che ci ha servito da

*Jefferson* l'altro giorno?>>

<<Tu pensi?>>

<<Io non mi scordo mai di un potenziale rubacuori>> lei dice, facendomi l'occhiolino. <<Alla fine ora so dove vive, forse verrò a trovarlo un giorno, con la scusa di essere una venditrice porta a porta che vende enciclopedie.>>

<<Penso che ti stai scordando la ragione per la quale siamo qui. Stiamo cercando Dorothy, lo ricordi?>>

<<Scusa, ma non puoi biasimarmi per essermi distratta.>>

<<OK, sarebbe stata troppa fortuna trovare Dorothy al nostro primo tentativo. Fagiolino, tu usufruirai della carrozzina di qualità che mi consente il mio budget, dopo tutto>> dico, carezzando con la mano il mio pancione. <<Penso che darò indietro i soldi a Hugh e gli dirò che siamo fuori dal caso.>>

Stiamo sedute per un po' in silenzio, a parte il rumore delle caramelle masticate.

<<Andiamo a casa?>> dice Libby.

<<O forse da *Jefferson* per affogare il nostro dolore? Greg non tornerà prima delle 18.>>

Mentre Libby si prepara a rimettere in moto, si apre di nuovo la porta della casa ed escono tre persone; Kenneth, il giovane che aveva aperto prima la porta, e una donna anziana. Io mi faccio piccola quanto posso nella macchina e sussurro a Libby <<Allontanati, fai finta di non averli visti.>>

Le tre persone entrano nella Morris Clubman e vanno via.

<<Caspita>> dico, rimanendo senza parole.

<<L'abbiamo trovata, Libby, finalmente l'abbiamo trovata.>>

<<Sei sicura?>>

<<Al cento per cento. Sono certa che quella era Dorothy Elm.>>

Libby spegne il motore mentre prendo il taccuino e la macchinetta fotografica dal mio borsone.

<<Non ci crederai, ma mi sono persa l'occasione di fare una foto, di nuovo>> le dico rimettendo la macchinetta nella borsa. <<Almeno fammi prendere alcuni appunti.>>

Giro il foglio sulla sezione *Dove?* Del mio taccuino e scrivo: *Faversham Road 73*. Poi alla sezione *Chi?* aggiungo: *un ragazzo sulla ventina? Ben rasato, capelli lunghi neri, no occhiali, alto, circa un metro e ottanta? Lavora da Jefferson?*

<<E ora?>> dice Libby, guardandomi scarabocchiare.

<<Non ne ho idea. Forse una bevanda e un riepilogo?>>

Torniamo a Tamarisk Bay e parcheggiamo vicino a *Jefferson.*

<<Attente>> dice Richie, appena ordiniamo i nostri frullati. <<Potrebbe diventare una dipendenza.>>

<<Meglio di qualche altra sostanza che io possa mai immaginare>> io dico, rovistando nella borsa per cercare il mio borsellino. <<Richie, hai un minuto?>>

<<Sicuro, è bello avere una scusa per sedersi. Come ve la passate? Come va il tuo pancione?>>

<<Cresce>> gli dico sorridendo.

<<Giornata piena?>> dice Libby, alzando un po' la voce mentre *Pinball Wizard* esplode dal jukebox.

<<Abbastanza piena>> dice Richie, usando un tovagliolo per pulire sul tavolo. <<Sempre bello vedere i miei clienti abituali preferiti però.>>

<<Tu di solito hai un aiuto il sabato, vero?>>

<<Non potrei farne a meno in alcuni giorni.>>

<<Il tizio che ti stava aiutando due sabati fa, è uno fisso, o solo un provvisorio?>>

<<Ray? Sì, lui era qui questa mattina. Io non posso sempre pagarlo per tutto il giorno, inoltre lui ha detto di avere qualcosa da fare, un appuntamento o altro, così se ne è andato subito dopo pranzo. Perché?>>

Il suo sguardo va da me a Libby e poi annuisce con la testa. <<Ah, capisco, dove volete arrivare. Non ho idea se è già impegnato, noi non parliamo delle nostre vite amorose. Ma lui probabilmente sarà qui il prossimo sabato e non vi preoccupate, non gli dirò nulla. Il vostro segreto è al sicuro con me>> lui dice sogghignando.

La porta del caffè si apre ed entrano quattro persone.

<<Mi dispiace, è segno che vi devo lasciare>> dice Richie.

<<OK, stiamo concentrate sul nostro serio problema>> io dico, guardando la testa di Libby che si muove a tempo di musica.

<<Non c'è niente di più serio di un potenziale fidanzato.>>

<<Non mi far ridere. Tu pensi che possiamo persuadere Hugh a venire con noi in Faversham Road?>>

<<Non credo molto che si faccia persuadere. Una volta che conosce l'indirizzo di Dorothy penso che noi

213

non serviamo più.>>

<<Che pensi se non glielo diciamo? Con una scusa gli lasciamo pensare che lo portiamo da un'altra parte, arriviamo a casa di lei e tutto è a posto se lei è in casa.>>

<<E se lei ci farà entrare.>>

<<Ah, sì, anche questo.>>

<<E il mio appuntamento ideale?>> dice Libby, il suo viso si addolcisce in un'espressione sognante.

<<Lui è probabilmente un visitatore occasionale.>>

<<Lui può occasionalmente venirmi a trovare quando vuole>> dice Libby, sogghignando.


Greg è euforico quando rientra proprio prima delle 18. Sono a casa da un po' e i preparativi per la cena sono già in corso.

<<Tre a zero, tre a zero>> lui canta, prendendomi tra le braccia e facendomi ballare intorno alla cucina.

<<Magnifico>> gli dico, sperando che non voglia condividere troppi dettagli con me. <<Qualsiasi cosa ti rende così felice ottiene una stella d'oro da me. Io ho solo preparato maccheroni al formaggio, non molto per una cena da festeggiamento.>>

<<Maccheroni al formaggio, la mia bella moglie al mio fianco, e una buona serata in televisione, cosa può chiedere un uomo di più?>>

<<Una birra, forse?>>

<<Piano eccellente>> lui dice, andando al frigorifero. <<Cosa è successo con la sorveglianza che avete fatto oggi? È stata proficua?>>

<<Er, sì>> rispondo, impegnata a preparare la tavola.

<<Pensiamo di aver trovato la casa di Dorothy.>>

<<Pensate solo?>>

<<Siamo abbastanza sicure.>>

<<Quindi, quale è il tuo piano?>>

<<Se ci riusciamo, vorremmo portare Hugh lì. Lui è l'unico che la può riconoscere di sicuro.>>

<<Che ne pensi di domani?>> lui dice, togliendosi gli stivali.

<<Bene sì, sarebbe splendido, perché, cosa farai domani?>>

<<Alex si è offerto di venire e dare un'occhiata al rubinetto del bagno che gocciola. Probabilmente dipende dalla lavatrice o qualcosa altro, ma noi potremmo dover chiudere l'acqua. Ti stavo per suggerire di andare da tuo padre. Ma forse tu puoi persuadere il tuo cliente per fare una passeggiata domenicale.>>

Tutto quello che spero per ora è che Libby sia contenta di sacrificare la sua domenica e che entrambe riusciamo a fare incontrare Hugh e Dorothy senza che succeda il finimondo.

# CAPITOLO 23

Rosetta Summer non è convinta che un freddo giorno di dicembre sia consigliabile per una *'bella passeggiata domenicale'*. È possibile che Hugh abbia capito il mio stratagemma, e se lo ha fatto, lo sta nascondendo bene. Rosetta si agita intorno a lui suggerendogli di indossare il suo cappotto più caldo, una folta sciarpa intorno al collo e il basco sulla testa.

<<Noi staremo in macchina per lo più, e il riscaldamento è abbastanza efficiente.>> Dico per rassicurarli entrambi. Non è stata una decisione facile da prendere. Avremmo faticato per far entrare la stazza di Hugh sul sedile posteriore della Mini di Libby, e Fagiolino certamente mi impedisce di stringermi in qualsiasi posto. Libby aveva ammesso volentieri che la combinazione di un freddo sotto zero che penetrava attraverso le porte della sua auto, e di un fragile individuo con un grave problema al petto, poteva provocare qualche guaio.

<<Comunque a Greg non occorre la nostra macchina oggi>> le spiego. <<Perché pensi che lui ami così tanto la nostra casa?>>

<<Perché il pub è a quattro minuti di strada?>>

<<Esattamente.>>

Facciamo entrare Hugh in macchina e ci dirigiamo verso il lungomare. Una delle cose meravigliose per cui vivere in una località balneare è di essere in grado di goderselo in inverno. Nei giorni d'estate ci nascondiamo, mentre la cittadina è invasa da escursionisti che vengono da Londra. Loro si mettono in coda fuori dai negozi di *fish e chip*, perdono i loro penny e sterline giocando nel parco divertimenti sul molo, e affollano la spiaggia ghiaiosa indipendentemente dal tempo. Ma quando arriva l'inverno, la cittadina torna di nuovo degli abitanti locali. Oggi tutto il percorso del lungomare è popolato di cani al passeggio, gente anziana che si gode la domenica pomeriggio con una passeggiata salutare, e le famiglie che si concedono un po' di svago.

<<Mi state portando a vedere Dorothy, vero?>> dice Hugh, facendomi ricordare il tranello ordito con le mie socie complici. La sua domanda mi distrae per un momento e devo frenare bruscamente perché un giovane scende improvvisamente dal marciapiede, proprio mentre la mia macchina sta sopraggiungendo. Suo padre lo tira indietro, strattonandolo per un braccio, urlando contro di lui. Non capisco le parole, ma la faccia arrabbiata del padre e le lacrime istantanee del ragazzo lasciano capire la situazione.

<<Scusate tutti>> dico, mentre procediamo dolcemente in avanti.

<<Ti è permesso guidare?>> mi dice Hugh, girandosi verso di me. Lui è seduto davanti, e Libby è sul sedile dietro di lui.

<<Il ragazzo mi ha preso di sorpresa>> gli dico, il mio viso arrossisce.

<<Non stavo insinuando che sei una cattiva guidatrice>> Hugh continua, leggendo nella mia mente. <<Sì è solo per il tuo bambino...>> lui si ferma, forse sforzandosi di trovare la frase più appropriata.

<<Hai ragione, non ci vorrà molto tempo prima che lo spazio tra Fagiolino ed il volante sarà inesistente.>>

<<Come farai con il furgone?>> interrompe Libby dal sedile di dietro. <<Dovrai smettere di lavorare alla biblioteca?>>

<<No sicuramente, forse. Anche se ho un piano astuto che coinvolge tua nonna>> le dico, guardando gli occhi di Libby dallo specchietto retrovisore.

<<Non hai risposto alla mia domanda riguardo Dorothy>> dice Hugh, con una irritazione nella voce che non avevo mai sentito prima.

Sono tentata di non rispondere dato che siamo quasi arrivati a destinazione. <<Non siamo certi di niente per ora, Hugh. Riteniamo che la casa dove stiamo andando sia dove vive Dorothy. Se noi abbiamo ragione, c'è una piccola possibilità che lei sia in casa e anche una minima possibilità che lei ci apra la porta.>>

Lui non risponde, ma inizia a tossire. La tosse è rauca e persistente. Si sforza di riprendere fiato e quando respira si sente un forte rantolo provenire dal suo petto. Appena vedo uno spiazzo al lato della strada, mi fermo. Libby immediatamente salta fuori dalla macchina, apre lo sportello del passeggero di Hugh e si abbassa al suo livello. Guardiamo la faccia contorta di Hugh e ci scambiamo un'occhiata, condividendo preoccupazione reciproca e paura. Una immagine mi attraversa la mente di me seduta nella stanza degli interrogatori della polizia, che cerco di spiegare al sergente detective Bright perché stavo portando un uomo ammalato in giro per le strade di Tidehaven in un pomeriggio di domenica con il freddo pungente, e che quello che ho detto o fatto ha provocato la sua morte.

Ma per fortuna, sembra che non succederà, almeno non in questa occasione, gradualmente Hugh riprende il controllo del respiro e la tosse si calma e poi scompare completamente.

<<È meglio che ti riportiamo a casa<< dico, guardando Libby, che annuisce d'accordo.

<<No>> dice Hugh, fermamente. <<Starò bene, veramente. Ma puoi togliere il riscaldamento alla macchina?>>

Hugh ha ragione. Sono stata così attenta a tenerlo al caldo che non ho realizzato quanto fosse diventata soffocante l'aria nella macchina. È stato solo quando Libby ha aperto la portiera e l'aria fresca è entrata dentro, che Hugh è riuscito a riprendere il controllo del suo respiro.

<<Se troveremo Dorothy, speriamo che non viva in una casa calda>> dico, allegramente, cercando di disperdere la tensione.

Cinque minuti dopo parcheggiamo sul lato opposto di Faversham Road 73.

<<È questa la casa?>> chiede Hugh. <<Ho aspettato da tanto tempo questo giorno.>> La sua voce è carica di emozione. È come se si stesse per riunire con l'amore perduto e tuttavia tutto quello che mi ha detto su Dorothy suggerisce ben altra cosa.

<<Voi due aspettate qui, o meglio ancora tornerò da solo a casa. Posso prendere un taxi>> lui dice, girandosi per aprire la portiera.

<<Oh, no, non devi>> gli dico. <<Non siamo arrivate fino qui insieme per lasciarti ora. O andiamo insieme o nessuno.>>

Lui borbotta e si risistema sul sedile. <<Ho bisogno

di fare questo da solo. La conversazione che ho in mente di avere con Dorothy è privata. Io volevo che tu me la trovassi e lo hai fatto. Io ti sono grato per questo e ti pagherò, come promesso. Ma ora ti devo chiedere di andartene. Per essere brutalmente sincero, la discussione che devo avere con Dorothy non sono affari tuoi.>>

<<Mi dispiace, Hugh>> gli dico <<ma tu li hai fatti diventare affari miei.>>

Mi giro verso Libby e le indico di uscire dalla macchina. Andiamo dalla parte di Hugh e gli apro la portiera.

<<Ti vuoi unire a noi?>> gli dico, felice di avere il controllo della situazione che potrebbe facilmente prendere una piega sgradevole in qualsiasi momento.

Hugh ci guarda, chiaramente scontento. Dopo alcuni momenti di silenzio generale, lui dice <<Non mi avete dato molta scelta. Facciamola finita.>> Lui allunga le gambe fuori dalla macchina e si alza in piedi.

<<Ti senti bene?>> gli chiedo, conscia del fatto che sembra pallido.

Lui scuote la testa, ma non risponde.

Prendendo il comando, attraverso la strada, Hugh mi segue e Libby viene dietro. Ora che sono vicino alla casa, il suo cattivo stato è ancora più evidente. I vasi delle piante posti ai lati della porta d'entrata sono scheggiati e coperti di muffa. Alcune foglie marroni sono sulla terra in uno dei vasi e l'altro è vuoto, a parte qualche ramoscello spezzato. La pittura della porta una volta doveva essere stata bianca, ma ora è di varie tonalità di crema torbida e giallo opaco. Con l'aria salmastra che per tutto l'inverno viene dal lungomare le case hanno bisogno di essere ridipinte spesso, ma questo edificio non appare rovinato solo per questo motivo. Sull'uscio non c'è un battaglio, solo un cicalino tondo, con un segno sotto che indica, *spingimi.* Guardo Libby prima di spingerlo, la sua faccia riflette l'apprensione che anche io sto sentendo. Non pare sia scaturito nessun suono dal cicalino, quindi lo premo di nuovo. È possibile che il campanello suoni in fondo in qualche parte dell'abitazione, in questo caso la mia doppia suonata non sarà un buon inizio con Dorothy.

Dopo alcuni momenti, durante i quali ho trattenuto il respiro, sento dei passi. C'è il rumore di una catena che viene tolta e quindi si apre uno spiraglio della porta, abbastanza per avere una conversazione, ma non abbastanza da farmi vedere la persona che è dall'altra parte della porta.

<<Sì, chi è?>> dice una voce di donna.

<<Ci scusi, ma stiamo cercando Dorothy Elm>> io dico.

<<Ha sbagliato casa>> lei dice e rapidamente chiude la porta di nuovo.

<<Grande<< dice Libby. <<Ed ora?>>

Fino a questo momento, Hugh era stato dietro di me, sul secondo gradino della piccola scala di pietra che conduce alla porta d'ingresso. Ora si muove in avanti, mettendo una mano sulla mia spalla, indicandomi di stare da parte. Faccio un passo indietro, lasciando libero il gradino più in alto e guardo mentre preme di nuovo il cicalino, con fermezza.

Ancora una volta sento togliere la catena e vedo lo spiraglio di porta aprirsi.

<<Se non andate via, chiamerò la polizia>> dice la donna.

<<Questo andrebbe bene per me, Dorothy>> dice Hugh. <<Fallo pure. Abbiamo molto da dirgli, non è vero?>>

C'è un silenzio, da entrambi le parti. Per alcuni momenti è come se tutto il mondo si fosse ghiacciato, nessuna macchina che passa e il solo suono è quello lontano di un gabbiano. Poi c'è di nuovo il rumore della catena, e la porta si apre completamente facendo vedere una donna di circa cinquanta anni, con una vestaglia fantasia, legata strettamente intorno alla sua vita snella. Sopra la vestaglia indossa un cardigan spesso con uno o due fori vicino al collo, dove una falena o due hanno festeggiato. Dal polsino di una delle maniche del cardigan sporge un bordo di un fazzoletto. Il suo volto ha una espressione tesa con le labbra tirate, un'espressione acida nei suoi occhi.

<<Hugh>> lei dice, una fragile enfasi sulla singola parola.

<<Sì>> lui dice, con un tono denso di emozione.

<<Io sono Janie Juke e questa è Libby Frobisher. Noi siamo amiche di Hugh>> le dico, porgendole la mano.

Lei è in piedi con entrambe le mani nelle tasche della vestaglia, lasciando tutti e tre noi schiacciati nella zona appena dentro la porta d'ingresso.

<<Ci dispiace dell'intrusione, oltretutto di domenica, ma possiamo entrare?>> dice Libby.

<<Amiche, eh?>> dice Dorothy, valutando Libby e me come se stessimo facendo audizioni per una parte

222

in una commedia. <<Hai pensato che avevi bisogno di rinforzi, vero Hugh?>>

Hugh sembra che abbia perso la capacità di parlare o muoversi.

<<Signora Elm, potrebbe essere più semplice se non avessimo questa conversazione nel suo corridoio?>> le dico, mettendo la mia mano sulla schiena di Hugh per cercare gentilmente di farlo andare avanti.

<<Chi ha detto che stiamo per avere una conversazione?>> dice Dorothy. <<E non mi chiamo signora Elm. Elm era il mio cognome da nubile.>>

<<Ti sei sposata?>> dice Hugh, finalmente sembra che abbia ritrovato la sua voce.

Dorothy non risponde, ma si gira ed inizia a camminare lungo il corridoio inoltrandosi nella casa.

<<Visto che siete qui, tanto vale che entriate>> lei dice.

La seguiamo nel corridoio buio e attraverso una porta, che introduce in una sala da pranzo. Al centro della stanza c'è un largo tavolo ovale di mogano, con sei sedie posizionate ai lati. Le sedie sono scompagnate sono differenti come forma e misura. In mezzo al tavolo c'è un piccolo centrino sopra al quale si trova una ciotola in vetro per la frutta, contenente una singola mela raggrinzita.

Dorothy scansa una sedia e si mette a sedere. Accettando il suo invito Libby anche si accomoda ed anche io mi siedo di fronte a lei, lasciando solo Hugh ancora in piedi.

<<Io avrei preferito venire da solo>> dice Hugh.

<<Non ti sei potuto liberare delle tue giovani

seguaci, eh?>> dice Dorothy, con un sogghigno nel viso.

<<La signora Juke e la sua amica sono state molto gentili con me>> dice Hugh.

<<Ci scommetto>> il sarcasmo nella voce di Dorothy è evidente.

<<Voi due avete molto da discutere, intanto io e Libby potremmo preparare una bevanda per tutti? Le dispiace se traffichiamo nella sua cucina, signora...?>> Io dico, non sapendo come chiamarla e temendo di usare un nome che forse non sarebbe ben accolto.

<<Mi puoi chiamare Dorothy. Non c'è latte, ma se vi va bene il tè nero, per me va bene. La cucina è in fondo al corridoio, la seconda porta a destra.>>

Dorothy ci fa uscire, chiudendo la porta dietro di noi.

# CAPITOLO 24

Libby ed io ci soffermiamo per un momento nel corridoio, rimanendo ferme il più possibile con il viso rivolto verso la porta chiusa.

<<Puoi sentire cosa stanno dicendo?>> lei sussurra.

Scuoto la testa e prendo la sua mano, e la porto in cucina.

Le dimensioni della cucina di Dorothy renderebbero invidioso qualsiasi chef. Ci sono armadi che dal pavimento al soffitto coprono quasi tutto lo spazio disponibile, ad eccezione di quello occupato da grandi fornelli a gas e anche da un frigo di grandi dimensioni. C'è una piccola finestra sopra il lavandino, con le tendine che hanno conosciuto giorni migliori. Con poca o quasi nulla luce naturale che entra, la stanza è oscura e poco invitante. Immagino come sarebbe differente con una luce vivace, un forno acceso per fare torte e biscotti, riscaldando l'ambiente e riempiendo tutta la casa con odori di cannella, vaniglia e spezie miste. Questo pensiero mi fa rimbombare lo stomaco.

<<Hai intenzione di preparare le bevande? O torniamo indietro di nascosto e aspettiamo dietro la porta in caso la conversazione si scaldi?>> mi dice Libby.

<<Guarda se puoi trovare il caffè>> le dico, aprendo alcuni mobili. <<Pentole e padelle, piatti, bicchieri, ma niente cibo. Pensavo di essere pessima nella tenuta degli armadi, ma Dorothy mi supera.>>

Apro il frigorifero, che ha un vasetto chiuso di senape, una latta di fagioli al forno in parte usata e qualche carota ammuffita.

<<Lei ha ragione riguardo al latte>> dice Libby, facendo capolino nel frigo mentre tengo la porta aperta. <<Io metto su il bollitore e poi abbiamo l'opportunità di andare ad esplorare.>>

<<Esplorare?>>

<<Sì, possiamo ficcare il naso in alcune delle altre stanze, mentre Dorothy e Hugh sono così occupati a parlare. Tu non puoi mai sapere cosa puoi trovare.>>

<<Tu sei peggio di me.>>

<<Io sono una giornalista, ricordatelo.>>

<<Mm, va bene. Ma non toccare nulla, qualsiasi cosa fai.>>

<<Porti la tua macchinetta fotografica?>>

<<Oh, caspita, non ci posso credere. L'ho lasciata nella borsa e la mia borsa è nella sala da pranzo. Grande, un'altra opportunità di fare foto persa.>>

<<Non ti preoccupare, usa la tua forza di osservazione e la memoria. Tu vai nella stanza di sinistra, io andrò in quella di destra e ci rincontriamo qui tra due minuti.>>

<<Due minuti?>>

<<Sì, è quanto ci metterà il bollitore, entro quel tempo Dorothy si aspetta che ritorniamo. Non vogliamo che ci venga a cercare, vero?>>

La stanza dove entro sembra una specie di studio. Alle pareti ci sono delle librerie e nel centro della camera c'è una scrivania vecchio stile, fatta di mogano o simile, con sopra un registro in pelle verde, con un blocco per scrivere. Apro alcuni cassetti, cercando di fare il più piano possibile. I cassetti sono vuoti, come pure le librerie. Ma in un angolo della stanza c'è una pila di scatole di cartone, ognuna chiusa con nastro adesivo e una grande cassa del tè in legno, che sembra piena di documenti e riviste.

Supponendo che i miei due minuti siano passati ritorno in cucina dove trovo Libby, che sta mettendo l'acqua calda in due tazze.

<<Niente?>> le chiedo.

<<È strano, C'è un salotto, ma le poltrone ed il divano sono coperti con un lenzuolo, le parenti non sono dipinte, nemmeno un orologio. Non sembra che sia una stanza in uso. E tu? Hai trovato nulla?>>

<<No, niente. Il suo studio è vuoto, una barriera di scatole. Niente sulla scrivania, né ornamenti, né foto.>>

<<Hai aperto i cassetti? Pensavo che avessi detto di non toccare nulla?>>

<<L'ho fatto, ho solo aperto i cassetti. Guarda, portiamogli le bevande e vediamo se riusciamo a scoprire di cosa hanno parlato.>>

Seguo Libby verso la camera da pranzo e mentre ci avviciniamo sentiamo la voce di Dorothy, acuta e penetrante. *'Nessuno ti crederà mai'* lei urla.

Io non aspetto la risposta, ma apro la porta e trovo Dorothy in piedi, con il braccio alzato e un'espressione cattiva sul suo viso. Hugh è seduto all'estremità del tavolo da pranzo, fissando Dorothy come se fosse stato pugnalato.

<<Qualcuno vuole bere?>> dice Libby, allegramente.

Loro si girano a guardarci ed io esito sulla porta, chiedendomi chi dovrà fare la prossima mossa.

<<Stiamo andando via>> dice Hugh. <<Io tornerò,

Dorothy. Puoi contarci.>>

<<Fa quello che vuoi, non farà alcuna differenza ora>> lei dice, andando verso Libby e tenendo la porta aperta.

Una volta che tutti e tre siamo in macchina, mi giro verso Hugh e noto che sta scuotendo la testa.

<<Cosa è successo tra voi due?>>

<<Non ne voglio parlare. Portami solo a casa, per favore.>>

<<A casa? Alla pensione, vuoi dire?>>

Lui annuisce e distoglie lo sguardo da me e osserva fuori dal finestrino, ma ho la sensazione che non stia guardando nulla mentre ritorniamo a Tamarisk Bay in silenzio; il risultato della nostra visita ha creato più domande che risposte.

Riportiamo Hugh alla pensione, con un cenno di avvertimento a Rosetta. Lo vediamo salire piano le scale verso la sua camera da letto, le sue spalle e la testa piegate in avanti. Per un uomo che non è estraneo a grandi prove di coraggio, oggi sembra come se non avesse perso una battaglia, ma l'intera guerra.

Un buon odore mi accoglie quando apro la porta di casa.

<<Come sapevi cosa stavo sognando di trovare mentre tornavo?>> dico, andando in cucina.

<<Telepatia. Tutte le persone complici tra loro ce l'hanno, lo sai>> dice Greg, prendendo il mio cappotto e la sciarpa e facendomi segno di sedere. <<Una o due?>>

<<C'è bisogno di chiederlo? Due, naturalmente.>>

Fa scivolare un piatto verso di me con due frittelle calde, il burro ancora fuso in una pozza gialla al centro di ognuna.

<<Sapevo che c'era una ragione per la quale ti ho sposato>> gli dico, dandogli un bacio appiccicoso sulle labbra, dopo aver preso il primo morso.

<<Come sta la mia moglie super-investigatrice? Ha funzionato il piano? Avete localizzato l'inafferrabile Dorothy?>>

<<Lasciami finire queste fino a che sono calde e poi ti racconto tutto. Riguardo Alex, non abbiamo più il gocciolio ora?>>

<<Rubinetti tutti a posto e funzionanti, madame. Noi gli dobbiamo qualcosa per ringraziarlo. Gli comprerò una birra, ma non accetterebbe mai soldi. Forse lo possiamo invitare una sera a cena?>>

<<Ha una fidanzata?>>

<<Non che io sappia. Perché, non hai intenzione di fare abbinamenti, vero?>>

<<Non penso che lui sia il tipo di Libby ma oltretutto, ho la sensazione che il cuore di Libby sia attualmente occupato da qualcun altro, ma Becca è dovuta tornare a casa dall'università, vero?>> io dico, sorridendo. <<Dì quello che vuoi, che ne dici se invitiamo Alex e Becca e tua madre e tuo padre allo stesso tempo. Così possiamo anche parlare di padrini e vedere se tuo padre è ancora felice di darci una mano a decorare la stanza di Fagiolino. Non hai detto che si era offerto?>>

<<OK, sembra bello. Parlerò con loro. Ora andiamo, raccontami cosa è successo con Hugh, non farmi stare sulle spine. Quasi mi piace l'idea che mia moglie sia

una investigatrice, è come avere pronta una serie televisiva da passarci una serata.>>

Spingo il mio piatto vuoto da un lato e tiro fuori il taccuino.

<<Chi lo avrebbe mai pensato?>> lui dice, interrompendomi.

<<Cosa?>>

<<Guardarti, che fai una lista, segui un sistema.>>

<<Cosa vuoi dire? Sono bravissima nei sistemi, è per questo che sono una grande bibliotecaria>> gli dico, difendendomi.

<<È un peccato che non lo applichi in tutti gli aspetti della tua vita, come nella lista della spesa per esempio>> lui dice sogghignando. Mi sta prendendo in giro per la settimana passata quando ho fatto una lista, ma sono andata a fare la spesa senza prenderla e siamo rimasti senza burro per tre giorni.

<<Punto assegnato.>>

<<Così, avevamo ragione, quella era la casa di Dorothy e Hugh l'ha convinta a farci entrare. Poi, mentre loro due parlavano, ossia, più che parlare discutevano. Libby ed io siamo andate in esplorazione.>>

<<Per esplorare o piuttosto ficcare il naso?>>

<<Doveva essere fatto. Ma che ne pensi di questo? Il luogo dove sta Dorothy sembra come se non ci vive nessuno. Non c'erano generi alimentari nella credenza, niente cibo nel frigorifero. In entrambe le stanze che abbiamo guardato tutte le cose sono imballate in scatole. Può qualcuno vivere in questo modo?>>

<<Non credo proprio.>>

«Così, cosa pensi che voglia dire?»

«Questo è il punto, non credi? Loro non possono vivere in quel modo, a meno che non stiano progettando di non vivere più lì. Forse stanno pianificando di trasferirsi?»

# CAPITOLO 25

Quando ho aperto le porta del furgone della biblioteca la mattina seguente l'ultima persona che mi sarei aspettata di vedere entrare era Dorothy. Lei entra si presenta al bancone, guardandomi direttamente. Il suo cappotto color cammello ha un segno di sporcizia sul colletto ed un bottone è appeso ad un filo. Intorno al collo ha una sciarpa di lana marrone e indossa un basco marrone, che mi fa pensare all'uniforme della scuola.

<<Allora come ti ha imbrogliata?>>

<<Scusi?>>

<<Il tuo vogliamo chiamarlo *amico*, Hugh Furness.>>

<<Signora...>> io esito.

<<Sono diventata la signora Madden, ma come ho detto ieri, mi puoi chiamare Dorothy. Io non sono come alcune, con le loro arie sofisticate.>>

<<Dorothy, non sono troppo sicura di cosa lei pensi o sappia ma l'amicizia tra Hugh e me è un fatto privato.>>

<<Scommetto che lo è. Tuo marito ne è al corrente, vero?>>

<<Non mi piace il tono della sua voce, Dorothy. Forse le piacerebbe sedersi un momento e possiamo ricominciare tutto da capo. Potremmo ricominciare con 'Buon giorno'?>>

Metto fuori la seconda sedia da dietro il bancone e gliela porgo.

<<Sto bene in piedi. Guardandoti quel pancione sei tu che hai bisogno di togliere il peso. Così, andiamo,

dimmi. Ti sta pagando?>> la sua espressione è beffarda, la sua voce acida.

<<Come ti ho detto la mia amicizia con Hugh è un fatto privato.>>

<<Lui è libero con i suoi soldi è il nostro Hugh. Sai che il denaro non è nemmeno il suo? Sua moglie era quella con la famiglia ricca. È stato un colpo fortunato, lei è morta e gli ha lasciato tutto.>>

Con tutti i pensieri che mi girano nella mente, il più forte è come far andare via questa donna sgradevole.

<<Che ne dici di far sapere alcune verità a casa?>> mi dice. <<L'uomo per il quale stai lavorando è un bugiardo.>>

Per la seconda volta mi viene detto di non fidarmi di Hugh.

<<Mi fa piacere che lei sia qui Dorothy>> le dico, decidendo di combattere la menzogna che sembra circondare questo caso. <<Mi piacerebbe farle alcune domande, relative ad una spilla.>>

Mi guarda male prima che un sorrisetto malizioso si diffonda sul suo viso.

<<Quale spilla sarebbe?>>

<<Io penso che lei sappia di cosa sto parlando.>>

<<Perché non me lo spieghi?>>

<<Lei ha rubato una spilla. Fu quando era una contadina, durante la guerra.>>

<<Ha>> lei fa finta di ridere, ma il suono è vuoto.

<<Ora lasciami pensare. Sto calcolando che tu non eri ancora nata, vero?>>

<<Hugh ha la prova. Me l'ha fatta vedere.>>

<<Prova, eh? Devi stare attenta, a lanciare accuse. Potresti metterti nei guai e sono sicura che tuo padre

non lo vorrebbe ora, vero?>>

Il mio cuore inizia a battere fortissimo, come l'adrenalina che passa nel mio corpo.

<<Come ha fatto a trovarmi, Dorothy? Chi le ha detto che lavoravo qui?>>

<<Oh, non è stato difficile trovarti. Tu conosci bene tutto quello che riguarda come rintracciare le persone, lo hai fatto anche tu, vero?>>

<<Kenneth>> le dico, avendo la sensazione di un pezzo del mio puzzle che scivola nel posto giusto. Kenneth deve aver detto tutto a sua sorella. Non deve essere stata una sorpresa per lei quando Libby ed io siamo andate a casa sua. <<Cosa è successo alla spilla, Dorothy?>>

<<Ora, io non penso che questi siano affari tuoi, non pensi?>>

<<Penso che posso farli diventare affari per la polizia.>>

<<Così, la signorina è così sciocca da minacciarmi. Ripensaci, non ne sei abbastanza all'altezza. Fammi indovinare la storia che Hugh ti ha improvvisato. Mi aspetto che ti abbia detto che ho preso qualcosa di così prezioso per sua moglie che l'ha portata alla tristezza ed al letto di morte.>>

Avverto che mi sta iniziando il singhiozzo e comincio a trattenere il respiro per cercare di controllarlo. Dorothy mi lancia uno sguardo interrogativo. <<Non stai svenendo, vero?>> Sembra sinceramente preoccupata, ogni amarezza è andata via dalla sua voce. Mi verso un po' di acqua e mi siedo, mentre lei rimane in piedi.

<<Perché ti sei mischiata in tutto questo?>> mi dice.

«Ora potresti lasciar perdere, fingere di non aver mai incontrato nessuno di noi due.»

Io scuoto la testa, chiedendomi che cosa voglia nascondere così disperatamente. Tutto il tempo che siamo state a parlare non è entrato nessun cliente. Ma ora si apre la porta ed entra Ethel Latimer che si avvicina al bancone.

«Non vorrei disturbare, vedo che sei impegnata» mi dice tranquilla, dando un'occhiata di sbieco a Dorothy.

«Ha bisogno di cambiare un libro?» le chiedo, sapendo la sua risposta perché non ha libri in mano e non ha spazio per uno neanche nella piccola borsetta che porta.

«Le volevo solo far sapere di mamma» mi dice, con un'enfasi sull'ultima parola.

«Posso intrattenermi poco» le dico, consapevole che Dorothy ci sta guardando.

In quel momento Dorothy mi mette una mano sul braccio. «Tu puoi andare a parlare con il tuo amico. Io sono solo venuta per dirti una cosa» mi dice, mentre tolgo il mio braccio da lei.

Prima che io riesca a rispondere lei sta uscendo dalla porta.

«Aspetti non mi hai detto nulla» le dico, cercando di trattenere la disperazione della mia voce.

«Dì a Hugh che non mi vedrà più. Vado via, e questa volta non mi troverà mai» lei dice. Poi apre la porta e se ne va, prima che io possa dire un'altra parola.

«Di cosa si trattava?» mi chiede Ethel.

«Che lei ci creda o no, quella era Dorothy Elm, la

donna che ha schiaffeggiato sua suocera in viso, venticinque anni fa.>>

<<Mio Dio, era lei? Avrei voluto saperlo mentre lei stava proprio qui accanto a me. Le avrei sicuramente detto quello che penso senza sbagliare.>>

Prendo ancora alcuni sorsi di acqua, cercando di calmare le mie emozioni, che sono un misto tra sollievo e frustrazione.

<<Sta bene?>> mi chiede <<è diventata molto pallida. Dorothy è arrabbiata con lei? Sembra che non sia molto cambiata dopo tutti questi anni, ha ancora una brutta indole in lei.>>

Prendo alcuni leggeri respiri e mi sforzo di sorridere per rassicurarla. <<Cosa mi voleva dire di Freda?>>

<<Mi stavo chiedendo se ha avuto occasione di parlare con Phyllis? Si ricorda le avevo detto che loro due avevano parlato dei vecchi tempi.>>

<<No, gli eventi mi hanno sopraffatto. Intendiamoci, sono sorpresa che Phyllis sia venuta a farle visita, lei aveva qualcosa alla caviglia. Zoppicava l'ultima volta che l'ho vista. Non riesco ad immaginare che possa aver fatto su e giù dagli autobus sarebbe stato molto difficile per lei.>>

<<Lei conosce meglio di me Phyllis, ma le dico che non c'è molto che possa fermarla quando lei si mette in testa una cosa.>>

<<Freda le ha parlato ancora? Dell'incidente con Dorothy?>>

<<Di tanto in tanto escono dei pezzi. Lei mischia il passato ed il presente tante volte, così è difficile essere sicuri di quello che cerca di dirti.>>

<<C'è stato qualcosa di specifico?>>

Ethel annuisce. <<Il ritaglio dell'articolo che lei ha lasciato, quello con la foto di entrambe loro. Lei lo ha messo nella copertina della Bibbia. Lei ha sempre vicino al letto la Bibbia, non che io non l'abbia mai vista leggere. Ma questi ultimi giorni lei continua a prendere l'articolo e indica la foto, colpendola con il dito, dicendo 'bugie, erano tutte bugie'.>>

Un investigatore deve mettere prima a fuoco le prove. Supposizioni e dicerie non reggono in tribunale e non sono la base per una colpevolezza. Più tardi nella giornata, quando nel furgone della biblioteca c'è tranquillità, prendo il mio taccuino e leggo le prove concrete che ho raccolto.

Naturalmente, le prove per essere importanti devono essere relative ad un crimine effettivamente commesso. Io ho la prova che Dorothy indossava una spilla che sembra fosse preziosa, ma io ho solo le accuse di Hugh che afferma che la spilla apparteneva alla moglie. Tutto il resto: la supposizione che Dorothy sia in pericolo; il comportamento strano di Kenneth; il ricordo di Freda del suo incontro con Dorothy sono tutti pezzi e pezzettini circostanziali che non si legano molto.

Ho solo un percorso lasciato aperto è ora di affrontare Hugh e dargli un'ultima opportunità per dirmi tutta la verità.

# CAPITOLO 26

Alla pensione di Hugh, Rosetta Summer risponde alla porta, facendomi entrare con un deciso segno della mano.

<<Oh, è bello che lei sia venuta oggi. Il signor Furness è ancora nella sua camera, ma io ho fatto il caffè e lo possiamo prendere tutti insieme>> mi dice.

Il suo saluto è cordiale, ma in questa occasione io ho bisogno di vedere Hugh da solo, per poter parlare liberamente.

<<Grazie, sarebbe bello. Ma potrei parlare un attimo con il signor Furness? Ho alcuni affari personali di famiglia da discutere con lui.>>

<<Naturalmente, naturalmente. Lei è venuta per lui, non per me. Lo capisco>> mi dice, la sua voce esprime una certa delusione, la luminosità svanisce dal suo viso.

<<No, non del tutto. Hugh ed io dobbiamo parlare solo per qualche minuto, poi le piacerebbe unirsi a noi...?>> io esito, realizzando che sto facendo un invito alla povera donna nella sua stessa casa.

Mentre siamo nel corridoio, sento dei passi e guardando in su vedo Hugh, che scende lentamente le scale.

<<Janie>> mi dice, l'atteggiamento del suo corpo è ancora quello di un uomo che è sconfitto.

<<Ho pensato che potremmo avere una veloce chiacchierata>> gli dico <<se ti senti abbastanza bene?>>

<<Oh, sto bene>> mi dice, la sua voce smentisce le sue parole. <<Signora Summer, le dispiace se noi due

usiamo il salotto per la nostra conversazione?>>

<<Vi porterò il caffè>> lei dice, sorridendo educatamente e poi si gira e va verso la cucina.

Hugh ed io ci sediamo uno di fronte all'altro, nelle poltrone di velluto che sono posizionate ai lati del camino.

<<Hugh, verrò subito al punto. Tu mi hai detto molto riguardo al tuo passato, ma penso che ci sia ancora molto che tu non mi hai detto.>> Lo fisso direttamente, studiando la sua reazione.

Lui evita di guardarmi per alcuni momenti, fissando un batuffolo di peluria bianco sui suoi pantaloni grigi e buttandolo sul pavimento. Poi alza lo sguardo su di me.

<<Tu sei astuta. Sì, ti ho ingannato.>>

<<Ho bisogno di più di questo, Hugh, ho bisogno di sapere perché hai voluto farlo. È ora che tu mi spieghi tutto quello che è successo tra te e Dorothy nel lontano 1944.>>

Prima che possa rispondermi si sente bussare alla porta. Mi alzo per aprire ed entra Rosetta, portando un vassoio con una caffettiera, le tazze i piattini ed un piatto di biscotti frollini appena sfornati. Lei poggia il vassoio sulla credenza e lascia la stanza, senza dire una parola.

<<Mi sento colpevole, di aver chiesto a Rosetta di stare fuori dal suo salotto>> dico.

<<Io ti posso dire tutto sulla colpevolezza, mia cara>> mi dice Hugh, chinando la testa, la sua voce densa di emozione.

<<C'è di più della storia che tu hai condiviso con me finora, vero?>>

<<Lo dovevo capire la prima volta che ti ho incontrata.>>

<<Cosa?>> gli chiedo.

<<Io ti ho assunta per la tua tenacia. Io avrei dovuto essere più sincero con te dall'inizio e mi dispiace per questo. Ma alla fine avrebbe fatto ben poca differenza.>> C'è una profonda tristezza, persino disperazione nella sua voce.

<<Niente è ancora finito, Hugh. Ti avevo promesso di trovare Dorothy e l'ho fatto. Ma ora tu devi dirmi la vera ragione per la quale mi hai assunto.>>

Le sue mani sono in grembo e noto che stanno tremando.

<<Circa dopo otto mesi che io e Winnie eravamo sposati ho ricevuto una lettera di Dorothy. Lei mi aveva rintracciato tramite la RAF. Il giorno che la lettera arrivò fu lo stesso giorno in cui Winnie ebbe il suo secondo aborto spontaneo.>>

Ora gli scendono delle lacrime sul viso, lungo i lati del naso, cadendogli sul mento. Mi devo trattenere dall'alzarmi ed andargliele ad asciugare.

<<Mi dispiace, Hugh. Deve essere stato difficile per tutti e due.>>

<<Molto più difficile quando lessi il contenuto della lettera di Dorothy. Lei mi diceva che avevo un figlio.>>

Sopprimo un sospiro, non volendo distrarlo dal rivivere i suoi ricordi dolorosi.

<<Dorothy mi chiedeva soldi. Lei diceva che la vita era molto difficile, dovendo provvedere a sé stessa e ad un bambino. Mi chiedeva di inviarle dei soldi ogni mese. Io non mostrai la lettera a Winnie, ero certo che le avrei spezzato il cuore se avesse saputo che io

avevo un figlio da qualche parte. Risposi a Dorothy, dicendole che naturalmente le avrei mandato dei soldi per aiutarla ad accudire mio figlio, ma in cambio volevo sapere qualcosa del bambino. Gli chiesi una foto, pregandola di dirmi a chi somigliava. Naturalmente, se fossi stato single mi sarei offerto di sposarla, ma le dissi che non era possibile. Le chiesi di farmi sapere dove viveva per poterle fare visita. Volevo conoscere mio figlio.>>

<<Cosa successe? Lo hai incontrato?>>

Lui scuote la testa, e usa il fazzoletto per asciugare il suo viso. Le sue mani stanno ancora tremando e lui guarda lontano, evitando il mio sguardo. <<Dorothy mi rispose che non me lo avrebbe mai lasciato vedere. La lettera era una invettiva, alquanto isterica. Lei diceva che l'avevo tradita sposando un'altra. Tutto quello che voleva erano i soldi e se non li avessi mandati lei avrebbe detto ogni cosa a mia moglie.>>

<<Oh, Hugh>> gli dico, cercando le parole giuste e fallendo miseramente. <<Così, tu la stai pagando da allora?>>

<<Io mandavo i soldi ad una cassetta postale all'ufficio postale principale di Tidehaven. Immaginavo che lei vivesse da qualche parte nelle vicinanze, ma non potevo esserne certo. Winnie deve averlo saputo da sempre. Non riuscivo a comprendere perché lei avesse preso il *Tidehaven Observer*, ma evidentemente lei doveva aver capito qualcosa. Quando lei morì e trovai il ritaglio di articolo, capii che noi avevamo mantenuto il segreto una con l'altro. Venticinque anni di segreti e bugie.>>

Il suo sguardo è basso e la sua voce è quasi un

sussurro. Non posso sopportare di vederlo così giù.

<<Lei si è presa una gran quantità di denaro da te durante questi anni. Penso che tu le abbia detto che ora i pagamenti sono finiti visto che lei si trasferirà?>>

<<Cosa stai dicendo?>>

<<Quando eravamo lì l'altro giorno, nella casa, Libby ed io siamo andate in giro a dare un'occhiata. Tutte le sue cose sono imballate in scatole. Poi Dorothy è venuta da me in biblioteca. Lei mi ha incaricato di dirti che non la rivedrai più. Lei si sta trasferendo e tu non la ritroverai mai.>>

La sua espressione è di panico ora, come se si stesse torturando rivivendo i ricordi. <<Lei mi ha imbrogliato come uno sciocco. Per venticinque anni le ho mandato dei soldi, per aiutarla per sostenere mio figlio. Un figlio che non avrei mai avuto il permesso di incontrare, non sapevo nemmeno il suo nome. Io cercavo di immaginare come fosse, mi chiedevo se mi assomigliasse. Lei non mi ha mai raccontato dei suoi giorni di scuola, i suoi amici, le sue speranze o i suoi sogni. E sai perché?>>

Io non rispondo e lui continua, con il veleno nella sua voce. <<La ragione è, mia cara, è che io non ho un figlio. Che ne dici di questo? Dorothy si è divertita sino all'ultimo. Finalmente, io sono qui con l'opportunità di incontrarlo e lui non esiste.>>

La sua voce è diventata più forte, quasi stridula, il respiro si fa veloce e noto che sta sudando. Poi inizia la tosse, il momento che ho temuto per tutto il tempo. Mentre vado verso di lui per mettergli una mano sulla schiena, per offrirgli il mio conforto, la sua tosse diventa più forte. La porta del salotto si apre e

Rosetta corre dentro.

<<Oh, no>> lei piange. <<Chiamo un'ambulanza?>> Lei sta dall'altra parte di Hugh, che sta cercando di respirare tra un colpo di tosse e l'altro. Io annuisco, i nostri occhi si incontrano sopra la testa di Hugh. Ascolto lei che sta facendo la chiamata dal corridoio, mentre io continuo a massaggiare la schiena di Hugh, parlandogli pacatamente, invitandolo a respirare lentamente, nella speranza che una voce calma lo possa tranquillizzare.

Dopo una metà della sua vita passata con la speranza che un giorno avrebbe incontrato il suo unico figlio, sentirsi dire che non è mai esistito, è il più crudele dei colpi.

# CAPITOLO 27

Dopo un'ora o giù di lì, Hugh è in ospedale ben curato, di nuovo con l'ossigeno e io sto andando al *Tidehaven Observer*. Fortunatamente, Libby è alla sua scrivania.

‹‹Janie›› lei dice, il suo viso si illumina e poi cambia in un cipiglio quando vede la preoccupazione sul mio volto.

‹‹Puoi uscire per un momento?›› le sussurro, avendo già attirato l'attenzione della sua collega della scrivania accanto.

Lei afferra la sua giacca e la borsa e mi segue fuori dal palazzo.

‹‹Dove hai parcheggiato?›› le chiedo. ‹‹Sei venuta in macchina o hai preso l'autobus?››

‹‹Ho guidato, devo andare a Brightport. Una specie di competizione per fare le torte o qualcosa di simile niente di importante. Cosa sta succedendo, Janie, tu sembri veramente esausta?››

‹‹Te lo spiegherò durante la strada.››

‹‹Dove siamo dirette?››

‹‹Faversham Road 73.››

‹‹Bene, ci sono.››

Mentre andiamo a casa di Dorothy informo Libby di tutti gli eventi del giorno, ed anche dell'incontro che ho avuto ieri con Dorothy.

‹‹Che vacca›› lei dice.

‹‹Non ti trattenere›› le dico, compiaciuta.

‹‹Ha fatto credere a quel pover'uomo e lo ha indotto a ingannare la moglie per anni, mandandole i soldi, e tutto per niente. È stato tenuto nella speranza per più di venti anni e adesso lei gli dice che non c'è nessun figlio. Ma tu pensi che Hugh ha un figlio, vero?>>

<<Noi lo abbiamo visto.>>

<<Il tipo sensuale?>>

<<Io sono sicura di questo. Quello che ha fatto Kenneth è stato di tenere Hugh lontano dallo scoprire la verità. In più io penso che il ragazzo non sappia quello che ha fatto la madre per tutti questi anni. Sono così arrabbiata con me stessa per non aver fatto neanche una foto. Se avessi una istantanea di loro tre nella macchina fotografica, Dorothy non sarebbe più in grado di negarlo. Così ora stiamo andando a cercare di ottenere un'ammissione da parte sua.>>

<<Starà bene Hugh?>>

<<Non è un uomo in buona salute e tutto questo tumulto non lo aiuta.>>

Parcheggiamo davanti casa di Dorothy e io sono appena fuori dalla macchina che Libby ha già spinto il cicalino.

<<Sono una ragazza in missione>> mi dice, girandosi verso di me sogghignando.

Sentiamo il rumore della catena, quindi la porta si socchiude.

<<Oh, siete voi due>> Dorothy dice <<questa è una sorpresa.>>

<<Ci faccia entrare Dorothy. Abbiamo delle informazioni che sono a suo vantaggio>> le dico.

Lei toglie la catena, apre la porta completamente e indietreggia per farci entrare.

<<Di che si tratta allora?>> chiede.

<<Non posso parlare con lei stando qui sullo zerbino. Che ne dice di farci cortesemente entrare

nella sala da pranzo?>> le dico.

Lei borbotta, si gira e va lungo il corridoio e noi la seguiamo. Una volta che siamo nella stanza da pranzo, stiamo vicino al tavolo di mogano, dove c'è ancora un'unica mela, ora ancora più avvizzita.

<<Hugh è in ospedale>> le dico, osservandola per vedere la reazione.

Lei alza un sopracciglio e quindi spinge una sedia e si siede. <<Non me ne importa nulla>> lei ci fa il gesto di sederci dalla parte opposta del tavolo.

<<Lui sta molto male, i dottori sono preoccupati per lui>> continuo, ignorando lo sguardo interrogativo di Libby.

<<Cosa c'entra con me?>> dice Dorothy.

<<Veramente vuole che suo figlio perda l'occasione di conoscere suo padre?>> le dico.

<<Quale figlio?>> lei dice.

<<Andiamo Dorothy, non scherzi con noi. Noi sappiamo che ha mentito a Hugh. Lei ha un figlio - suo figlio.>>

<<Come osa chiamarmi bugiarda? Sarebbe meglio se avesse delle prove. Potrei denunciarla per diffamazione.>>

<<Dorothy, ha realizzato che c'è una forte probabilità che Hugh possa morire?>>

<<Dobbiamo tutti morire>> lei dice.

<<Non credo che lei sia una cattiva persona, Dorothy. Questa è la sua opportunità di fare ammenda>> le dico, cercando di rendere la mia voce obiettiva e persuasiva.

<<Perché vuole che faccia ammenda? La mia vita è stata dura. Lui stava bene, con la sua moglie

stravagante e tutti i suoi soldi.>>

Per alcuni momenti nessuno di noi parla. Dorothy mi fissa, come se stesse cercando di valutare le sue possibilità. Affronto il suo sguardo chiedendomi chi di noi sia la prima a cedere.

<<Raymond>> lei dice, con voce alquanto reverenziale. <<Lui è un bravo ragazzo.>>

C'è una delicatezza nella sua voce che non ho mai sentito prima.

<<Hugh non glielo vuole portare via, Dorothy. È questo che la spaventa? È per questo che gli ha mentito?>>

Lei alza le spalle.

<<Lei lo sa che sua moglie ha avuto due aborti spontanei, Raymond è l'unico figlio di Hugh, il suo solo figlio.>>

<<Lei non ha potuto avere figli, ma lei aveva un marito, vero? Quello è più di quanto ho avuto io.>>

<<E il signor Madden?>> se ne esce fuori Libby.

<<Non c'è mai stato un signor Madden. Quando tornai qui, ero in stato interessante di Raymond, dovevo giustificarlo in qualche modo. Dissi a tutti che avevo conosciuto un pilota, lo avevo sposato, poi lui era morto in guerra. Era un vero eroe di guerra.>>

<<È quello che crede anche Raymond? Che suo padre era un eroe di guerra?>> chiede Libby.

Dorothy annuisce.

<<Bene è abbastanza vero>> io dico. <<Hugh è stato un eroe di guerra. Volando per missioni pericolose, mettendo a rischio la sua vita.>>

<<Ho fatto l'errore di prendere il nome da nubile di mia madre>> lei dice, la sua voce è seria di nuovo.

<<Poi alcune ficcanaso si sono insospettite, mi hanno accusato. Ma io l'ho messe subito a posto.>>

Mi viene in mente il viso di Freda Latimer, un altro pezzo di puzzle va al suo posto.

<<Ancora ama le sue poesie Dorothy?>> le chiedo.

Lei spalanca gli occhi, ed io colgo un fremito nella sua voce. <<Poesie? Cosa ho a che fare con le poesie?>>

<<Lei le scriveva, vero? Hugh mi ha detto quanto amava stare a sentire mentre lei gli leggeva i versi.>> Faccio una pausa, guardando la sua reazione.

<<Ero giovane, con idee fantasiose. La vita ti insegna ad indurirti. Lei aspetti e vedrà>> dice, gesticolando verso il mio pancione.

<<Non far conoscere il padre a suo figlio è l'azione di una persona vendicativa. Non sia quella persona Dorothy. Ritrovi la dolcezza che era nel suo cuore tanti anni fa. È ancora lì da qualche parte, vero?>>

<<È dura essere una madre, più dura ancora quando sei da sola. Se non avessi avuto Kenneth...>> lei si ferma a metà frase, lo sguardo si allontana da noi verso le finestre. L'ombra di una nuvola scura passa attraverso la casa, bloccando fuori la luce sbiadita, così che ognuno di noi diventa una silhouette contro il cielo invernale. Abbiamo raggiunto un vicolo cieco.

<<Noi ce ne stiamo andando, Dorothy. Ma prima di andare, le chiedo un'altra volta di cogliere questa occasione ed essere onesta con suo figlio. Lui la ringrazierà per tutti gli anni a venire e penso che lei nel suo cuore lo sappia.>>

Lei si alza e come se fosse un uomo d'affari si dirige verso la porta, aprendola e facendoci il gesto di precederla.

<<Ci penserà seriamente? Prima che sia troppo tardi per tutti voi?>> le dico, afferrando la mia ultima opportunità per persuaderla.

Non riesco a vedere la sua reazione, se davvero ce ne è stata una, perché dopo pochi momenti ci sta facendo uscire dalla porta, senza altre parole.

<<Come ti sembra che sia andata?>> mi chiede Libby, appena entriamo in macchina.

<<Tu eri sorprendentemente silenziosa.>>

<<Ho pensato che avevi il controllo della situazione. Tu sei più brava a restare calma, così ho deciso che era meglio non attaccare e rovinare tutto.>>

<<Io non mi sentivo calma. Mi sentivo furiosa, ad essere onesta. OK, certo Hugh ha sbagliato, dicendo bugie, mantenendo segreti. Ma quando si parla di disonesti penso che Dorothy possa vincere il primo premio. Povero Raymond.>>


Sembra che il mio potere di persuasione sia più che adeguato.

Mi sarebbe piaciuto essere presente quando Dorothy ha detto a suo figlio la verità sul padre, per sentire come ha spiegato il fatto che Hugh l'ha aiutata finanziariamente per venticinque anni, senza poter incontrare il suo solo figlio. Ma mi basta sapere che, alla fine, padre e figlio si incontreranno. Il biglietto che mi avvisava di questo felice sviluppo è lì, sullo zerbino di mio padre, con il resto della sua posta. È stato consegnato a mano, ma non c'è traccia di chi l'ha scritto, o messo nella feritoia per le lettere che è sulla porta. Ho appena due ore di tempo per andare all'ospedale con Libby, così finalmente potrò essere presente, anche se brevemente, quando Hugh incontrerà suo figlio per la prima volta.

Quando Libby ed io incontriamo Raymond nell'atrio dell'ospedale, sono colpita dal suo contegno, che è educato, quasi cavalleresco, in netto contrasto con la scontrosità di sua madre. Libby è presa completamente in un altro modo. Lei ha passato le ore precedenti preoccupandosi del trucco, girando il collo del cappotto in su e poi di nuovo in giu.

<<Tu lo sai perché stiamo incontrando Raymond, vero?>> le dico.

<<Naturalmente lo so.>>

<<Spero che la sua mente sia concentrata su altre cose piuttosto che sulle donne.>>

<<La prima impressione e quella che conta>> lei dice, prendendo uno specchietto dalla borsa e controllando il rossetto per un centinaio di volte.

Lui arriva puntualmente, indossa un pantalone verde scuro, stivali da cowboy e un maglione Aran color crema. Ho un momento di perplessità pensando che una volta che è al capezzale di suo padre potrebbe sudare con quel maglione. Nelle due precedenti occasioni che lo avevamo visto i suoi capelli erano sciolti, ma oggi li ha tirati indietro in una coda di cavallo, accentuando la sua mascella forte e le basette scure. Lui cammina verso di noi allungando la sua mano e stringendo prima la mia e poi quella di Libby. Noto che lei trattiene la sua mano un momento più a lungo del necessario e lui le sorride. Posso già immaginare la conversazione che avremo nel nostro viaggio di ritorno, quando si diletterà nel replay di ogni secondo dell'incontro.

C'è una tensione crescente mentre camminiamo nel corridoio per andare al reparto di Hugh. Io ho chiesto consiglio al dottore di Hugh sulla via migliore da seguire per questo primo incontro. Avendogli spiegato quanto possa essere emozionante per lui, siamo stati consigliati di preavvisare Hugh, solo all'incirca un'ora prima dell'arrivo di Raymond. Naturalmente c'era una possibilità che Raymond non si presentasse e quindi la delusione per Hugh sarebbe stata impossibile da sopportare.

Ho avuto un breve incontro precedente con Hugh per informarlo di quanto stava per accadere, ma non mi scorderò mai la sua espressione quando gli avevo detto che era finalmente vicino ad incontrare suo figlio. In questo modo ha avuto il tempo di assorbire la notizia.

<<Sta venendo a trovarti, Hugh. Sarà qui tra circa un'ora.>> Tenevo la sua mano mentre parlavo e potevo sentirla tremare. La giovane infermiera che era stata così gentile con me quando Hugh era stato l'ultima volta in ospedale, era presente e vigile, monitorando il respiro di Hugh. La maschera d'ossigeno doveva rimanere al suo posto, così lui non poteva parlare, ma lo splendore nei suoi occhi parlava per lui. Hugh aveva fatto errori nella sua vita, aveva preso decisioni sbagliate, ma durante i mesi che ho lavorato con lui mi ero affezionata. Sono certa che il consiglio di Poirot sarebbe di evitare attaccamenti emotivi quando si lavora su un caso, perché non puoi mai sapere chi può essere il

colpevole. La colpa può essere imputata a Dorothy e Hugh, e persino alla povera Winifred. Tuttavia, quello che mi colpisce è che la vera vittima è Raymond. Un ragazzo che è dovuto crescere non conoscendo mai suo padre. Ma non è troppo tardi per mettere questo a posto.

# CAPITOLO 28

Alla fine, non c'è nessun crimine da denunciare al sergente detective Bright. Io sono certa che un crimine è stato commesso, non solo il probabile furto della spilla, ma il modo in cui Dorothy ha usato le minacce per ottenere i soldi da Hugh. Ma come Poirot confermerebbe, per portare un caso in tribunale, mi dovrei presentare alla polizia con prove concrete di cui sono gravemente carente.

Con il caso concluso posso finalmente rilassarmi. Al mio ritorno dall'ospedale sono stata a lungo a mollo nella vasca, poi ho indossato la mia soffice vestaglia preferita e mi sono seduta in salotto, dove Greg mi dà una tazza con acqua calda e limone.

<<Così, riguardo la spilla? Hai scoperto se lei l'ha venduta?>> mi chiede.

<<Dorothy non me lo ha voluto dire, ma io penso che l'ha venduta ed ha speso il denaro anni fa.>>

<<E quel tizio Furness ha pagato per tutti questi anni, ogni mese. È incredibile che sua moglie non lo abbia mai scoperto.>>

<<Sembra che stessero abbastanza bene. Penso che c'erano i soldi dalla famiglia di lei e suppongo che Hugh disponesse di tutte le finanze. Così andavano le cose a quell'epoca.>>

<<Sembra eccellente>> dice Greg, cercando di mantenersi serio in viso.

<<Non ti far venire nessuna idea. Anzi lasciami andare a controllare la scatola del tè, vedo se le tre sterline, quattro scellini e due pence sono ancora lì.>>

Ogni settimana ognuno di noi mette qualche

moneta nella scatola del tè ed ogni tanto decidiamo di farci un regalo utilizzando quei soldi per spese superflue. L'altro mese abbiamo scelto l'album dei Beatles *Abbey Road*, ed ora lo stiamo ascoltando in continuazione.

<<E tenere un figlio senza fargli conoscere il padre, non posso credere che una madre possa essere così crudele.>>

<<È come mi disse tempo fa Frank Bright, tu vedi il peggio degli uomini facendo questo lavoro.>>

<<Mi auguro che non stai parlando della biblioteca>> dice Greg, con un sorriso sfacciato. <<A proposito di lavoro, ti ha pagato come ti aveva promesso?>> chiede Greg.

<<Certo, e sicuramente questo non va nella scatola del tè.>> Metto le mie mani sul pancione e faccio finta di sussurrare. <<Fagiolino, domani noi usciremo ed andremo ad ordinare la tua carrozzina *Silver Cross*, va bene?>>

<<Io non ho voce in capitolo?>>

<<Tu, signor Juke, sarai incaricato di spingerla fino a casa>> gli dico ridendo.


Mancano solo un paio di settimane a Natale, e questo periodo crea più di una occasione per festeggiare. Avendo appurato che tutti sono felici di provare il cibo italiano, sono andata da Rosetta Summer. Ci siamo accordate per il sabato sera, così avrà qualche giorno per organizzare il menu e comprare quello che le necessita.

<<Noi porteremo una bottiglia di vino >> le ho detto, ma lei mi ha fatto cenno con la mano.

<<No, quando sono andata a casa l'ultima volta ho preso il vino per le occasioni speciali. E questa è una di esse>> mi ha risposto, raggiante. <<Io conoscerò i suoi amici. Mi dispiace solo che il signor Furness non sarà con noi.>>

<<Lui sta vivendo un momento più che felice, Rosetta, così non si preoccupi per lui>> le ho detto. <<E le prometto che quando andrò la prossima volta in ospedale gli farò un resoconto completo della nostra cena italiana.>>

Greg ed io andiamo a prendere papà, e riusciamo a mettere Charlie nel dietro della macchina. Libby porta Phyllis, che è ancora un po' zoppicante a causa della sua caviglia gonfia, ma non ha esitato a usare il bastone. Come ha detto Ethel Latimer, non c'è molto che riesca a fermare Phyllis una volta che la sua mente ha deciso di fare qualcosa.

Quando Rosetta ci apre la porta arriva dalla cucina un odore misto di aglio, basilico e origano. Come entriamo nella sala da pranzo noto l'assenza di addobbi e strenne colorate che invece già ornano la casa di mio padre. Invece, vicino alla finestra, c'è una bellissima culla fatta a mano. Mentre Libby si occupa di fare tutte le presentazioni, io mi chino per ammirare la culla. Le statuine di Giuseppe, Maria e i tre magi sono squisitamente dipinte a mano e il piccolo Bambino Gesù è anche avvolto in un fagotto di mussola. Rosetta ha posizionato la culla sul davanzale della finestra e ha tirato indietro le tende, in modo da permettere alla calda luce gialla del lampione di risplendere sulla scena della natività, così da sembrare la stella cometa di Betlemme.

Mi sono così incantata che non ho sentito la domanda di Libby, che ha portato Rosetta a raccontarci tutto sulla sua terra natia. Libby, afferma che questo è il paese che lei ha sempre voluto visitare. È la prima volta che lo sento, ma quando noto come il viso di Rosetta si accende mentre parla con lei, mi rendo conto che Libby ha scelto il modo migliore per dare il via alla serata.

<<La sua scena della natività è perfetta>> le dico, <<dove l'ha presa?>>

<<L'ho portata da casa mia>> mi dice raggiante. <<Un piccolo pezzo di Puglia a Tamarisk Bay.>>

Porto papà vicino alla finestra e gli descrivo la culla, promettendogli che per il prossimo anno ne avremo una proprio così bella, anche se devo farla da sola. <<Puoi immaginare>> dico, sentendo il brivido di emozione mentre parlo. <<Sarà il primo Natale per Fagiolino.>>

<<Non anticipare i tempi. In quel periodo il tuo piccolo potrebbe anche andare carponi>> Phyllis dice, avendo ascoltato la nostra conversazione. <<Così te lo puoi scordare di appendere le palline di Natale. Il tutto potrebbe finire sul pavimento prima che te ne accorga.>>

<<Rosetta, tra pochi giorni verrà a trovarci mia zia Jessica>> le dico, mentre sta versando i drink a tutti. <<Mi piacerebbe che lei la incontrasse. Lei ha passato questi ultimi anni in Italia, non so in quale regione, ma forse lei conoscerà il tuo paese natale?>>

<<Sarà bello parlare dell'Italia con sua zia. Farà una visita breve?>>

<<Veramente non lo sappiamo. Abbiamo anni da

recuperare e sembra che incontreremo anche il suo compagno>> papà interviene con particolare enfasi sull'ultima parola.

<<Non è una sorpresa che lei abbia trovato l'amore in Italia, è il paese dell'*amore*>> dice Rosetta, raggiante.

<<Tutto quello che sappiamo è che si chiama Luigi>> dico.

<<Forse un altro mistero per lei?>> dice Rosetta facendo l'occhiolino. Prendiamo posto intorno al tavolo, pronti per un antipasto di salame e olive. È la prima volta che li assaggio e Greg esplode in una risata quando gli tiro in faccia la mia prima oliva tentando di inforchettarla.

<<Ugh>> esclamo quando la mia lingua percepisce l'amarognolo della carne scura.

<<Ti ci abituerai>> dice Rosetta, sorridendo.

<<Er, no, non penso che lo farò>> dico, prendendo le altre olive rimaste nel piatto di portata.

Riesco a riprendermi quando arrivano le altre portate. Mi diletto a guardare Greg e Libby che lottano per arrotolare gli spaghetti intorno alla loro forchetta, con il sugo che schizza da tutte le parti, ma Phyllis ci mostra a tutti la sua maestria nel dominare gli spaghetti che si divincolano. Per risparmiare ogni imbarazzo a mio padre, glieli taglio, ma poi non riesco a fare un buon lavoro mangiando i miei e Rosetta guarda divertita.

<<Non è difficile>> lei dice <<deve fare così.>> Usando solo la forchetta, lei sparge gli spaghetti intorno nel piatto, raccogliendo la giusta quantità in modo che una volta portati alla bocca sono infilati

dentro senza sporcare o problemi.

La conversazione è vivace e spontanea. Ogni tanto guardo Rosetta. Lei è come il proverbiale gatto con il latte, completamente nel suo elemento, sta godendo a pieno la compagnia e l'opportunità di immergersi ancora una volta nei sapori e negli odori della sua terra.

Un paio di ore dopo noi siamo satolli. Gli uomini hanno apprezzato il vino rosso di Rosetta e Phyllis ci ha sorpreso annunciando che ha parlato con il direttore della biblioteca centrale riguardo l'aiuto per il furgone della biblioteca, e inizierà a gennaio.

<<Non pensare che avrai un posto secondario>> mi dice, con un occhiolino. <<Io posso guidare tu fai il resto.>>

<<Sembra un affare perfetto per me>> dice Greg, un po' troppo entusiasticamente.

Prima che possa riprendere la conversazione sulla guida, Libby interviene. <<Janie hai un importante compito da compiere prima che prendiamo il dolce.>>

Tutti si girano a guardarmi e per un momento non sono sicura di cosa lei si aspetti da me. Poi mi ricordo.

<<Ah, sì, finalmente ho l'occasione per usarla>> dico, tirando fuori la mia macchinetta fotografica dalla borsa. Per i seguenti dieci minuti vado in giro, facendo mettere tutti in posa per vari scatti di gruppo. Mentre sono nel bel mezzo del mio lavoro, Libby prende la macchinetta e prende la mia mano mettendola davanti a lei per controllare le mie unghie. <<Sta funzionando?>> mi chiede.

<<Sì grazie a te.>>

<<Ti darò otto su dieci per lo sforzo. Le tue unghie

sono ancora un po' trasandate per i miei gusti, ma penso che lo smalto stia facendo effetto. Continua così, va bene?>>

<<Sì, capo>>

<<Ora, fammi fare una foto di te con Fagiolino prima del suo arrivo?>> lei dice.

<<Una con mamma, papà e Fagiolino, penso>> io rispondo, afferrando la mano di Greg.

La serata è finita troppo presto, ma devo ammettere di essere la prima ad essere un po' stanca. Noi salutiamo e Libby e Phyllis ci seguono alla macchina.

<<OK, ho deciso>> dice Libby dandomi un abbraccio. <<I soldi che tu mi hai gentilmente dato, so come li userò. Comprerò un biglietto per un viaggio a Roma e con i soldi in più potrò vedere i luoghi per davvero. Voglia di unirvi a me?>>

Greg si avvicina a noi, prende la mia mano e la stringe, all'unisono, rispondiamo entrambi <<forse la prossima volta. Noi abbiamo un bambino in programma, ti ricordi?>>

Con le mie foto appena sviluppate nel mio borsone vado in ospedale. Se ci fosse Raymond in visita farò le mie scuse e sparirò, ma come mi avvicino vedo che accanto al letto di Hugh non ci sono visitatori e la maschera d'ossigeno è sempre al suo posto. Questo vuol dire una conversazione unilaterale, ma ho imparato a riconoscere la sua espressione durante il tempo che l'ho frequentato, così il linguaggio del corpo mi dirà quello che ho bisogno di sapere. Al momento lui sta sonnecchiando, i suoi occhi sono chiusi ed il respiro normale. Il cipiglio che era diventata quasi una sua caratteristica permanente è scomparso. Mi siedo e lo guardo per un po', immaginando il primo incontro tra lui e Raymond, il suo solo figlio. Io metto le mani sul mio pancione e sussurro a Fagiolino. <<Noi siamo così fortunati, tu, tuo padre e me. Noi tre saremo indistruttibili, amore e condivisione, senza segreti e bugie.>>

Si sente il fruscio del lenzuolo Hugh si sveglia e gira il suo viso verso di me.

<<Salve>> gli dico, desiderando di potergli dare un abbraccio. <<Come ti senti?>>

Lui tira su un pollice e sorride.

<<È stata un'impresa notevole vero? Ho portato con me alcune foto da farti vedere della cena che abbiamo fatto in tuo onore. È stato un peccato che non potessi essere con noi.>>

Prendo le foto e le appoggio sul copriletto. Lui ne prende una alla volta per vederle da vicino.

<<Come puoi vedere, noi tutti abbiamo lottato con gli spaghetti. Eccetto Rosetta, naturalmente. Lei è l'unica che non si è sporcata con il sugo degli spaghetti. Phyllis anche se l'è cavata bene. A un certo momento ho avuto la sensazione che lei deve essere stata in Italia, forse quando era giovane.>>

Lui mi guarda in modo interrogativo.

<<Phyllis? Lei è la nonna di Libby, fa parte del team Janie Juke risolve misteri<< gli dico, facendogli l'occhiolino. <<Stai pensando che ci siano alcuni aneddoti interessanti che devo convincerla a farmi dire, vero?>>

Lui annuisce, con la mano rimuove la maschera di

ossigeno.

<<Noi abbiamo tutti esperienze interessanti, questo è sicuro>> lui dice, la sua voce è appena un sussurro.

<<Tu non ti dovresti togliere la maschera, avremo una infermiera che urla a tutti e due se non stiamo attenti.>>

<<Ti voglio ringraziare.>>

<<È buffo, ma quando io ho deciso di occuparmi del tuo caso mi faceva piacere avere alcuni soldi extra ed ero compiaciuta che tu credevi in me e nella mia abilità. Ma la migliore ricompensa di tutto è sapere che Raymond e te vi siete rincontrati.>>

Lui annuisce e sorride.

<<Non ho bisogno di chiederti come è stato quando lo hai visto per la prima volta, posso immaginare tutto molto bene. E Dorothy, tu pensi che potrai perdonarla?>>

Lui alza le spalle e mi indica l'armadietto accanto al letto. <<Nel cassetto>> mi dice.

Apro il cassetto e dentro, sopra la Bibbia c'è una cartolina con una foto di un aereo da combattimento da una parte. La do a Hugh, lui la gira e la ridà a me.

*'Tu sarai sempre il mio eroe, papà. Tuo figlio, Raymond.'* Leggo ad alta voce a Hugh e gliela restituisco.

<<Winnie>> lui dice, la sua voce ora affievolita.

<<Vorresti che Winnie potesse averlo conosciuto, vero?>>

Lui annuisce e asciuga le lacrime che sono apparse agli angoli dei suoi occhi, lacrime miste di emozione, e tristezza, sollievo e gioia.

<<Rimettiti la maschera, Hugh, risparmia le tue forze. Starò ancora un po' fino a che non ti addormenti.>>

Lo guardo mentre chiude gli occhi e scivola in un sonno tranquillo. I problemi di Hugh erano iniziati prima che io nascessi. Dorothy gli aveva provocato anni di angoscia, ma se non l'avesse mai incontrata non avrebbe avuto Raymond. Cose buone che vengono da quelle cattive. È stato per buona parte della sua vita ad aspettare di incontrare suo figlio. A noi mancano solo pochi mesi prima di vedere il nostro prezioso bambino. Metto la mano sul mio pancione e gioisco alla sensazione di Fagiolino che si muove dentro di me.

# Grazie

Nell'ambito della mia ricerca per il libro ho contattato *The Keep*, che mantiene un magnifico archivio di registri dell'East Sussex: **http://www.thekeep.info/collections/** hanno aiutato a garantire che i dettagli sul furgone della biblioteca di Janie fossero il più precisi possibile. La polizia del Sussex è stata in grado di confermare che la retrospettiva di Philip Chandler aveva senso.

In *Oggetti Smarriti* era di vitale importanza che le informazioni relative alla Seconda guerra mondiale e la Dirigenza delle Operazioni Speciali fossero autentiche e per questo sono enormemente grata per i consigli ricevuti dal museo dell'aviazione militare Tangmere: **http://www.tangmere-museum.org.uk/**

Sono stata in grado di immergermi in aneddoti di guerra leggendo gli archivi delle BBC della Seconda guerra mondiale: *La guerra popolare*: **http://www.bbc.co.uk/history/ww2peopleswar/**

La maggior parte degli autori concorderà sul fatto che scrivere può essere una realizzazione solitaria. Così io mi considero fortunata di avere incoraggiamento e supporto da alcune persone meravigliose. Se non fosse stato per loro Janie avrebbe potuto fermarsi lungo il cammino della scrittura. I miei fantastici compagni di scrittura, Chris e Sarah, e mio fratello, David, che continua non solo a farmi preziosissime critiche, ma mi incita ad andare avanti. Grazie di cuore anche a parenti e amici troppo numerosi per elencarli qui. Grazie a tutti voi.

E, nelle parole di una delle mie canzoni preferite, il mio amore e grazie va a mio marito Al *'che è il vento sotto le mie ali'.*

9 781872 889221